U0127440

我要去某個從來未曾去過的地方，我要去某個水嚐起來像酒的地方

Canned Heat, "Going Up the Country"

家離水邊那麼近

So Much Water So Close to Home

吳明益

Water and Walker's Blues　**代序** *2*

河流、海、湖、地底下以及海溝深處的水，魚絕望的濕潤眼珠，被砍斷樹的維管束逸出的水，從北方的北方而來的鋒面在天空所形成的雲，我們悲傷的眼淚與受傷流的血…這裡頭水的數量加總，和數億年前地球上擁有的水的總數可能並沒有太大的改變，只是水被迫改道、被傷害、被污染、被封閉、被藏匿、被遺棄。

家離溪邊那麼近 *14*

我們在溪裡捕魚、洗刷衣服，我們在溪邊步行、發呆，並且消磨時光。久而久之，也許我們忘了溪流強大到可以穿過山脈，形成山谷，澎湃到可以帶走一個城鎮，嚴厲到可以決定生死，神聖到可以負載信仰，秘密到可以暗示族群的命運。

家離海邊那麼近 *104*

海是幻覺、是傷害、是可見的時間，海孤獨、悲愴、豐饒、古老，以至於陸地每天期待著漲潮。海帶來的聲音那麼大，沉沒在海裡各種深度的悲傷、狂喜、磨難與憤怒的聲音朝海岸線鞭打出海浪，被陽光蒸發，在空中凝結成雲，重又化為雨滲入土地，長出麥子、老虎、熱帶雨林或凝結成困住最後一隻猛瑪象的西伯利亞冰原。

家離湖邊那麼近 *188*

我覺得自己並不是觀察者，而是和時間一起輕手輕腳沿著湖靜靜地走了數年，如同受了一次誠懇的教育。我覺得富足，彷彿被閃電擊中，在眼前同時出現日出、日落與用文字難以指認的記憶。

後記、附錄及其它 *250*

本書採再生紙印刷

Water and Walker's Blues 　代序

如果你對我說這是烏托邦，我請你明確地說出為什麼？

布萊希特 (Bertold Brecht, 1898-1956)

　　幾年前一個冬季的晚上，我剛結束一個學期的課程，在最後一堂課的考試之後，我向學校借了一間裝了新音響的教室，為願意在考後打開這扇門，進到這裡的學生，播放近三小時的演唱會DVD。我還記得那天放的第一首歌是Joan Baez的"Diamonds and Rust"，最後一首是LED ZEPPELIN的"Since I've Been Loving You"。至於為什麼放那些歌？為什麼是那樣的順序？已經記不清楚了。但從檔案裡還查得到那天下午，我在考卷上寫下的現代文學史第一大題解釋名詞的第一小題是「《笠》詩社」，最後一題申論題是「試以後現代及後殖民觀點，論述其解讀文學史的不同角度與可能性」。這兩個題目倒是一板一眼，沒什麼特別的。

　　由於晚上才開始考試，午後我開了車漫無目的地四處走走。來到花蓮已有一段時間，卻似乎還沒有找到認識花蓮的方式，對花蓮而言，我不過是一個周一到周三待在研究室裡備課，走到教室上課或到餐廳吃飯，周四或周五選擇一趟回台北最快的列車，過每周另一半生活的人。依我看，花蓮這樣的人口可能不少。當然偶爾也會留在花蓮做幾天的野外觀察與攝影，或硬把散文課或自然書寫課插上一堂課外活動，半強迫式地帶學生到近郊走走。這樣的生活模式，導致當時我對花蓮最熟的一條路，就是從學校到火車站的台九

線。每回車行經過木瓜溪，從駕駛座降下髒污充滿刮痕的玻璃，看著山勢從眼前漸遠漸淡時，我有一種難以言喻的情緒，「局外人」，我對自己說。

那天我開車經過了一條溪流，被某種光線吸引，遂拿著相機下了車。溪的行水道並不寬，水量也不豐，溪畔五節芒還稀稀落落地開著。我下了車拍了幾張照片，發現溪裡有條黑狗的腫脹屍體，像一件被拋棄的舊外套，卡在岩石間。我舉起望遠鏡，看到牠開始脫落的皮膚上，停了厚厚一層蒼蠅。

緣溪而行。溪流彎曲、迂迴，每十幾公尺就有一隻蒼鷺或小白鷺側著頭像在聽著什麼，當我靠近牠們十公尺左右的時候，白鷺彷彿沒有重量似地離開水面，往前飄移十數公尺，然後又像被溪水吸引似地落回水面。由於並沒有長時間步行的準備，那天我穿的只是一般的走路鞋。但每個轉折處所帶來陌生的景色，卻誘使我一直走「上」去。從兩岸分布住家走到住家漸漸消失，從寬約五米的窄水道走到約二十米左右的寬水道，再走到三、四米的窄水道，從攔砂壩的下方，走到攔砂壩的上方，從山在遠方，走到人在山中。偶爾我被停在路邊野花上熟悉、尋常的紅邊黃小灰蝶、白波紋小灰蝶吸引，一如往常把牠們記在我的記錄本上，一如往常做些簡單的速描與筆記，一如往常舉起相機，一如往常出神。但我知道好像有什麼不同，卻難以準確說出來。

有些木造的老房子傍溪，幾乎就建在溪床上（當然有可能一開始那裡並不是溪床），有些路段則建起美感特異卻與環境格格不

入的嶄新別墅。中游溪旁有家採石場的停料處，堆放了許多巨大的石磚，森然羅列如陣，每塊石磚的花紋殊不相同，進入彷彿陷入迷宮，不知道那是從哪條溪流源頭的採石場而來？午後遠方的山頭聚集了可觀的沉積雲，那些雲也許正在某處降為溪水。

繼續往上走，不久就走在水泥化的防汛堤道上，在一處攔砂壩下方的靜水區裡，數以千計的盤古蟾蜍的黑色蝌蚪沒有方向感地圍成一團黑，鉛色水鶇擺動牠們的尾羽，向牠的同伴顯示自己的位置。溪的上游正有推土機進行「美化」與「防汛工程」，使得我暫時只能走到這裡。因為帶著相機，工人眼神看來有些懷疑。折返時我索興翻過堤防走下溪床。我假設自己是水，從山上而來。

一條溪流旁總是充滿移動的東西，鳥、魚、石頭與將落未落的樹葉。這些年來，我覺得自己也像一直在追求某種移動的物事，像洄游性魚類的稚魚被沖到溪流下游某個未知之境，然後準備重新逆溯的情緒。有時候我會這樣詢問自己：我真的做好當一個教學者的心理準備了嗎？我真的能帶領一些年輕人，去學習承受、理解並且改變這個破碎的世界了嗎？

大多數的溪流總會在流淌而下的某個地方，或某個時間裡彎成一個問號。

走在這條溪寬不過三公尺的小溪旁，從行水道的寬度，我猜想或許她豐水期可能是另番面目。暴漲的溪水會帶走在溪床長出的植物的果實，果實在水裡被魚群所食，漂流到另一個地方長出樹林。枯水時溪流則展示命運，讓出通道，讓生物從溪的那頭渡過這

頭，並且不帶感情地殺死那些來不及找到水潭的水棲生物。我想像也許過去原住民會到溪邊取水，涉水過溪往源頭的那座山打獵。我想像這裡也曾山崩，溪流並因此數次改道。

一條溪可能不只是一條水的線條，她應該是一條獨特的生態系，飽含水分的地方史，一條美與殘酷的界線。而如果我曾從出海口步行到她的上游的話，並且和她一起睡著，一起醒來的話，或許我將了解：河流、海、湖、地底下以及海溝深處的水，魚絕望的濕潤眼珠，被砍斷樹的維管束逸出的水，從北方的北方而來的鋒面在天空中所形成的雲，我們悲傷的眼淚與受傷流的血……這裡頭水的數量加總，和數億年前地球上擁有的水的總數可能並沒有太大的改變，只是如今水被迫改道、被傷害、被污染、被封閉、被藏匿、被遺棄、遺忘。

這本書的書名，來自美國小說家雷蒙・卡佛（Raymond Carver）的一篇小說"So Much Water So Close to Home"，但基本上，這本書和卡佛小說的內容完全沒有關係，我純粹是借用，或說是挪用、盜用他一篇小說的篇名，來做為我想像的起點而已。So much water so close to home，我為這樣一個句子的意象受到某種觸動。

我前兩本散文《迷蝶誌》與《蝶道》常被書店擺在「昆蟲」或「生物」類，想來實在有點諷刺，這兩本書關於蝴蝶的專業內容實在不夠專業，因為它們的本質並不是在探討生物學，但它們終究

被擺在那裡，確實，我記得好像是莫言說過的，每一本書都有每一本書的命運。

這幾年一直有些人問我下本書會不會仍寫蝴蝶？我總是回答，如果寫，可能至少還要給我十年的時間再了解蝴蝶，才可能寫出不一樣的文章，所以可能不會很快寫出來。那是一個事實，另一個事實是，我一直嘗試著讓自己在某個層次上離開「蝶道」。

《迷蝶誌》之前，我的青春還是最任性的時候，總是隨手帶了蝴蝶圖鑑，騎了機車、腳踏車，或跳上火車，到某條小徑上做緩慢的等待與步行。那時我沒有意圖、缺乏自信，容易感傷，每趟旅程之後，鼻腔、延腦、指甲縫與眼神都會留存各種植物的氣味，但文字缺乏自然的教養。在書寫《蝶道》時我希望文章與想像都夠長，最好有一條不會斷裂、不知道朝向哪裡，帶著神經質且敏感的線索，帶著讀者和我一起思考環境與生命的複雜性。然而在《蝶道》出版之後，一再重複的訪問與演講，讓我變得在觀看生物時就立即性地思考怎麼寫成一篇文章，當原本未知的路向變得制式而清楚，創作思考的野性和純粹性就消失了。重複自己的語言，我想這違反自然史。而我以為人與人的創作都是自然物，我有理由相信，它們理應會一起演化，並且永遠對那個過去的自己提出謙虛而堅定的異議。

幾年前一個冬天的晚上，我看著那些剛被考題折磨的學生，在黑暗中睜著發亮的眼睛，聽一些「死者」——Jimi Hendrix、

John Lennon、Freddie Mercury......的聲音。我感覺部分學生的呼吸變得急促，腦袋發燙，教室外的路燈則透過隔音玻璃窗溫柔地發亮。這可比那些考題，那些為獲學位拿補助金的文學研究要文學得多，我這麼想。

在Jimmy Page用他足以讓靈魂虛脫的手臂結束曲子的時候，我說謝謝各位這學期課程上的合作，今年的課總算結束了。大家準備回家了吧。當夜我就準備從花蓮沿著海岸線走回台北的行李，在凌晨一點多出發。

而那天下午，我已在無意間步行了須美基溪──美崙溪的支流之一，走過她上游破碎的水泥化溪床，上面正好有一座橋，橋上有十幾個動作各異的台灣獼猴石雕，天空正飄著雨，以致於其中一隻抬起頭的獼猴彷彿掉了眼淚。那條哀傷、美麗的溪流，那道多雨、多陽光，陡峭，隨時崩塌的海岸線，是促使我步行循水道來思考此地與自身諸多問題的開始。

不久我就發現，我在花蓮的研究室和宿舍離水那麼近。太平洋在我朝餐廳路上的右手邊，時速六十公里十分鐘的車程；隱湖在我回研究室的右手邊，時速四公里十分鐘的步行路程；溪在我回台北路上的左手以及右手邊前面以及後面，往山那頭望去，請打開楊牧的《奇萊前書》，往海的那頭望去，請打開廖鴻基的《鯨生鯨世》。

只不過，溪流、海洋與湖都沒有頁數，也沒有章節。

我突然又重獲書寫的衝動。只是每天繁瑣的備課，學術會議

與活動，使得我的生活與思考無法從容寫作不間斷。於是我決定什麼都先不寫，儘管記錄、步行、思考、閱讀、學習新事物。

《蝶道》出版以後，印象中這四年間我一篇創作也沒有發表，只寫過一些書評。並不單純只是發表文章長短的問題，字數不一定會限制想像，畢竟像班雅明（Walter Benjamin），就能在三百字裡寫出一篇精采的文章。只是我已經習慣了從大量的筆記裡修改、思考，然後找出一條目前我自己認為適合的表現道路。因此，不到出版前交稿的一刻，我實在不確定文章會變成什麼樣子。而我怎麼能把一篇長得什麼樣子自己都不曉得的文章，登在雜誌或報紙上呢？

家離水邊那麼近，以致於我這段時間的閱讀、書寫與思考也顯得潮濕。幾年的溯溪、沿海步行與環湖觀察後，我嘗試寫出這些漂浮在水上、沉沒到水底、隨著水所流逝、以及化為雨水重新滲透進入土地的種種。那些坐在水邊所思考的時間、憂鬱、諸神、森林與石頭。

與此同時，我也在寫一本長篇小說，同時摸索兩種表達語言，兩種潛伏在心中的意識。在幾度的重寫後，這本書開始發展出一種屬於它自己的結構，看起來是三篇可以拆解成許多短文的長文，其實也可以說，這本書就只有一篇文章。說起來跟水的性質似乎也有點類似。

書要出版之前，我幾度猶豫。雖然自己曾步行過花蓮大大小

小十餘條溪流，但事實上許多神秘、富吸引力，真正艱難的溪道我根本還沒機會步行，因此雖說自己已有些許踏查經驗，但對許多真正的自然踏查者來說，恐怕沒有參考價值，也嫌可笑。另外，我對海的認識也極淺薄，而花蓮最多的就是迷戀海的人。而雖然在這四年之中我去了四十幾次隱湖觀察或解說，但平均下來一個月也不過一兩次而已。我因此擔心，這本書會不會變成一個只花了四年的時間觀察一個水鄉的人所寫下的膚淺之作？在這樣的想法裡我感到困擾、掙扎，最終只能以這樣的理由說服自己：從《迷蝶誌》、《蝶道》以來，我本就是以文學的姿態去書寫接觸生態後，自身認識世界的途徑與觀念的改變；我藉由文學不斷提醒自己，最終或許只能透過有限的文字與生命去了解這個世界，我只是告訴讀者我看到什麼，我感受到什麼。於是我終究寫下這樣一本書，交出我步行水畔後所獲得的一滴水。

這本書其實沒有把我這幾年步行過的地方，經歷的事全部寫出來。（比方說我較完整步行的有花蓮縣境內約十二條溪流，但只寫了其中的五條）主要原因是我並非意圖寫一本關於記錄的書，而是一本關於思考與想像的書……在思考中理應會拋棄一些現實物事，當然那些被拋棄的其實也已存在被書寫的部分裡，而想像也需要剪裁。在這個以「非生物」的生境為書寫對象時，我漸漸感受到人類這種生物是如何倚靠「非生物」才得以孕育出文化，而在寫作中諧調並呈現人、人的文化、歷史及其與生物、生境演替的關係，對我來說並不是件容易的事。事實上每寫完一段，我就發現背

後還有太多未被寫出來的遺憾與隱晦的部分。

　　去年我與二魚文化溝通，希望這本書和長篇小說能一起出版。我也希望除行銷以外，能全權掌控這兩本書的排版、設計，乃至於選紙等等一切細節。我希望在這兩本書也能傳遞出這樣的訊息：書就是如此單純的東西，文字是他的靈魂，而視覺元素就是為了讓靈魂得以展現，因此在設計時我在照片的排版上力求簡單。由於在每一個時間段落後，我會和這兩本書的編輯陳思（陳思離職後則由秀麗姐和陳廣萍協助我），獲得她們的認同後，決定連現今書市普遍製作的書腰都暫時不做，並配合我對書的一些決定。這兩本書因此得以採用一種符合使用再生紙漿比例的紙張印刷，封面也不上光。理由非常簡單，我不想純粹求在書市的醒目，而使用精美的印刷方式，因為如果我不能接受造紙廠污染花蓮溪，我也一定不能接受自己的作品使用光滑、潔白、厚重，一旦被讀者丟棄後還無法回收，燃燒甚且不完全的材料印刷出來。這兩本書從寫作到排版，都是在我一台小小的筆記型電腦上完成，手繪圖則是用網路上標來的二手針筆畫的，至於掃圖也沒送廠，而是用一台不到三千塊的三合一印表機掃描的。雖然再生紙印刷多少會影響照片的色彩與畫質，但希望最後成書的質感不會讓讀者覺得不受尊重。我懷念過去手工藝的出版時代，也希望讀者能感受到某種心意，同時決定用較低耗能、低成本、個人化的方式製作這兩本書。在這過程中我一頁頁閱讀，反覆修改版型與文字，期待最終完成一些更抽象的什

麼。

　　在寫這兩本書的期間，我的身心慢慢從不太健康的狀態，回到比較接近健康的狀態。寫作時我和M領養的貓Hitomi常常為了取暖睡在電腦風扇旁，擋住我滑鼠的運動。手在她柔軟、多毛、溫暖的肚腹之間，緩緩移動，有時為了避免吵醒她只好單用左手一個字一個字打進電腦裡。我也希望能將那樣的心情傳達給這兩本書的讀者。

　　如果可能的話，我也期待讀者能讀到最後一頁，包括後記與附錄在內。附錄中有這幾年我收到認真的讀者指出《蝶道》裡的四處錯誤——我在《蝶道》也曾在書的最後寫下《迷蝶誌》裡的一些錯誤。如果未來這兩本書有機會改版，我一定將那些錯誤改正過來。此外，我在書末列出了書中提到的生物學名，以及簡單幾句的生態介紹，內容雖淺，但說不定可以為完全不熟悉物種的讀者提供一點點資訊和想像的空間。至於書中所提到的另一些書，我也將資料列於書後。沒有這些書和人的思考，我不可能完成另一本書。

　　幾年前我在看阿莫多瓦（Pedro Almodóvar）的《悄悄告訴她》後買了電影原聲帶，其中一張是阿莫多瓦將他拍片時所聽的曲子集成一張CD（台灣譯為《悲傷萬歲》）。我因此也效顰地將這兩本書完稿的最後一年，反覆閱讀的小說中選出十本列出來（我特意選的都是和水密切相關的小說，所列是我偏好的譯本），雖然大多是很多讀者讀過的經典，但可能也有一些讀者還未讀過，算是我和讀者的另一種溝通。我一直覺得好小說就像地球上的一種珍重的

生物，它們同樣都在展示一種無限的創造性，一種奇蹟。

　　最後還是要感謝你以任何一種形式打開這本書，我想借用愛特伍（Margaret Atwood）在《盲眼刺客》(The Blind Assassin)裡的一段話做為結束或是開始：「等到你讀完這最後一頁，你的雙手將會是我唯一可以安頓之處。」（梁永安譯）

水泥化的須美基溪，和望向天空，被雨打濕的石猴，是我步行水岸開始時最鮮明的印象。

家離溪邊那麼近

溪水漲時
詩湧流
溪水降時
我們堆石頭。
Gary Snyder,〈Civilization〉（林耀福譯）

我以為自己到了很遠的地方

　　如果妳是一個非洲女性，又是屬於那些家裡沒有水龍頭的非洲女性——這機會頗大，因為直到上個世紀末，非洲在城市以外的區域只有百分之十二的家庭有自來水龍頭，仍有百分之二十五以上從河流、水池中取水，百分之十六則從鑿出的洞穴或井取水。根據統計，需要取水的非洲農村家庭，平均每天花費在取水的時間上為一小時四十分鐘，這責任尤其在妳，一個非洲女性的身上。一般來說，每位婦女平均每天花在取水的時間為七十四分鐘，一年則為兩萬七千零十分，倘若妳從十八歲開始取水，有幸活到五十歲，那麼妳的一生將花費八十九萬一千三百三十分鐘取水，也就是六百一十八點九八天；倘若我們以一小時四公里的步行速率來算，為了取水妳的一生要走五萬九千四百二十二公里的路。非洲女性為了取水解自己、家人和農作物的渴，因此罹患傷寒、痢疾、霍亂和血蛭病的機率增高，在青壯年死去的比例也就隨之增高。所以，也許妳可以幸運地（或者有人認為是不幸），不必走那麼漫長的路。

　　我們如此需要淡水，但我們擁有那麼少的淡水。淡水只占了地球水域總和的 0.008%，就好像一杯水中的一滴水，但就是這麼一滴水，維持了目前 12% 已知生物、40% 以上已知魚類的生存。淡水是溪流、伏流、湖、地下湖泊、雲、霧、雪以及雨水的總和，它是眾多魚類、兩棲動物、水生動物和植物賴以維生的家

園。溪流恆久流動，直到枯竭，或者死亡。

　　而我們只擁有那麼少的淡水。從人類科技發展以來，嘗試過許多方式讓那百分之九十九以上的海水淡化。然而淡化或淨化的過程相對也要付出大量的能源，使得水不再是免費的。我小時候曾有這樣的疑惑，人類為什麼不能直接喝海水？後來我想還好人類不能喝海水，否則現在人的數量就不只是這樣而已。

　　當我們流汗過後喝下加入少量鹽分的水是適當的，但一旦鹽分過多將會破壞代謝的平衡，造成腎臟與其它器官的危害。許多船難者都是靠將撈捕起的魚榨出鹽分較低的汁液，等待海上充滿命運性的雨水而得以生存。但這卻不意味著海水絕不能喝，在歷史上，也有人喝了海水得以生存下來的傳奇。二次世界大戰中，法國曾有三個水兵因船隻失事而在黑海中漂流。他們飲用海水止渴，其中一人連續喝了三十四天。據他說，頭兩天他只用苦澀的海水稍微潤潤喉，之後就嘗試喝一兩口，到了第三天，實在是渴得受不了，竟在一晝夜間喝了近兩千毫升，相當於一個寶特瓶汽水的量。這名記錄上喝了最久海水的士兵最後奇蹟式地活了下來。

　　但活著不能靠奇蹟，我們需要淡水。我們走進便利超商，超過十種以上的水在冰櫃裡，那裡有礦泉水、海洋深層水、蒸餾水、逆滲透水與氣泡水，端看你掏出多少錢來與你喜歡的口感。我們打開水龍頭，揮發著微量氯氣的水從黑暗的管線汩汩流出。極少人會關心水的管線從哪一條溪、河而來。

　　有一回我到一位布農朋友家作客，早晨醒來他太太說他去山

上「巡水」。可能前幾天的大雨，讓管路堵塞或中斷，要循著管路走到取水的溪的源頭查明原因。我問巡水大概多久會回來？她說很快，中午以前就回來了。

　　每回出發「走溪」前我會先從地圖或書面資料了解溪的長度，然後估算多久可以回來，只是目前還沒有真正估算準確過。除了我自己常偷懶或拍照而耽擱太久以外，溪岸、溪水的狀況、樹的傾倒都不會在地圖上顯現出來，更何況沒有一條溪流的長度是固定的。溪流的源頭每天都有些微的改變，全世界的溪流在源頭處都隱藏著一股巨大的力量，那裡有無限的可能性，有時地震或颱風之後，水甚至可能從另一個地方冒出來。溪的出海口則每天因為水流從山上帶來的砂石堆積，又同時受到海浪的衝擊，因而有時伸長些有時縮短些。溪流並不只是流動的水，她還是流動的泥沙、流動的石頭，以及流動的生態系。沒有一條溪流像地圖上那個僵硬、不可更移的幾何圖形，溪流每天生長、堵塞、漫衍、沉積。溪流遠比我們可以測量到的長、深、曲折，而秘密。

　　溪水從不以一種速度前進，她有時和緩安靜，有時激動殘酷。溪流的速度並不取決於情緒，而是由上游供水、溪床、溪岸和一切溪裡的事物共同決定。如果我們能集合全世界一流的水利工程師、力學家、測量員，或許我們可以準確地推算出一條溪流的水量，某處水道岸邊所承受的衝擊力，以及出海口泥砂堆積的速度，但我們永遠不可能知道溪水裡正在發生的細節。於是縱然我們

集合了這些人，也無法絕對準確預知溪流的下一步將往哪裡去。一條溪裡充滿了無數的紊流，水旋轉、跌撞、潑動，稍縱即逝，那並不像新工藝時期所繪製的飾邊，看似繁複，其實是不斷的複製；它更像後期印象派，充滿了意念與光的線條。

　　據說最快的水流可能是尼加拉瓜瀑布，它的水花飛濺可以達到時速一百零八公里。

　　德國耶穌會教士契爾學（Athanasius Kircher）在 *Oedipus Aegypticus*（1652）這本奇妙的書裡，收錄了一幅有趣的圖。圖中埃及的農業及孕育女神伊希斯（Isis，她同時是尼羅河神 Osiris 的妻子）站在尼羅河上，赤足踩在水裡，左手提桶，右手轉動著轉輪，頭戴以穀物為飾的帽子，帽沿攀附著蛇。這意味著什麼呢？

　　埃及人的命運跟隨著尼羅河。傳說中人身羊頭的克努穆神（Khnum）將神水倒出流成尼羅河，祂因此成了尼羅河水位的掌控者。自有人類文明沿尼羅河建立幾千年以來，這條長河就在六至十月間固定泛濫，迫使沿岸居民不得不遷往更高處暫居，待十月洪水退去，兩岸覆上養分豐富的沉積泥，再遷回來種植棉花、稻米、小麥，餵食饑餓的肉體與文明。但相對的埃及人也必須面對氾濫所帶來的傷害，如同詛咒。據說古埃及人會用河邊的石頭上的標記來得知去年洪水的高度，這同時象徵財富的高度，因為農地的租稅就是根據洪水的高度所定出來的。洪水太高，農民的財產將隨水流去，洪水太低，農作物將沒辦法獲得夠肥沃的沉積土，水源也

會不夠充足，唯有恰如其分的洪水，帶給農民與種子希望。不過亞斯文水壩建立後，複雜性格的尼羅河卻從此消失，掌控河流水位的不再是克努穆神，而是水利官員。農民不得不使用化學肥料來耕種，而肥料再流入尼羅河造成污染。埃及人避免了水患、暫時獲得較低的電費（事實上後來電費在水壩建成一段時間後又再變得昂貴），付出了高額的肥料費，並且因高壩而失去許多河流魚種。這一來一往之間，神與人都無法計算得清楚。

契爾學收錄伊希斯的畫像其實是一種「形象語言」：那桶子裡的水意味著既帶來傷害也帶來財富的洪災，右手的轉輪意味女神操縱著時間的遞變，而帽子上的穀物裝飾則暗示對收成的期待，至於會蛻皮的蛇（蛇在埃及神話中有重生的意義），或許是象徵著尼羅河周而復始的生命循環。這幅圖給了我們孕育各個文明的河流的共同特性：那條尼羅河，既是埃及人的生命之源，也是埃及人的生命威脅；河流既是養育者，也是施暴者。

只是到現在，河流又一變為受害者。

河流的英文 river，來自於拉丁文 Riparia，本義是「岸邊」。溪流則稱為 stream，美式英語則用 creek，stream 和 creek 一般來說指的是較小較淺的河流。「水」在中文的象形文字裡是一個線條符號，裡頭似乎可以看見水流、漩渦與沙岸。至於承載水的「流動的水域」，中文也有各種不同的字彙來稱呼她們。一般由大至小分別為「江」、「河」、「溪」，但沒有人能準確定義多大叫江，多長

叫河，正如我們也很難準確說明「水」和「川」的具體形貌差異一樣，因此就原諒我寫文章時有時溪河不分吧。不過通常說來，江與河似乎具有深度，溪給我們的印象則總是布滿石頭；江與河光看字就顯得安靜，溪流則給人水花喧嘩飛濺的印象。人工水道也有屬於它們的名字，比方說「圳」、「溝」、「渠」。在漢文化裡，多數城鎮皆常傍水，因為農耕需要足夠的水源，因而水的名字或意象常與地名聯結在一起：蘆洲、三角湧、淡水、下壩、圳寮、礁溪、二水、三條圳、溪厝、水尾、下水埔、關渡、打狗……，整個台灣光讀地名就讓人覺得水氣氤氳。

河流不只會流出水，還會流出經濟、文化、藝術與記憶。

我以為許多河流都曾經對作家產生過難以言喻的影響。當然，有時候那條河極為具象，有時候則稍顯抽象，甚至有時候，某條河流並不是因為撫養了一座村莊而被記住，而是因為一篇小說、一首詩或一篇文章而讓人難以忘懷。每一條我們所記得的河流似乎都跟隨著一個名字，賽納河跟隨莫泊桑（Guy De Maupassant, 1850-1893），康考特河（Concord River）與梅里馬克河（Merrimack River）跟隨梭羅（Henry David Thoreau, 1817-1862），而密西西比河跟隨馬克‧吐溫（Mark Twain, 1835-1910）。

馬克‧吐溫一生中有極長的時間在密西西比河度過，他當過送報伕、南軍士兵，經營過木材業、礦業，但對他而言最重要的一

分差事，毫無疑問是密西西比河的領航員。領航員對河流必須像對情人的身體一樣熟悉，即使在黑暗中，領航員應仍能辨識河流過的城鎮，河中與河畔的島嶼、沙洲、地岬和河灣。在《密西西比河上》（*Life on the Mississippi*）中，馬克·吐溫曾寫到當時教導他的老領航員給他的忠告：「你要知道，這是必須學會的，一點也不能取巧。晴朗的星夜裡撒下漆黑的影子，你要是不把河岸的形狀知道得十分清楚，每碰到一片樹林子就會趕快躲開，因為你會把樹影當做實實在在的地岬；每過十五分鐘，你就要驚嚇一次。應該離岸不到五十呎時，你卻老是離岸五十碼。在那種陰影裡，你看不見水裡的沉木，可是你清清楚楚地知道它在哪兒，你快到它跟前的時候，河的形狀就會給你報信。另外在漆黑的夜裡和在有星光的夜裡，河的形狀大不相同......。」一開始認為絕不可能辨識出不同月色下河岸的他，終於在日夜的航行裡發現「水面終於成了一本奇書」，「他對我卻毫無保留地暢談知心話，把最寶貴的秘密都清清楚楚地告訴我，好像用言語說出來一般。」（張友松譯）

　　密西西比河不只把知心話都跟馬克·吐溫說，她甚至給了他這個名字。據說當時密西西比河的行船安全水深是兩英噚（即 12 英呎），因此航行時水手會對領航員喊「mark twain」，意味著水深兩英噚足以行船。當時的馬克·吐溫還叫做薩繆爾·朗赫恩·克里門斯（Samuel Langhome Clmens）。二十八歲那年（1863），他向報社自薦改行當記者，開始以「Mark Twain」作為發表文章的筆名。密西西比河的水深、風景、險灘與其上人的故事，遂跟隨這位

大文豪的文字，流出美國，直到太平洋、大西洋、印度洋……一切有人閱讀的地方。

不知道世界上有多少不同種族的孩子們讀過《湯姆歷險記》（*The Adventures of Tom Sawyer*）或《頑童歷險記》（*The Adventures of Huckleberry Finn*）？有多少孩子的童年身邊出現過類似湯姆‧索耶、哈克‧費恩這樣的伙伴（或者他們自己就是）？孩子們總有許多類似之處，他們喜歡冒險、害怕孤獨、對世界充滿好奇，相信咒語，在某個年紀總覺得沒有人了解自己，準備離開家庭去當海盜、俠客，或其他什麼的。我一直到現在，都還記得卡通片唱主題曲時湯姆與哈克在河邊翻跟斗的樣子，而長大後最大的發現，就是終於了解哈克為什麼要帶著黑人吉姆順河而下逃到「自由州」。

有太多人經過密西西比河時想起的是馬克‧吐溫所塑造出來的頑童湯姆與哈克，比如說海明威（Ernest Hemingway）在一系列小說裡的主人公尼克：

窗外景色像流水一晃而過，只見一條公路，電線桿，偶有幾棟房子，還有平展的褐色田野。尼克原以為看得見密西西比河的峭壁，誰知好不容易等到一條似乎望不到頭的長沼流過窗下，卻只看得見窗外車頭蜿蜒而出，開上一座長橋，橋面俯臨一大片褐色的泥漿水。這時尼克只看得見遠處是荒山野嶺，近處是一溜平展的泥濘河堤。大河似乎渾然一體地往下游移動，不是流動，而是像一座渾然一體的湖泊在移動，碰到橋墩突出處才稍為打旋。尼克眼望著一

片緩緩移動的褐色水面，腦海裡一一浮現馬克‧吐溫、哈克‧費恩、湯姆‧索耶和拉薩爾這些名字。他欣然暗想，反正我見識過密西西比河了。（蔡慧譯）

我見識過一條河了。做為一個流動的世界，一條河是一面鏡子，她反映了兩種演化途徑，水面上的以及水面下的，來喝水的或是想照見自己靈魂的。

從某個下午我不知不覺走了半條須美基溪開始，沿著溪流走變成一種習慣，一種好奇，一種生活的必要。

我坐在溪邊，那裡有樹的陰影，石頭造成的小漩渦，靜止的小白鷺，擺動尾羽的白鶺鴒，偶爾擱淺在石頭上的魚的屍體，崩塌的攔砂壩與水泥河床。我在溪邊搭起單人帳，坐在石頭上讀書，讓這些事物從我身邊與心靈上流過，留下一些困惑。我沿著溪走，睡在溪畔，用溪水洗臉，沿路撿起石頭又丟掉石頭，我以為自己走了很久的時間，到了很遠的地方。

水在土地上輕輕擺尾，把一切藏在河灣之後

Fancaiwan

　　當來接我那位留著長髮，車子裡放了各種奇妙東西（竟然還有電風扇）的先生把車停在那幢日式建築前時，我預知今天對我而言會是一場愉快的演講。趁著演講前聽眾還沒到齊的半小時，我在這兩排日式建築前慢慢地走了一回。跟過去天色明亮來到這裡的經驗不同，老建築在黃昏漸漸老去的光線下，散發出一種讓人放鬆的氛圍。

　　我信步走到美崙溪畔，水面上反射著四周路燈的光線，一條彎翹尾巴的黑狗從我身邊走過，溪水的色澤寂寞而疏離，似乎帶著十幾公里的痛苦和故事終於在這裡接近了大海。

　　演講的地方是「黑潮」暫借的活動空間，在這排建築的最後一間（或者說第一間）。外牆貼有一張不久前在這裡舉辦的「鐵馬影展」的海報。片單上有《製糖的季節》、《南方澳海洋紀事》、《誰的土地》。部分門窗已經掉落，有的我猜可能拉都拉不動，工作人員用白紗將一些「開放空間」遮住。風吹進來，幾個聽眾坐在靠牆的位置上，低頭看著書。我獨自準備著電腦和投影機，投影螢幕和其他演講場合用的專業布幕不同，這裡用的是一張米白色的粗布，照片打上去，會被風吹得前後擺動。我很希望自己待會不用開口，而只是像一個提早來到，安靜獨自坐在一旁的聽眾，聽聽建築、美崙溪，或者注視窗外不遠處在黑暗中慢慢流過，或慢慢顯現

的什麼。

　　這個地方有一個不太詩意的賦名，一段不太詩意的歷史。1768年詹姆斯·庫克（James Cook）開著英國式的木製雙桅船「奮勇號」（The "Endeavour"）從普利茅斯港出航的時候，還不知道他和這艘船將在未來十三年間三度到南太平洋，為英國奪取了澳洲大陸和紐西蘭島。而這幾次的探險後，許多地圖上的空白之處將變成殖民地，大量尚未命名的生物也被帶回西方。而隨著船行所到之處，梅毒、種子、殺戮與貪婪也因此被帶進太平洋。也就在這一年，漢人林漢生領頭初探噶瑪蘭，結果是被噶瑪蘭族殺害，看似略略阻擋了漢族勢力的擴張。然而，那是一個「發現」的時代，世界已注定被打開。

　　1796 年（嘉慶元年），漳州人吳沙再率領漳、泉、粵的移民進墾噶瑪蘭，在烏石港建立了根據地頭圍。這次離開的則是已抵擋不住漢人武裝與文化力量的噶瑪蘭族東西勢三十六社。

　　農耕民族善長以增加人口來擴展耕種的人力，漢人很快掌握了經濟優勢，並且在數年間屯墾出二圍、三圍等聚落。落敗的噶瑪蘭族則一部分遷往三星、蘇澳，一部分開始思考往更遠的山的那頭遷徙的可能性。再一個世代之後，可能是 1830 到 1840 年間，加禮宛社人南遷花蓮北埔，建立聚落。漢人則將他們的豬、牛，農作物種子帶到蘭陽平原，加禮宛人也同樣將他們半農耕半漁獵的生活習慣帶到花蓮。自此而後，後山開始形成另一種「生態環境」。

漢人當然不止希望能將生存空間擴展到蘭陽平原，在部分加禮宛社人遷居北埔不久，淡水廳人黃阿鳳，就在艋舺一帶集聚了十六人出資，招募二千二百餘人為佃，東來拓墾。據說當時這支移民還特別到府城雕刻了鄭成功和部將甘輝、萬禮的神像並且刘香隨船，希望獲得神的庇祐。神給了移民夢兆要他們落腳拔便港（今美崙溪下游，尚志橋至出海口一帶），他們並且在農兵橋西側一帶的小台地，建立了第一個聚落，取名為十六股庄。1878 年（光緒四年），清廷再擬招墾章程募集居民至花東開墾，已備感威脅的加禮宛人更感壓力，因此當陳輝煌被殺事件發生後，衝突終究發生。

　　加禮宛社聯合了美崙溪南方的撒奇拉雅族的竹窩宛社對漢人村落發動攻擊，十六股庄民則合力將全庄周圍築起長寬五百公尺餘，高約三公尺餘的土磚圍牆，積極備戰。庄民在牆下插滿竹針，十尺外並挖了一道河溝，挖溝所得之土則用來填充城牆。城牆外則密植刺竹，城民老少齊出搶收二期稻穀。據說當時撒奇拉雅人曾用了「風箏」進攻。撒奇拉雅人的風箏是用構樹和苧麻做的，上頭繫有一節竹子做的響笛，因此風箏飛到空中時會發出如鷂鷹的鳴叫，可以當做聯絡信號。但這次他們用風箏繫上火把放飛入城，燒得黑夜明亮如晝。三個月後城破，庄民四散並向清軍求援。清軍在幾次嘗試登陸失敗後，最後選擇得其黎溪（立霧溪）登岸，並發動夜襲，一舉將正在慶功的兩社主力消滅。此役據說讓美崙溪沿岸盡皆染紅，加禮宛社的耆老回憶說：「Matiya onika tongtongloh no paoti」（死傷枕藉如堆積成山的麻袋）。

　　得勝的福寧鎮總兵吳光亮為了分散加禮宛社的力量（也有人認為是加禮宛人自動遷徙），遂決定遷移住民，分散到「鮑干」（Chibaugan，花蓮德安部落）、「馬立文」（Maivuru，瑞穗鄉舞鶴北邊紅葉溪畔）、「加路蘭」（Kararuan，豐濱鄉磯崎村）等地。

　　隔年刺桐花開時，後山族群分布已因「加禮宛事件」而改變。落敗者同時失去他們的土地、人口和地名。花蓮市國富里一帶開始被稱為「軍威庄」，加禮宛社所在地則改名為佳樂庄（今嘉里村），竹窩宛社所在地改名為「歸化社」（今國福里）。軍威當然指的是清兵的軍威，感到佳樂的亦非加禮宛人，而歸化的撒奇拉雅人已近滅族。清軍並將陸軍駐紮在米崙山（現在的美崙山）和拔便港附近，也就是離我演講數百公尺外不遠，被稱為陸軍港的地方。

　　此刻我將照片投影到布幕上，嘗試用沒有麥克風的聲音和盤腿而坐的聽眾們談天的地方，卻不是陸軍港這個賦名所指涉時代的遺跡，而是再半個世紀後（1936 年左右），日軍建來供軍官居住的房舍。當時不論是加禮宛人、撒奇拉雅人、漢人都已經不再是這片土地的主宰者，一度力圖振作的清帝國則已消失。「カリンコ」（Kalinko，日人當時所稱花蓮市）街上到處聽得到音調柔軟的日語。日人緋蒼生在一篇名為〈東台灣へ〉的文章裡描寫過更早一些的生活景象：「西部來的旅客，首先愉快地感受到的，是花蓮港的清晨氣氛。麻栗樹的大葉快速的伸展著，茄苳樹也盡情繁茂的孳生，充滿南國氣氛的椰子樹葉……當吸到清晨時分從所有鮮明

至極的盎然綠意中流漾而來的清冷空氣時，連腹部底也似乎都感受到那份清新。轉眼再往市街望去，纏著白手方工作服裝扮的內地婦人，拉著水牛車，裝載著滿車的蔬菜、花草、水果悠悠漫步……這種賣菜的情景，正是花蓮港名勝之一的吉野村，移民村的農婦們將所栽植的農作拖載到市街來賣的光景。」

日式木屋外石礎上菱形的雕刻，意味著當時這間房舍的主人是一位軍官，但無論他是誰，當時絕對沒想到幾年後大日本帝國就在太平洋全面潰敗，這間房舍則在國府來台之後成為軍眷宿舍，又在廢棄後任憑風吹雨打，一度準備全面拆除，重新開發，而終究在一些民間團體的陳情後留了下來，成為溪畔隱晦的記憶。

演講一開始，我先投影了一張前幾天夜宿北濱海濱公園時，清晨所拍的花蓮港灣照片，照片中隱隱可見一艘海軍的諾克斯級戰艦的剪影。第二張則是顯得陰鬱的美崙溪的出海口，這條從數百年前一路看著各社原住民、漢人、日人在她的流域宣示土地所有權的沉默溪流旁，樟樹落下了數以億計的葉子又長出數以億計的新葉子，銳利的石頭被磨成圓潤，雨水讓溪水上漲，並且在消退的時候帶走一些物事。

每個文化或多或少都有一些關於水的傳說。比方說印地安人認為，有一天烏鴉哄騙了第一批人類從河蛤殼裡走出來，人類才會上岸，散居陸地的。在薩芬納（Carl Safina）的《海洋之歌》（*Song Fie the Blue Ocean*）裡提到，北美的海岸沙里希族（Coast

Salish）、特林吉族（Tlingit）和夸吉烏特族（Kwakiutl），雖然彼此並無血緣的關係，但在傳說中卻都有相似的說法：那就是他們認為大鱗鮭、紅鮭、細鱗鮭、大鮭和銀鮭根本不是魚，而是居住於地平線另一端的海底下神秘的五大族。五大族每年夏天派出少男少女化為魚的模樣，前來會見並以肉身接待印地安族。他們因此認為，沒有任何東西是純粹的食物，食物也無法靠技巧和機智取得，魚和其他動物莫不是心懷慈悲地自動落入人的手中。因此，春天第一「位」鮭族蒞臨是一樁大事，若不對這位探子表示相當敬意，可能因此冒犯鮭族，讓他們從此不再歸來。於是印地安人每年便舉行「初鮭祭」（First Salmon），在祭典中，他們對捕獲的第一條鮭唸一段充滿詩意的祝禱文：「不要誤會我如此待你，游泳的朋友，因為，你正是為此而來 …… 我可能會吃你 …… 請保祐我們 …… 問候令尊令堂、叔伯姑孀和兄姊。」（杜默譯）

這和達悟那場黑翅膀飛魚帶著魚群到達悟長老的夢境中「自我介紹」，說明自己將何時到來，哪些種類適合被男人、女人、老人或小孩吃的傳說，有趣和離奇的程度實在非常相似。

每年六月後，豐年祭前，沿海的阿美族部落也會舉行捕魚祭。捕魚祭的名稱各部落並不一致，南勢阿美稱為米拉帝斯（Milaedis），秀姑巒阿美則叫「古目力斯」（Kumuris），海岸阿美稱「沙滋捕」（Sacepo），而台東排灣族群則說「米瓦拉克」（Miwarak）。捕魚祭的地點通常都在部落附近的溪流進行，最早撒奇拉雅社（Sakizaya）就是在美崙溪舉辦祭典，但加禮宛事件後

睡在北濱公園，清晨時所拍下的花蓮港。

美崙溪從數百年前一路看原住民、漢人與日本人在此宣示土地所有權，而今的美崙溪已經很像一條「城市現代溪流」，她帶著城市的垃圾與上游的泥砂入海，下游因此顯得沉重、遲滯、黑暗。

勢力衰退，阿美族人的勢力遂取而代之。捕魚祭是族人向溪流與海索取食物、表達感謝、形塑群體記憶的日子。現在居住在美崙溪畔的阿美族人說，當美崙溪還清澈的時候，匯流處往往聚集魚群。族人在溪裡聊天，用手網或合作以趕魚的方式捕魚，魚在網中跳躍，身體閃閃發亮。港天宮附近則是捕魚後的聚集地點，中午未婚女孩會專程送飯給參與捕魚的青年人，這頓飯隱喻著愛情。

楊牧曾經在《山風海雨》裡描寫過他童年時在美崙溪畔看過的捕魚祭，提到祭典結束後阿美族人從美崙溪回家時，牛車會通過花蓮的一條大街，「只見長長的隊伍緩慢地走著，車輪輾過暮色裡的柏油路，安靜地走著，不時停在路邊拿漁獲交換米酒，遂能一邊行進一邊坐在車上喝著，而終於都具有一樣薄醉的神情，有些比較開朗的族人甚至就歌唱起來了，一路向他們的村莊唱過去，沒入夏天的夜。」

當時還是孩子的楊牧，經常在美崙溪口的橋上，看著阿美族人捕魚和奔跑，「在青山之下，綠水之中，捕魚是祭祀，奔跑是阿眉族人最喜愛的運動，甚至也是一種祭祀。」

關於捕魚祭由來阿美族有不同的說法，其中的一種說法，是阿美族的祖先是一對兄妹，在故鄉一次大洪水後從海上漂流到東海岸，為感謝海神卡飛特（Kafit）一路的護佑與幫忙，所以每年舉行祭典對卡飛特表達謝意。

謝謝海神，謝謝海裡頭有魚、溪裡頭有魚。不論是印地安人、達悟人、阿美人，魚對他們而言都不只是獵物、食物，還同時

意味著一種季節韻律，一種賜予，一種想像與對自然的信任、感謝或畏懼。

　　就像所有的溪流一樣，美崙溪不會永遠只是美好的，她也會暴躁、發怒，變得難以理解與安撫。從地形和氣候的變貌來說，溪流的氾濫或改道理應是常態，這對過去游牧、狩獵、不固定耕種的原住民來說問題不大，他們只要放棄暫時性的住屋，尋找離水源不要太遠，又不致於致命的距離重建部落即可。但對城市文明來說，我們最希望的是溪流「固定」下來，辦法是築起堤防，嘗試將溪馴化為一條都市的水溝、景觀道。當然，如果溪岸能做成公園產生剩餘價值就更好了。

　　如果現在到楊牧看著阿美人奔跑捕魚的橋上，往東望美崙溪口擺滿了像是刑具的消波塊，而另一個方向，通過城市的美崙溪床，則在幾年前已被整治成草坪整齊、水道狹窄的運動公園。如果我們不帶任何「評價」的口吻來說，美崙溪現在已經很像一條「現代的城市溪流」。由於通過花蓮市的核心地帶，兩岸的民生、工廠廢水都從水管道流入河裡，美崙溪口的溪水到出海口附近漸漸變得凝重、沉澱、遲緩、黑暗。河岸邊偶爾有人開闢出小小一塊農田，一些垃圾與泥沙擱淺在河灣內側，形成溪中沙島。

　　根據張文良先生的研究，過去阿美族人稱美崙溪為「Fancaiwan」，意指川流不息，宛如少女般的美麗水域。

每年的捕魚祭仍在舉辦，但事實是，許多阿美族人已經不得不順應著某種時代之流，一腳跨在「現代社會」邊緣。在政府補助舉辦的捕魚祭中，偶爾會加入像抓鴨子、撈西瓜這類近乎趣味競賽的項目，阿美族人仍很善於奔跑，身手矯健。但可以預見，未來的觀光客和阿美孩子，記得的將是另一種類型的捕魚祭。或許這無關對錯，我們不能要求阿美人永遠活在過去的時光裡，一條溪流也不可能永遠在「過去」流動。

但我們所求是怎樣的一條河流？

我曾詢問過幾位參與過捕魚祭的老一輩阿美人，即使對捕魚的方式敘述並不太一樣，唯一他們共同類似的回答是，現在可以捕到的魚的種類、數量跟滋味與過去無法相比。有人說，不知道為什麼，現在的魚吃起來總是沒有以前好吃，有泥土味。我猜，說不定是因為牠們肚子裡積存太多的廢棄物、污水和怨氣的原故。當然也有人喜歡現在草坪整齊的河濱公園，畢竟住民已不需要靠美崙溪裡的魚才能溫飽，他們樂於擁有一條視野開闊的散步道，並且可以在橋下跳土風舞。只是對美崙溪而言，每年能讓抱卵的印痕仿相手蟹到海邊釋放下一代，日本禿頭鯊在各溪段溯流，或許才是她流動的主要意義。我閉上眼睛，再睜開眼睛，看到的已經不是同一條美崙溪的溪水。

溪流總是有許多彎曲處，水在土地上輕輕地擺尾，把一切藏在河灣之後。步行到河灣後回頭，會發現之前所見的一切已然

隱匿。從陸軍港附近順著河的韻律往上走，恰似走在典型的曲流（meander）地形上。河流總是尋找通往海洋的最短途徑，找到後便開始堆積泥沙，數百年或數千年後河道壅塞，河水再度溢出，像流浪者一樣尋找新途徑。如果我們可以活得和七腳川山一樣長久，或許有機會見美崙溪因直向切蝕而形成一條新的河和一個牛軛湖。但前提是孱弱的溪水能切斷水泥堤防。

真正走過一些溪流後我才知道水道其實不是以前課本上所畫的那個固定的線條，很多人喜歡將水的流逝拿來比喻時間的流逝，但我有時候想說不定水道本身更適合做為時間的喻依也不一定。水道總是在我們不注意的時間一分一吋改變，然後在一場大雨或地震後整個改觀，我以為，時間和記憶都更接近這樣的形態也不一定。

沿著美崙溪的景觀河道走，繞一大圈到國福大橋，經過體育館，這條路線步行在溪岸也步行在大山的一側。有時候我會坐在河岸邊看幾局面對砂婆礑山的棒球賽再走。我一直覺得，花蓮大概是最適合打棒球的地方（曹錦輝就在返台時在這裡養傷），而美崙溪畔又是其中之最。看著球員在草地上奔跑，球飛向不可思議的藍色天空，然後在一千多公尺的山勢前，以一種美妙的弧度落下，後方一群鷺鷥，像歎息一樣飛過，總會有這才叫「野球」的感覺。

類似這樣的畫面，你可以想像正有一條虛擬的高速公路高架橋通過這樣的天空嗎？

　　附近學校體育科系的學生，也常沿著美崙溪繞過玄武宮往上游跑。我有時候跟著他們跑起來，因為奔跑也是一種祭祀。有時候則走到溪床上。除非天雨，過玄武宮後不遠的美崙溪，幾乎看不見水流，彷彿剛剛看到中下游豐沛的水流是假象。

　　嘉國橋以下的美崙溪段看似水量豐沛，主要是因為須美基溪的注入。而須美基溪則是因為承受了北埔、嘉里一帶的生活廢水和大理石廠廢水，所以產生了局部豐水的錯覺。溪邊也有部分地方被圍起來養豬，豬隻的排泄物排入溪中，遂形成嚴重的優養化現象（eutrophication）。這段的美崙溪長滿了布袋蓮、藻類，不過這可不是欣欣向榮的意思。台灣各處溪流都有養殖戶排放廢水與排泄物的問題，西部更形嚴重，因法令規定兩百頭以上才需取得排放許可並應定期檢測，所以聰明的養豬戶就把豬隻的數量控制在二百頭以下。法律總是設定了某種標準，而人們就會在那個標準之下，找到突破標準的縫隙。

　　坦白說，我從不認為現階段島嶼的東部居民比西部居民更珍惜土地一些，我以為那或許是東部人口較少而已。人口少一點，各式各樣的人都會少一點。至於政府官僚的態度，若缺乏監督，則全世界都一樣。

　　往上走就是水源地，砂婆噹。沿著乾涸的溪床往上走，我還記得自己第一次走到這個溪段時的驚訝。這段美崙溪如此安靜。為

美崙溪在部分溪段溪床已水泥化，溪石被固著在溪床上不動，溪床也因此缺乏立體化的縫隙讓小型生物生存。

來到溪畔的孩子脫去他們的社會服裝，以放鬆、自由的姿勢游泳或打水漂。

了防止溪石滾動造成危險，並且方便上游水源地取水，這段溪床似乎被灌入水泥，難以計數的溪石凝固在溪床底。石頭原是溪河生命的隱藏之處，許多生命隱藏在「無生命」的石頭底下，尋找寄託。但這段的美崙溪如此安靜，石頭埋藏其間連翻身都不可得。

帶著耐心往上走，水才又出現。上游的河段和水泥河段高度落差有三公尺左右，因此形成一個像游泳池大小的水窟，許多民眾在假日帶著孩子來這裡游泳。水流到水泥溪床後不久便消失，據說是潛入土底變成伏流。

淨水廠附近的這泓水也成了當地居民戲水、游泳的場所。每回我步行到此，就坐在兩段溪床的邊緣，看著一處有水、一處無水，一處是自然的溪床、一處是水泥溪床的「奇妙」景象。阿美族的孩子很勇敢地站到巨大的溪石之上，然後跳到水裡。其實孩子們一起戲水時我根本分辨不出哪個是阿美族哪個是漢人，溪水模糊了種族、貧富之間的疆域與分界線，來到溪畔的孩子脫掉他們的「社會服裝」，在溪裡游水或打水漂。

如果整條溪都這樣的話多好。如果他們到十公尺外的水泥溪段打水漂，石頭就會叩叩叩地彈到對岸，而不是在水上跳躍。真正的溪流是喧鬧的，溪流邊的紫嘯鶇與白鶺鴒因此需要夠尖銳、高亢的鳴聲讓同伴聽見，因為水流遇到一點點阻礙、不平與迴轉都要發出聲音，真正的溪流當大雨來時，石頭撞擊的聲音會帶來真正的恐懼。

往中央山脈望去，美崙溪的溪水來自兩方，一股來自加禮宛

山，一股來自七腳川山。這似乎在暗示著美崙溪的力量，來自曾經是花蓮最具勢力的兩支部落。從上游而來的水原本如此清澈，短腹幽蟌各自占據自己的石頭，等待交尾的機會，而日本樹蛙則蹲伏在石頭上，想像自己就是一枚石頭。

　　早春時偶爾遇到少見的升天鳳蝶從不知是七腳川山或加禮宛山的那邊飛來飛來，並沒有像青帶鳳蝶和白紋鳳蝶停下來吸水，我始終不曉得牠們會飛到哪裡去。

美崙溪發源於七腳川山，長約 15.80 公里，流域面積 76.4 平方公里，經過包括秀林、新城、吉安三鄉一部分和大部分的花蓮市。河床坡度大多在 30％以上，河床坡降比為 1：120。地質由塊狀岩石構成，部分為礫石母質，年代較輕，易於風化，土壤平均厚度約為 50 公分左右。（改寫自《花蓮縣志‧自然篇》，瓶中溪水採集自砂婆噹水源地附近。）

柴薪流下七腳川

Cikasoan

　　一開始我是被那些貨櫃吸引。雖然只是平凡的貨櫃，畫上簡單線條的人物，但畫裡那些牽著手跳舞的人的筆觸充滿童趣，讓我不自主地被某種歡樂的氣氛感染。即使貨櫃屋的門上寫著「no, no」，但我還是繼續往裡頭走去。

　　貨櫃屋後頭是一個擺滿石雕的花園，有的是動物，有的是抽象的形狀，也有人像。我走到一個石雕人像前，它身上的衣服刀工如斧劈，好像用很放鬆自然、卻飽含力量的姿勢刻出來的。雕像臉部輪廓平常，但雙眼突出有神，彷彿正看到未曾見過的大浪。這座雕像的刀法和剛剛貨櫃屋上的畫，讓我想起曾經看過的另一座石雕，好像就是這兩件作品的結合。

　　這時一個戴著頭巾，有著漂亮輪廓，和讓眼神顯得更形深邃的長睫毛的青年跟我打招呼。他說，你好，我是 Mayaw A-ki。

　　馬耀在這個租來的小房子跟後面一大片空地工作，右手邊就是擺了磨石機、鑿、鎚以及各種石雕工具的空間，裡頭綁了兩隻體態漂亮的黑狗。馬耀熱情地招呼我到外面的客廳聊天，我喝了他熱情招待的一瓶鋁箔包紅茶，一面參觀他滿櫃子的作品。櫃子裡有不少大大小小的石雕翻車魚。

　　他說刻翻車魚是為了賣給遊客，這樣才能負擔半時創作的資金需求。刻翻車魚對他而言並不是形塑族群記憶，或是不可遏抑的

創作衝動，純粹就是為了生活。

我想起大約在 2002 年，翻車魚才突然變成花蓮縣政府推銷的「地方特色」。這種巨大，外貌古怪，性格溫柔，喜歡平躺於水面上讓海鳥清潔寄生蟲（也有學者認為是為了提高體溫），以致於極容易被捕獲的魚，全世界僅有極少數的國家會食用，當然，我們的島嶼是其中一個。在推動曼波魚季（這個名字比翻車魚好行銷）後，翻車魚皮、翻車魚肉、甚至翻車魚腸都變成熱門的菜餚，成為餐廳促銷的重點。唯一尚稱幸運的事就是牠們是目前可知最多產的魚，更幸運的是牠們產卵地不在台灣海域。近年國際保育組織已經建議將牠們列入保育，畢竟，牠們對危機接近的遲鈍反應實在很像多多鳥。

花蓮的觀光若有優勢就是這些山脈、溪流、海洋，和居住其間的生物與秘密，若有劣勢的話就是缺乏規畫並對行人殊少關心的街道、部分乏味的建築和少數對花蓮缺乏敬意的資本家、知識分子與官僚。翻車魚並非絕不可吃，但把某種特定魚種做為觀光手段，在短時間內就會對牠們形成難以想像的生存壓力，是明顯可見的事。我們有必要用這種手段促銷花蓮嗎？

翻車魚可以刻成翻車魚紙鎮、翻車魚擺飾，或翻車魚項鍊。我問馬耀雕刻用什麼石頭？他說現在大部分用進口的石頭，但他自

己創作時最喜歡用花蓮石梯坪的石頭，顏色比較深一點。我想，像馬耀這樣年輕，正當創作力旺盛的創作者要花費他的部分生命去雕刻這些紀念品時，會不會也是一種損耗？不過這也許是沒有辦法的事，這是多數創作者都必得要面對的問題。有時候生活給我們思想，有時候生活也剝奪我們思想。

我很喜歡保留了原住民語的山的名字，有一種「原本山的名字就是這個」的味道。記得以前讀到陳黎〈島嶼飛行〉裡那九十九座山的「合照」，有許多山的名字都讓人充滿好奇與疑惑，比方說「珂珂爾寶」，比方說「三巴拉崗」，比方說「巴都蘭」，比方說「七腳川」。

初到花蓮時，我知道「七腳川」必定是來自原住民語的音譯，但對在音譯時究竟為什麼選定「七腳川」這三個中文字，一直感到好奇。後來我查了資料，發現清初的各種地方志或筆記、官方資料，就使用過直腳宣（蔣毓英《臺灣府志》，1685）、竹腳宣（藍鼎元《東征集》，1722）、竹仔宣（余文儀《續重修臺灣府志》，1764）、七腳川（羅大春《臺灣海防並開山日記》，1875）這些不同的字。如果不論歷史淵源，以將 Cikasoan 直接音譯成中文的用字來說，我確實比較喜歡「七腳川」，有一種童話的味道，好像一條有七隻腳的溪流一樣。語言在變成另外一種語言的時候，有時候會讓人期待裡頭充滿故事。

不過無論是七腳川或七交川，都沒辦法呈現原本 Cikaosyay

── 多柴薪之地的意思。學者研究，Cikasoan 賦名的由來，就是當初落腳在此處的族人發現居住之地盛產柴薪，地名便成為社名。加禮宛事件後七腳川社進入全盛時期，當時他們不只分布在七腳川流域，而且占據了大半的奇萊平原。如果先拋開對七腳川各種賦名原由的紛歧說法，部落成了山的名字，山的名字就是溪的名字，溪的名字同時也是部落的名字，正巧形成了一種奇妙的雙生關係。七腳川山流出了七腳川溪，一座盛產柴薪的山，流下一條盛產柴薪的溪，提供了一個族群生存的盛產柴薪之地。

但現在如果從七腳川的出海口往上游走，也許你會失望也不一定。溪流的兩側，已極少見到足以環抱的樹，而流過市區的七腳川溪段，歷經一九九六年的大規模「整治」，溪岸與溪床都已經水泥化，只在上頭點綴似地做了「綠化工程」。下游的七腳川溪畔由於留下的行水道較為寬闊，部分溪段進行了所謂「低水護岸生活污水漫地流處理工程」，讓生活污水在溪岸略為淨化才流入溪中，上頭則植上青草，因此至今溪岸仍有人放牧水牛。牛背鷺停在牛背上，時或緩慢、優雅地一步一步走近水邊，或許是少數仍讓上一輩可以朦朧回憶起七腳川溪早期的景象。

我步行七腳川溪的起點，通常在黃昏市場附近，有時往上，有時往下。水利局在網上宣稱慶豐段是「整治美化」，但無論怎麼看都像一條有階梯的排水溝。我總覺得大山橋以上七腳川才變得勉強像一條溪。但路旁樹立了一張「花蓮縣吉安鄉太昌村土石流緊急避難路線圖」的告示牌，說明七腳川名列為花蓮 005 號危險溪流，

馬耀的作品好像用很放鬆自然，卻飽含力量的姿勢刻出來的。

現在七腳川溪下游，已進行了「生態綠化工程」，難以想像它的野性。

並將在近期進行「整治」工程。從溪道裡堆滿了大大小小的落石來看，或許七腳川確實曾經野性難馴。

　　充滿野性的既是七腳川溪，也是七腳川山，七腳川社。七腳川社一向被認為是奇萊平原上極強悍的部落。我在張良澤先生提供，登在《七腳川事件寫真帖》的一張照片中，看到七腳川社人放在當時西社出入口的「首棚架」，架上層層疊疊擺滿了二十七具頭骨（從照片上數的），可能是因為距離感的關係，照片裡的灰色頭骨看起來並不覺陰森，只是存有一種無可奈何的氣味。

　　在所謂的「文明人」與原住民接觸的上幾個世紀，原住民再怎麼驍勇，似乎都很難抵抗戴蒙（Jared Diamond）提醒過我們的「槍砲、鋼鐵與病菌」。他們在衝突中獲得的勝利往往很短暫，只留下一些日後令人回首低迴不已的感傷歷史：比方說領導蘇族抵抗白人入侵懷俄明州中部與蒙大州印地安人獵場的紅雲（Red Cloud），比方說拒絕白人進入奇奧華人領域的塞譚（Set-Tainte），比方說帶領納茲帕西部落一面作戰一面撤退達一千哩，仍在蒙大拿被迫投降的約瑟夫酋長（Chief Joseph），他們或許獲得聲名，但最終都失去他們的草原、野牛與族人的生命。

　　七腳川社也曾在七腳川溪的見證下留下驍勇的聲名。在佐久間左馬太任台灣總督後，日本人的「理番政策」為之一變。佐久間主張恩威並濟，開始設隘勇、地雷、電流鐵絲網，意圖將原住民圍困在人為邊界裡。明治四十一年（1908），日軍從砂婆噹溪（美崙

溪）右岸經七腳川山麓到木瓜溪的巴特蘭，架設了一道鐵絲隘勇線，並雇用七腳川社人看守。由於事件缺乏記錄，研究者在尋訪耆老後多半認為七腳川事件的引發點可能是關於隘勇薪資偏低的原故，不過事實的背景可能遠較我們現在理解的更為複雜。

12 月 15 日，七腳川社人突襲了隘勇線，日本的花蓮港守備隊隨即出動鎮壓。十一天後，守備隊雖然戰死了二十七人，但終究取得優勢。事後日人重構一條更長的七腳川隘勇線：這條防線南起鯉魚（壽豐）沿荖溪經銅文蘭、木瓜溪、七腳川山麓至砂婆噹水源地，並與另一條威里隘勇線銜接，長達三十公里。

我在《七腳川事件寫真帖》裡看到一幅註明是當時七腳川社頭目 Komod-congaw 孩子的照片。照片上有一名少女，一個約略七歲左右的男孩，以及一個看起來似乎同齡的女孩（事實上我不太能確定那是男孩或是女孩），女孩還背著一個似乎才剛學會走路那樣年紀的小小孩。四個孩子左右兩側各站了一名日本軍官，對照其他照片，我認出左邊那個留著落腮鬍的是谷山警部，右邊則應該是近藤警部。兩個日本人都穿著淺色風衣，以武士刀為杖，眼神驕傲地看著遠方，沒有注視相機——反倒是四個孩子的眼神都盯著這個陌生的機器。

所有的殖民者都希望控制被殖民者的想法，要他們順從、卑屈。他們從教育、服裝、房舍改造起，有時候連植物乃至於牲畜都一併置換，如果可能的話，他們會換掉水與空氣，以避免被殖民者喝到祖先的水，呼吸到祖先的氣息。日本人後來強迫遷移七腳川社

民，並將七腳川社故耕地開闢成日本移民村——吉野村，這名字
是因為這批移民多來自四國德島縣，那裡也有一條溪流流過，叫做
吉野川，日本人遂把自己家鄉溪流的名字，放到千里之外這個小村
莊的身上，用來治療他們的鄉愁。昭和十三年（1938），日人再迫
遷七腳川人到知亞干溪（壽豐溪）北方（即今溪口村），照片裡的
四個孩子則被強迫遷往鹿寮（台東鹿野鄉瑞源村），那裡距離他們
的家鄉超過一百公里，旁邊也有一條卑南溪的支流鹿寮溪。他們仍
住在水邊，那四個孩子眼睛都非常大，像溪水一樣閃閃發亮。

　　另一張令我印象深刻的照片是從鯉魚山砍下的大楠木，直徑
達九尺以上。躺下的楠木仍使得照片中坐在上頭的日本警察與軍人
顯得非常矮小。在我的經驗裡，不論是鯉魚山或七腳川溪流域，都
沒有看過這麼大的楠樹，或許要再等一百年，才會有楠樹能有這麼
威嚴的樹身。

　　馬耀的工作室就在七腳川溪的出海口。事實上，我跟馬耀並
不熟識，只是在一次從中游步行到出海口時，厚著臉皮自顧自地往
他工作室的裡頭走去，而和這個有著長睫毛、專注眼神的雕刻家聊
了一段時間而已。那天馬耀聽說我正在步行溪流，遂帶我到他工作
室旁的一個小土丘上，說從這個位置，可以看到遠方流過來的七腳
川溪。他指著溪畔現在是農田的地方說，在還沒有建水泥堤防之
前，七腳川溪會在雨季往溪道外氾濫一段距離，雨季後溪水會再回
到溪道，四周的田野會留下一個個小小的，像池塘一樣的溼地。那

裡頭可以捕到原本在溪裡的魚，也可以用來養魚，黃昏的時候會聚集鷺鷥。但建了水泥堤防之後，當然也就不會留下溼地了。

　　我站在那個小土丘上，想起幾年前和當時學校的駐校作家施叔青一起去看阿美族驅蟲祭的事。那天她打電話給我，說要跟一位花師的研究生去看阿美族的驅蟲祭，問我有沒有興趣。我立即開車出發，舉行祭典的地點，就在七腳川溪流經的吉安附近的一處巷弄的「活動中心」附近。等了非常久的時間祭典才開始（至少從兩點等到了四點多），我們跟著隊伍走到村子口一棵老榕樹下，那裡時而有車子經過，看起來有點驚險。我有點懷疑真的要在這裡進行祭典？但確實是。主持祭典的是村子裡年長的婦女，她們包著頭巾，拿著一塊方巾鋪在地上，上面放了米酒和檳榔。開始時由一位最年長的婦女唸著禱詞，接著其他人就跟著她一起唸，接著像是兩兩一組（或是四個人一組），邊唸著禱詞邊用雙手反覆從腰部抬起，掌心向上，接著單手舉起像是請求離開的手勢。她們的眼神都望著很遠的地方。研究生跟我們解釋說，禱詞大致就是希望昆蟲們離開，請牠們不要來吃農作物的意思。不久她們分成兩個角色，一個站在揮動手勢的婦女背後，隨著禱詞的節奏含住一口米酒，然後使勁往前面那位手勢揮去的方向噴出，酒灑在她們的頭髮上，站在遠處的我仍可聞到酒香。結束後大人放了一種好像是某種果實的球狀物在地上（可惜我當時沒有問），等在一旁的小孩便爭先恐後拿起用檳榔樹葉綁成的棍子打擊它，讓它往前滾動。人群形成一個長長的隊伍，喧鬧而充滿快樂地追逐著球往巷弄而去。我們

跟在隊伍的最後，心裡想著祭儀會以什麼方式結束，村民有的則站在家門口，有的半途加入跟著球的行進隊伍，孩子們的樹葉棍擊打在地上，劈啪劈啪地非常響亮。球滾出巷弄，那裡是一片綠色的稻田，和遠方的海。

祭典到這裡就結束了。主持的女長老含著米酒噴向每一個孩子，沒有噴到的孩子往前頭擠，瞇著眼帶著笑意接受酒霧。我在旁邊也沾到了一些飛得較遠的，細微如毫末的酒霧。我不自主地羨慕起那個相信昆蟲聽得懂人語，而播種者也願意用溫柔的方式請求昆蟲離開作物的相處方式，那個人可以和山、溪流、海、昆蟲、鳥與祖先的靈魂溝通的時代。

七腳川溪從一條兩岸盛產柴薪的野溪，變成一條放牧之地，再變為一條水泥溝渠，不過是百年的時間而已。我有時會想，人們每一次「整治」她，或許也是一次對溪流裡的魚與毛蟹的滅族行動。我們沒有告知，沒有祭典，而牠們甚至沒有能力感傷，沒有地方遷徙，沒有記憶。

我問過一些去過花蓮的人知不知道七腳川，發現無論是七腳川溪（現在改名為吉安溪）、七腳川事件、或七腳川社知道的人都不多。對觀光客來說，七腳川溪並不是一個重要景點，就像七腳川社是一個逝去的族群，淡出的歷史。

往七腳川溪的上游走，走到盡頭時都會被一座毀壞的攔砂壩擋住去路，這座鋼筋外露、水泥塊崩落的攔砂壩，實在很難讓人聯

這是阿美族的驅蟲祭，我羨慕那個昆蟲聽得懂禱詞，而播種者也願意用溫柔的方式請昆蟲離開作物的時代。

七腳川溪的上游現在是數個殘破的攔砂壩，難以讓人聯想這裡是一條溪流。（攝於2006年）

想到這是一條溪流。在這裡有時我會想起淨土花蓮這個口號式的標語，發明這個標語的人一定沒有真正走進過花蓮的心臟、肺臟、血管裡。

七腳川溪在台灣任何一本河川的研究、記錄的描述中，都被歸為「次要河川」。但我想對七腳川社人，對走過溪谷的人來說，這描述顯然錯誤。我坐在這座看似廢墟的攔砂壩上，看著遠方的平原，一隻鸞褐挵蝶飛過來，把大花咸豐草往下拉成一道彎。一群台灣黑星小灰蝶，則聚集在攔砂壩下方一處淺淺濕潤的泥地吸著水。畢竟，每種生物到溪邊，總會低下頭來親吻溪水，穿山甲這麼做，台灣獼猴這麼做，蝶也這麼做。

即使這裡現在只是一座殘破的攔砂壩。

七腳川溪發源於七腳川山、初英山附近，標高 1,357 公尺，主流全長僅 11.4 公里，流域面積 42.16 平方公里。平均坡降九分之一，年輸沙量 51 萬公噸，山地面積占 27%，平地面積佔 73%。（資料參考《吉安鄉志》改寫，瓶中水取自七腳川溪下游出海口附近）

河口在遠方
Ta-Ra-Wa-Da

　　康拉德曾經對河流的河口做了一段動人的敘述:「一切大河的河口都有它動人之處,引人入勝的地方。水對人是友好的。海洋,作為大自然的一部分,在其威力的永恆不變和崇高宏偉方面,雖跟人類的精神相去甚遠,卻從來都是地球上富於進取心的民族的朋友。水是人們每每傾向於把自己信託給它的元素,好像它的浩翰無邊掌握著一份像它本身一樣巨大的報酬。」（倪慶鎵譯）

　　每一條溪流都自有其悲傷、憤怒,與其動人之處,特別是在出海口處。在這裡,淡水與鹽水交會,比重較小的淡水會浮在海水之上,形成一種漸淺漸淡漸深漸鹹的層次。漲潮時,海水淹漫入河,河末端的水流鹽分因此增高,退潮時,河水傾瀉入海,鹽分因此降低;倘若退潮時遇上大風,那麼海水很可能仍會朝河推進,形成「表層上湧水」,這種水流會和被月亮牽引的底層退潮水反向而行,於是水便形成兩個流向,展示兩種力量。潮汐之間,河與海的界線像在風中飄動似的,河口的生物,必然要適應這種不規則的鹽分變動。在生物學上,會說這些生物能適應廣鹽性,卡森女士（Rachel L.Carson）則說:即使蜿蜒而上河道深處,潮水的脈動和水味的苦澀,仍然申說著海的意志。

　　海的意志跟河的意志在河口展現,形成生命蓬勃的收納口。河的小流在這裡受到潮水的抗力而趨緩,但生命的速度卻像加快似

的。對溯流或降海產卵魚類與一些必須帶著滿腹子嗣到海邊放卵的蟹類而言，河口意味著通過牠們生命中的成熟關卡，溯流或歸海都是一條從少女變成少婦的道路。當潮汐漲退之間，離去的水會暴露出原本不肯顯露的一切：浮游生物、藻類、橈腳類、端腳類、以及未來得及隨潮水而去的魚蝦卵粒，還有那些因各式各樣理由喪生而被留在礫石間或沙灘上的屍體，讓潮間帶與河口總是同時呈現生的歡愉與死的悲戚。在這裡，生物吸引生物，死者吸引生者，而浪潮拍打如呼吸，河流執著地將一切送入海裡，等待海再將它們送回岸上。

曾有一個在中南美做橡膠生意的朋友寄給我一張亞馬遜河口的名信片，如果光看畫面實在很難想像那是「河口」，因為看起來簡直就像大海。做為熱帶第一長河（世界第二長河），這條河擁有最豐富的物種和最壯麗的河口。一萬五千多條支流從各處山脈注入亞馬遜河，使得她的流量在上個世紀末的探測數據仍達每秒二十萬立方米以上。數據可能難以想像實貌，這麼說吧，亞馬遜河的流量占世界河流流量的百分之二十，等於尼羅河、長江與密西西比河的總和，以致於她被許多探險家稱為「河海」。

這條流過現今地球僅存蠻荒輝光的巨河和她的支流，至少有兩千種以上的淡水魚種（這個數字是美國、加拿大和墨西哥魚種總和的兩倍），形成的流域面積有兩個印度那麼大，而她的河口，每秒朝大海排出九萬五千立方公尺的水，以致於一百五十公里內的海

域嚐起來都是淡水。

　　這麼長、曲折、黑暗而神秘的一條河要走多久才能到達出海口？

　　西班牙征服南美洲之後，許多探險家進入亞馬遜流域尋找傳說中的「黃金國」。而征服印加帝國的皮薩羅，他的同父異母兄弟岡薩雷歐・皮薩羅（Gonzalo Pizarro）在1540年組成的探險隊，則是希望能在厄瓜多內陸找到「肉桂」。因為在當時，香料肉桂的價錢如同黃金。由於隊伍被困在叢林失去方向，皮薩羅派遣法西斯科・奧・雷利亞納帶領五十名士兵乘一艘船去尋找食物，沒想到雷利亞納一去不回。有人認為可能是他找不到食物而放棄歸隊，但我在想，當時又有誰能在那樣的叢林與流域任意去某個地方，又從容地回到原本的地方？無論如何，這次的故意離去或無意迷失，引他順流到另一條大河裡面──那條大河彷彿大海，以致於他和士兵們深信，沿著大河走必將到達大西洋。傳說雷利亞納一行人，因饑餓曾獵食當地土著，當然也曾被土著襲擊。這支疲憊、驚惶、每一步都踩在蠻荒心臟的隊伍聲稱他們遇到一群驍勇的女戰士，讓雷利亞納想起了希臘神話被喚為「Amazon」的族群。但除了這支隊伍，後來並沒有人再見到這群女戰士，以致於有人認為那可能是一個謊言或誤判。雷利亞納絕對沒想過一條河可以那麼曲折，八個月後，他們航行、步行了四千七百五十公里，損失了許多隊員，幾乎是從太平洋的彼端，來到大西洋。

　　對亞馬遜來說，雷利亞納絕對稱不上是英雄，回到西班牙後

他銜國王之命再返亞馬遜，希望能挖走更多這條巨河的祕密和資源。但彼時亞馬遜夠複雜、險惡，具有上帝也難以置信的野性，最終她將這個命名者淹死在出海口。

相較之下，我現在所看到的花蓮溪彷彿一條小水痕，安安靜靜注入亞馬遜也難以想像的廣大太平洋。花蓮溪雖然是花蓮縣境內第二大河，但長不過五十七點二八公里，如果從源頭順著溪走，估計兩天就可以走到出海口。

但每一條河的河口，都有屬於她的獨特氣質，花蓮溪亦然。

我遇過一些花蓮的藝術家到溪口尋找可以做木雕的漂流木。這些原本記憶著深山年輪的樹木因老朽或被伐，飽受折磨地滾下溪谷，被大旱所阻、陽光曝曬，終於等到一場大雨來到河口，當然也有一些是從別處隨著海流而漂來的。花蓮溪的溪口因為砂石淤積，與海浪沖擊的作用力，形成許多溪口沙洲與沙丘，幾乎成了「沒口溪」，許多來自深山裡的物事遂擱淺於此。對許多民眾與藝術創作者來說，這些漂流木成了「來自深山或異地的美的屍體」，以不同的形意展示在淤灘上。

而這些淤灘也成為候鳥與鷗鳥的暫時棲息地：花嘴鴨是定居者，鈴鴨、尖尾鴨、赤頸鴨、琵嘴鴨、大杓鷸、反嘴鷸……則來自異鄉，而無論何時，你總能看到最常見、幾乎不受賞鳥人青睞的小白鷺在沙洲上徘徊，雖然你非常清楚牠們是在等待食物，但遠遠看起來牠們像是在跳著某種舞蹈，拍著翅膀，用長長的腿跨過海

溪口是各種候鳥與岸邊水鳥聚集之處，即使是常見的小白鷺，當牠們用長長的腳跨過海浪時，也美得彷彿一種舞蹈、一種儀式。

花蓮大橋附近即是舊港，通過這橋，花蓮溪遂以平靜的姿態往大海而去。

浪，彷彿一種儀式。

有一位熱愛海洋與鳥的年輕朋友昌鴻在與我一次談話裡提到「鷗潮」，他說這個季節鷗鳥會隨著潮水的動線覓食，一波一波如同海浪。他和我約定到花蓮溪口，可惜那天天候不佳，鷗潮不如想像，只有零星的黑腹燕鷗逐浪。昌鴻調好單筒，問我有沒有在花蓮溪口看過唐白鷺，我說沒有。他把接目鏡讓給我，然後我就在一群小白鷺中，看到了一隻只能在喙部顏色分辨出牠不同身分的唐白鷺。牠偶爾甩甩頭，然後拍拍翅膀，翼羽的尖端輕輕抖動了一下，彷彿那裡起了一陣微小不可見的風。

日後我到花蓮溪口看鳥時，偶爾會遇到花蓮本地的賞鳥人戴著帽子，站在單筒後面，專注地在鏡筒裡那個圓圈的世界裡。雖然沒有交談，但彼此都很了解對方的心情。看到一隻昨天未見的候鳥就像看到情人，而你心裡明瞭河口有幾種鳥，甚至幾隻鳥，卻感傷地每天都在計算、預測牠們離開那天的到來。

資深鳥人都認為，花蓮溪口的鳥況跟以前已不能比，海岸林地的被砍伐、砂石場採砂後的河床鬆軟造成下游淤砂、造紙廠與大理石廠與砂石場的洗砂廢水排放、河堤與海堤的水泥化 …… 看似局部局部的改變，終會加總成一股難以逆轉的力量。溪口的食物與可棲空間減少，候鳥不再是來了離開，有些甚且來了死亡，有些則可能因而改道飛行。這些則是關心鳥的朋友們所無法計算，也無法掌控的悲傷。

在花蓮我遇到不少像昌鴻一樣，對海、溪流，及其間與花蓮

人共存的生物有深厚情感的人。他們有的宣稱是我的讀者，其實是我的老師，他們關心溪流和海岸線的轉變，但這心意很難讓不觀鳥、不走海岸線的政府官員感同身受。昌鴻當兵後，有時我還會收到他從某處寄來的鳥訊或鳥影，或者是他隨漁船到海上觀察的訊息，我的腦中就會浮現那天花蓮溪口的畫面。

花蓮溪不過是一條長五十多公里的溪流，她是地球上一道小水痕。但站在她的出海口，可以聽到各種複雜的心跳。

海岸山脈最北邊尾稜有幾座小山，從北到南分別是花蓮山、賀田山和北月眉山，它們都沒有超過五百公尺。鯉魚山在鯉魚潭東邊，以略高的六百零一公尺，隔著花蓮溪和賀田山、北月眉山相望。從奇萊山而來的木瓜溪則在此散成數條水道流入花蓮溪，我到花蓮教書時的住處就在這幾個座標山間的平原上。

花蓮山與賀田山是我常去的小山頭，有一條通往嶺頂的道路，路的一側可以看到壽豐與花蓮溪，轉到另一側時則可望見大海。賀田山的蛙況與螢況均佳，白頷、莫氏樹蛙在這裡往往群聚在山溝旁的小水域附近，而這些小型的山溝通常也可以發現灰甲澤蟹這類的大型溪蟹，台灣溪蟹特有種的比例很高，說明了溪流對蟹而言是一個很獨特的封閉生態圈，因此一旦棲地受危害，就可能危及一種只分布在局部地域的溪蟹生存。往一些小山徑走，有時會在春天夜晚看到整面山壁的羊齒上停滿或飛動著紅胸黑翅螢、黑翅螢的景象。由於這個地點離學校不遠，成了我方便帶學生觀察的地

方。有蛙的水池旁往往也有赤尾青竹絲聚集，牠們像枯枝一樣靜止在岩壁或樹上，思考什麼時機啟動一場殺戮。蛙在夜裡總要面對這樣的兩難處境，不放聲鳴叫可能失去求偶的機會，放聲鳴叫卻又引來殺機。

在山徑上我也曾多次把走到路上的食蛇龜揀回路旁，牠們雖然叫食蛇龜其實並不吃蛇，被抓住時會因為緊張而發出威嚇的嘶嘶聲，並且將腹甲的胸盾與腹盾間的活動韌帶一拉，遂成為一個裡頭裝著珍重靈魂的盒子。有一回我載學生下山時，車剛過一個迴轉我猛然踩了煞車，因為一雙明亮的眼睛正盯著車燈。那是一隻野兔。車上的學生因此興奮得尖叫，牠在車子前面停了數秒，然後在我終於舉起相機對好焦的時候，以撲朔的步法消失在路的另一邊。每回載學生上山，回程時他們總是變得安靜，我覺得上山時跟下山時車的重量截然不同。

下山回學校必然會從花蓮大橋越過花蓮溪，通過這橋，花蓮溪就以平靜的姿態往大海而去。

舊港是我幾次步行花蓮溪的起點，往上不遠就是花蓮溪與木瓜溪的交會處。愈往中游走水量愈少，這說明了花蓮溪確實是接受了木瓜溪的水流後，河面才極力伸展，化為一條寬廣美麗的河流。過了木瓜溪交會處後河道雖寬，但水流變得窄且略為急切，帶著一種荒涼的意味。

偶爾我會涉水過溪。除了颱風或雨季，走到月眉附近的溪

凡是有蛙處常可見到蛇，這隻赤尾青竹絲從山壁的排水管伸出身體，靜靜地等待獵食的機會。

莫氏樹蛙攀附在水溝壁上，似乎並不知道危機就在背後。

床水就分流成兩、三股，每股不及十公尺寬。這正是涉水的好寬度。

在水量足夠的季節或溪段涉水可以朦朧地感受兩個世界。水面上的小白鷺與蒼鷺往往在我接近到十幾公尺左右才振翅飛離，牠們拋下影子，讓水面形成一個個逐漸遠離的波紋，撞擊到我膝蓋的位置。而水底下的是讓腳底略感疼痛的礫石，以及輕輕碰觸腳踝，略帶阻力的水流。

有時我就靜止不動，模仿一隻鷺鷥，果真這樣做時，鷺鷥似乎也會慢慢放鬆戒心，縮短牠判斷的警戒距離。多數鷺科的鳥似乎擁有無限耐心，如果不是有獵物游過或危險接近的話，彷彿可以永無止境地佇立下去。不過我聽說看似安靜、和平的鷺鷥恐怕並不是真正的安靜、和平者。根據一位奧克拉荷馬大學的生態學家道格拉斯‧莫克（Douglas W. Mock）的研究發現，常見的黃頭鷺與小白鷺常有巢中兄姊殘殺弟妹的情形，有時一天體力最差的么子還得打上百回合的架。這種同類競爭並不愉快，為了生存卻無可迴避。

現在牠們靜止，偶爾，只有偶爾才慢吞吞向前踏幾步，像是在測度距離，隨即又再次靜立、守候。

循中游繼續走可以發現水道兩側常會出現藻類形成的綠帶，這應該是水中硝酸鹽和磷酸鹽的含量增高所造

屬於二級保育類，並不食蛇的食蛇龜是台灣唯一陸棲龜，牠會翻越山嶺找雌龜交配。因長相可愛，這幾年卻被當做寵物飼養，或走私到中國當藥材。

成的，可能和兩側的工廠和溪床上被開墾的農田有關。在這樣的溪段涉溪並非明智之舉，因為鞋子和褲子總會沾染上一種濃厚腥臭的水藻味，清洗後仍然揮之不去，像溪流的怨氣跟隨。我曾讀過一些研究報告，研究者發現營養鹽和森林的土地面積成反比，而和耕地面積成正比。也就是說耕地的開發會因施肥或家庭廢水排出大量營養鹽到河流裡，森林的存在則可以有效地吸收營養鹽。當水中營養鹽過高的時候就會形成水質的優養化現象，藻類因此過度茂盛，並且可能會影響以水底石頭為產卵地的魚種繁殖，破壞水中微生物與菌種的平衡。過量的藻類與水草也會在夜間吸收氧氣吐出二氧化碳，魚因此可能在夜裡呼吸困難而暴斃。

我養魚種水草有很長的一段時間，在人工水族箱中密植水草，常必須添加濃度較高的二氧化碳量以維持旺盛的光合作用。水族箱展現的其實不是自然水域的縮影，而是人的意志。有時我疏於換水，水中的營養鹽升高，含氧量失去平衡，細菌、藻類的變動將很快導致我所設定的水族箱「理想狀態」的崩潰。

對水族箱裡的魚和水草來說，我的意志就是神的意志。我曾在小小的兩尺缸裡放進一兩重數量的黑殼蝦，期待牠們幫我清藻，卻在當夜就因水質的不適應、缺氧而死亡大半。我也曾經將不同光需求的水草種在一起，這在一開始就已注定某些草的繁盛與某些草的死亡。念研究所時則有一段時間沉迷繁殖孔雀魚，為了留下我自以為的「美麗種魚」，勢必將一些尾鰭不夠大的幼魚從看得出性別開始就加以隔離，牠們注定無法繁殖，一輩子只能向同性伸出

交配鰭。我因內疚的關係，給牠們吃更多用鹽水孵出的豐年蝦。神獨斷、狠心，偶爾也會施予恩典。

如果把我的形象擴大來看，人類隨著掌控自然界的力量增加，有時也會自以為是地濫用「神的意志」。從人類開始「馴化」（domestication）動植物開始，就已經在運用演化的力量創造一個自己認為更有利的生存空間，相對於天擇、性擇，現在的世界有許多的生物或許應該說是人擇後才漸漸形成現在的樣貌。

人擇的範圍不只是生物的繁盛與生死，還在持續地改變山、河流、海洋和氣候。雖然洛夫洛克的蓋婭假說並沒有獲得所有的科學家接受，但地球環境確實近似一種「生物維持系統」，藉由眾多生物的調節與變化，這個星球上的氣壓、氣體比例、溫度才能維持了很長一段時間適合各種生物生存的動態穩定。換句話說，所有的生物與無生物共同「努力」在維持一個適合自身生存的生境。

地球雖然確實也會無情地「滅絕」她的子女，但人類文明快速發展後這種影響的震盪幅度卻是前所未見的快速。2006 年末發表的一些報告指出，台灣和世界一樣，正愈來愈溫暖。繡眼畫眉跟八哥的繁殖期拉長，蚊子在冬天照常活躍，而步行在花蓮溪的我則發現甜根子草十一月底才開花。根據統計，我們的島嶼在 1950年到 2004 年間每十年增加零點一五度。但其實不應該這樣平均來看，因為從 1976 年到 2004 年之間，每十年增加的是零點二四度。估計 1990 年代平均一年有二十二天超過三十度氣溫的日子，2020

花蓮溪的中游，水分成數個小股，同時常浮現藻帶。

年將會增加到四十天，2050 年則為五十四天，到了 2090 年可能會有七十七天。而就在台灣三十度以上的日子增長為五十四天之前，NASA 的研究者判斷，彼時北極夏季應已無冰。夏季無冰的北極會反射較少的陽光，導致海水溫度以更快的速度上升。

　　確實所謂的溫室效應，有一部分其實是來自地球正處於冰河時期來臨前的增溫狀態，但有些現象則是因為工業發達後的污染與森林砍伐破壞了循環平衡，使得這樣的變動加速。十八世紀英國的泰晤士河冬季仍會結成一條冰河，居民會在河上舉辦追狐狸的活動。但當倫敦漸漸「文明」，規模日漸龐大的工廠釋出高溫的廢水到泰晤士河，釋放更多二氧化碳到天空裡，今天的泰晤士河已不結凍，說起來這對狐狸來說是幸運的事也不一定。而那個總在我們記憶裡什麼都沒有，唯獨不缺乏冰雪的阿拉斯加，部分因溫度上升而融解的「永久」凍土層已造成地層下陷的狀況。照片裡雪地中的極地森林因此東倒西歪，被稱為「喝醉的森林」。

　　我們的下一代可能會經歷將近三個月氣溫超過三十度的「炎夏」，面臨時間更長的登革熱威脅，或必然會出現的一些前所未見的、因過度溫暖而產生的疾病。許多生活在「臨界溫度」的海岸生物，則可能因溫度微幅上升集體暴斃。科學家費根（Brian Fagan）所說的「漫長的夏天」已經來到，它並不是穿少一點就能解決的事，那考驗的將是「人類與人類文化脆弱的程度」。

　　我回想起小時候的天氣，實在很難判斷那時熱些還是現在熱

些。中華商場的人好像都有午睡的習慣，午後鄰居會從家裡搬出竹製的躺椅，在騎樓下停得滿滿的機車停車棚裡擠出一個位置，睡午覺的時候右邊可能是野狼，左邊是偉士牌。我家在三樓還有一間小房間，所以我和哥都是到那個小閣樓午睡。天熱時我們會先用抹布把木板床抹一遍，然後拿鞋盒蓋搧風，有時候就這麼睡著了，手上還拿著鞋盒蓋。

我還記得家裡第一次裝冷氣的情形，但已經不確定那是在我幾年級的時候。那時商場已有不少的店家裝了冷氣，最早好像是隔壁再隔壁的西服定做店。每回我走過他們店門口都覺得一陣幸福的涼風吹來，因此常藉口去上廁所，只為了能多經過幾次吹幾秒鐘的冷氣。我們家可能是愛棟最後裝冷氣的店，我爸一定掙扎了很久，每家店都裝上冷氣這件事給他帶來很大的痛苦。當那年夏天工人把冷氣裝在我家店門口上方後（因為只有三坪大，店門口上方是唯一可以擺冷氣的地方），我總是期待天氣能夠熱到客人受不了。因為以我爸跟我媽的忍耐力是不可能受不了的，他們會開冷氣除非是客人穿鞋穿到滿身是汗，開口抱怨。我記得冷氣的下方會伸出一條長長的塑膠管，通到店門旁邊的一個克寧奶粉罐裡，如果有開冷氣的話那裡會有水一滴一滴地流出來，我用那水養從夜市撈回來的金魚。

那時整個城市的人都沒有想到有一大大家一起開冷氣會讓整個島跳電，我還以為如果大家都把冷氣朝外，冰箱打開，整個城市就將變得涼快。我甚至以為一直開冷氣，我們家就可以生產一些

水，而省下一點點的水費。

　　我們總是曾經愚蠢又天真過。我不認為我們的上一代，或上上一代，或不同種族，天生比另一群人更天真純樸，順應環境，文化更加睿智。我以為如果在沒有環境意識認知的狀況下，你免費替一個炎熱地區的家庭裝冷氣，他們必然衷心感謝你的恩惠；而如果沒有電費壓力與健康考量，多數人是很願意一天到晚開著空調的。也就是說，知識加上感同身受的體諒，才是知道自己對環境造成什麼樣傷害的關鍵，是這兩項東西，讓部分原住民知道他們過去的生活方式也存有價值；也是這兩項東西，讓部分都市人發現自己的生活在不知不覺中傷害了些什麼；是這兩項東西，讓一些人覺得某種價值更適合我們去嘗試，而某些行為或許應該考慮遺棄到人類文化的墳場裡。

　　要既得利益者充分尊重他人生存權是不太容易的事。因為事實很明顯，雖然不論貧窮或富裕都會承受水患，但傷害必然會從最貧窮、最沒有抵抗力的地方開始。即使有一天海水與河水淹沒了城市，富人必然已經提早把他們的房子賣了個好價錢，搬到更高一些的地方去。

　　從這裡往回望，出海口已在遙遠的彼端了。和大部分的溪流一樣，花蓮溪愈往下游水質愈糟。未經處理的家庭廢水，部

鱸鰻會溯流而上，又會到海邊繁殖，因此水庫對牠們是威脅，河口與海污染對牠們也是威脅，人類不分大小的捕捉當然更是威脅，導致牠們的野生族群數量漸漸稀少。

分農地仍需施肥噴灑農藥，以及那間整天散發奇怪氣味的紙廠所排出的廢水，和溪水一起流向大海。溪岸也常可以發現沖到這裡，正在某處造成水路阻塞的布袋蓮。曾經一度我們以為，所有的物事流到大海後都能消解。

鱸鰻可不這樣認為。因為牠們既屬於溪流，也需要大海。牠們屬於「降河性洄游魚類」（catadromous fishes），生命大部分時光都棲息在淡水的溪流中，但一旦性成熟，便會順流至河口，然後回到特定海域產卵。鰻苗孵化後，則會隨著海流，從河口溯游回到溪河中成長。這是過去許多河口村落都有捕鰻苗傳統的原因。

而對於溪水的品質，日本禿頭鯊和河蜆也必然比檢驗所清楚。牠們這百年來用生命測試了溪水，用身體告知人類許多重要的訊息。要知道溪流是否健康，最好知道一條溪裡有什麼魚，而要知道一條溪裡有什麼魚，最快的方法就是問釣客。在我的「不正式口頭調查」裡，台灣鏟頜魚（苦花）和粗首鱲（溪哥）是數量較多的魚種，這些都是輕度污染河川還可以生存的魚種。有一個釣客跟我說，繁殖期偶爾還是可以看到日本禿頭鯊溯流。俗稱「和尚魚」的日本禿頭鯊是另一種類型的河海溯流魚種，牠是「兩域（側）洄游型魚類」（amphidromous fishes）的一種。這種類型的魚所產的卵會在淡水中孵化，仔稚魚順水漂流至河口，再溯游至溪流中、上游成長。牠們靠著吸盤和跳躍能力，從一個石頭往另外一個石頭上跳，在生命的歷程中，任何一個河段的污染都會截斷牠們的生

機，所以，如果能活存下來，意味著河水還保持著一定程度的清澈度，這或許是令人欣慰的事。花蓮縣境內有大量日本禿頭鯊的溪流都是水質狀況較佳的溪流，我曾在春天僅僅在三棧溪下游一處小水窪裡就看到成千上百隻日本禿頭鯊聚集。釣客也是最清楚溪流狀況的人，他們都知道花蓮溪的問題在家庭廢水、造紙廠以及採砂場的廢水污染，以及過度開發的河砂，這些年已不知道讓多少洄游性的魚類斷魂溪口。

當人們失去一些東西一段時間後，通常它就會成就一種「懷舊」的產業。花蓮近年來頗受注意的一種懷舊產業便是「摸喇仔」（河蜆）。都市人從數百公里外開車或搭火車而來，帶著孩子「享受」原本在城市溪流也能感受到的樂趣。只不過這種生活其實已非「生活」，而是養殖場經營出的「擬態」。

如果「喇仔」會寫歷史的話，牠們一定不會漏掉祖先在每條溪流被毒水滅族的記憶。根據研究，河蜆從出生到長到十元硬幣大小，為了獲得水中的浮游生物，大概必須濾食大約一萬公升左右的水（或許這樣想吧，數千瓶的可口可樂胖胖瓶的水）。直到現在，其實仍然不是養殖戶撫養了蜆，而是地上的溪流，或地底下的溪流所提供的水養活了蜆。當然也不是河蜆集體逃離，剝奪了我們上一代「摸喇仔」的記憶，而是我們的上一代（和我們）自己放棄、毒殺了自己的記憶。

再往上走，再往上走。中央山脈東側的烏卡開溪、馬太鞍

溪、萬里溪、鳳林溪、壽豐溪、荖溪、木瓜溪，跟發源於海岸山脈西側的大農溪、六階鼻溪、草鼻溪、米棧溪、南月眉溪與月眉溪，逐一股一股地回到山上。花蓮溪是東部最富包容性的溪流，而在被秀姑巒溪襲奪源頭之前，古花蓮溪也曾是縱谷最壯觀的一條長溪，只有她充分知道百萬年以來山的訊息。

人類出現在溪畔與山上是很近很短的事，但因為人類和溪流比較起來壽命如此短暫，因此我們稱一些先人的道路為「古道」。

米棧附近有不少野溪，我走過其中兩、三條，每條的水質都極為清澈。日據時代，海岸山脈與花蓮溪畔的住民為了將物品運到水璉部落交換，逐步開闢出一條越山道路。住民先搭船渡過花蓮溪與壽豐溪，來到越嶺道這一端，再走過步道到山那邊的水璉。由於回程時多會將貨物堆放於此，故名米棧。越嶺道當時不只挑米，也有人趕豬、雞、鴨，也就是說它原本並不是一條路，而是很多條剛剛好可以容一人步行的小徑。

我一直沒有去走米棧古道，一次帶學生去美崙溪上游的行程中，他們提到廖鴻基老師曾帶他們去走米棧古道，我才在隔周去走古道。學生們說廖老師說走到古道的最高點，將可以看見海，但他們說走到最高點並沒有看見海。

其實是可以看見海的。

古道經過整建後總會有些許面貌上的變異，幸好米棧古道的復原設計還頗為恰當，前半段是沿路砍竹子所架的竹階和竹圍欄，後半段則是土階路。有時旁邊的圍欄是以砍倒的樹做成的，因

為並沒有將樹連根砍斷，日子一久有的圍欄還因此長出新葉。步行不到兩公里即可到達解說牌提及的廢棄涼亭，而後會進入一片蕉林，其中有個路段看似往下，其實不久仍會往上。若穿過那片蕉林，將會看到遠方的海，和依傍著水璉溪的水璉部落。我有時會揣想，不知道當時住民走到古道可以望見海處的心情是怎麼樣的？應該會吐出長長的一口氣吧。但若從水璉回米棧的心情則不難理解，因為從山的一側歸來看見遠方蜿蜒的花蓮溪，渡口就在那裡，家就在那裡。

彼時花蓮溪的渡口，就在現今 193 縣道約 42.2 公里處，當時花蓮溪的水量應該超過現在，據說住民遇到船不能行的時候會嘗試手牽著手渡溪。

花蓮溪的水質大致上遠比西部狀況好得多，至少沒有出現像二仁溪那樣悲傷的溪流。我並不認為這是某種道德意識所造成的，而是因為東部的人口與工廠密度遠比西部低的原故。這幾年島嶼各地的政客開始以「將河水變清澈」變成重要的政績或許諾，這當然是件好事，只是我並不認為將一條原本清澈的溪流還原回「稍稍清澈」算是一種成就，至少沒有特別需要宣揚，或捏著鼻子跳水，拿著玻璃杯在鏡頭前表演微笑喝下溪水的必要。只要溪水健康，生命自然會回來，這是根本不必研究就知道的事。而眾所周知政客的身體與心理皆異於常人，他們敢喝的水，未必一般人就敢喝。

花蓮溪的溪岸有不少的採砂石場，這些採砂場使得河道變得更加複雜、紊亂而難以預料。水道的線條彷彿帶著某種意味，透露出一種懷念，一種憂傷，一種疲困，一種控訴、好奇，近似無言的詩或讖語。大雨過後，花蓮溪水會短暫地回來，注滿這些水道。我從花蓮大橋、從月眉橋、從壽豐橋、穿過芒草叢走進溪床，我聽到溪水在這裡，在那裡，在背後，在遠方轉折，在石頭間漸濺。這讓我有時想走進她一條旁支的水流，有時想往上。

花蓮溪發源於丹大山支脈標高 3,000 公尺的拔子山，主要支流有木瓜溪，壽豐溪，萬里溪，馬鞍溪與光復溪，上游則為嘉農溪。流域面積 1,507.09 平方公里，全長約 57.28 公里，平均坡度 1: 285。流經花蓮縣吉安鄉，壽豐鄉，萬壽鄉，鳳林鎮，光復鄉，秀林鄉，萬榮鄉，花蓮市。（參考《花蓮縣志‧自然篇》改寫，瓶中水取自花蓮溪米棧大橋附近河段。）

憶祖與忘祖

　　我曾不只一次被認為是原住民，因此對旁人的詢問已經習慣了，有時候我會胡謅自己的血統，說自己是泰雅、鄒，或阿美。有一回我邀請夏曼‧藍波安演講，在文學院中庭閒聊時他問我：你是哪一族的？面對原住民我只好誠實地說我應該是漢人，我父親跟母親都不是原住民。夏曼‧藍波安說：「不對，你一定是哪一族的只是你自己不知道。」我一時尷尬無言以對。

　　另一次我到木瓜溪中游銅門山附近的山徑拍蝴蝶，遇到一個太魯閣族的獵人，他也問了我同樣的問題。如果是漢人看我的黑皮膚而問我這樣的問題倒可以理解，但到花蓮以後，遇到的不同族的原住民也問了我這樣的問題，倒使我自己心裡有點動搖，會不會真的我有某一族原住民的血統，而自己不知道？

　　人類遺傳學家路卡‧卡瓦利-斯福扎（Luca Cavalli-Sforza）指出部分人類學者根據語言和文化習俗，將目前世界分成約五千個左右的族群。他認為相對於血統論來說，這雖然不是一個很理想的計算法，但卻不失為一個有用的方法。因為如果用遺傳學的角度來看，他認為種族差異其實只是基因數量上的不同，而非身體本質上的不同。因為適應氣候、地形所改變的外部特徵基因（如膚色），是演化過程所調整的變異，這和內部的遺傳基因並沒有直接的關係。卡瓦利-斯福扎試著從GC（血液中的一種蛋白質，可與維他

命 D 結合並調節它在體內的分布）、HP（一種血蛋白，能與紅血球細胞自然凋亡時，或被瘧疾及其它疾病破壞時所釋放出的血紅素結合）、FY（存於紅血球表面，容易接受間日瘧原蟲，因此缺乏時就不容易受瘧原蟲的感染）這幾種基因的不同型去比對各洲人種，發現這些基因只在面對環境不同時產生了數量不同的變異。他宣稱這證明了人種並不存在「質」的變異，因為「我們甚至找到兩個種族有一個 DNA 不同都不可得。」

這麼一想，說不定自己和各族或許根本都不存在著決定性的差異，只是恰好我的生活方式適合黑的皮膚，而我母親又恰好給了我一雙比較大的眼睛而已。

不過許多人並不是這樣看待種族問題，人類歷史因此充滿了各種混亂、痛苦和悲傷。有的時候這樣的感受不只出現在殘酷的戰爭或種族衝突裡，還在日常生活中。我曾看過一張攝影家艾略特‧厄維特（Elliott Erwitt）1950 年在美國北卡羅來納州拍攝的照片，照片中是兩個飲水台，一個上頭寫著 COLORED，另一個寫著 WHITE。標示 COLORED 的飲水台低矮而髒，WHITE 的飲水台則乾淨明亮。

卡瓦利 - 斯福扎說，種族問題造成的悲劇可以用莎士比亞劇中人物馬克白的話來表示：「這是一個白癡講述的故事，除了充滿噪音和瘋狂，什麼也沒有。」（樂俊河譯）

說起來語言與文化才真正構成了我們彼此相信、願意付出的

基礎。初到花蓮時我幾乎分不清阿美、賽德克、太魯閣、撒奇拉雅、加禮宛……這些過去對我而言籠統定義為「原住民」的族群或部落，但隨著我走過一條一條的溪流，並且回到圖書館閱讀一本一本的民族誌，花蓮在我的腦中，有時是等高線圖，有時是蝴蝶分布圖，有時是溪流流域圖，有時則是族群遷徙圖。生存，流水，與血脈的線條。

木瓜溪是可以遠眺賽德克（Sedeq）遷徙之流的地方。

東賽德克的遷徙線條，相對於其他部落來說是較為模糊的。從研究者訪問耆老的記錄中，大概認為賽德克最早可能是住在西部台中、彰化一帶的平原，因狩獵而遷移到草屯埔里一帶，而後再因平埔族（Khabu）的勢力侵入，退守到濁水溪上游一帶。大約在三、四百年前，部分賽德克人開始陸續翻越中央山脈，來到山的這頭定居。由於遷徙、定居的路線不同，高山因此讓賽德克人的口音在時間中發生了歧異：一支越過能高山遷移到天祥北方陶塞溪的稱為「都達」（Teuda），一支越過奇萊北峰移居到立霧溪流域而稱為「德路固」（Truku），一支移居到木瓜溪流域稱為「德古達雅」（Tkdaya）。這三支被統稱為「東賽德克」。而霧社事件的主要部落，便是留在中部，生活在當時台中州能高郡霧社（今南投縣仁愛鄉）的賽德克人。

木瓜溪的水源從海拔三千六百公尺的奇萊主峰而來，因此各支流的水位落差均極大，成為極適合水力發電的溪流。日據時代

開始，日本人就利用原住民的人力著手打造了清水、銅門等發電廠。雖然部分廠房因風災而毀損，終戰後台電接手陸續重建、擴建或新建了龍溪、龍澗（地下發電廠，發電量最大）、水濂、清水、清流、銅門、榕樹和初英等八座發電廠。這些同時供應東西電力的發電廠，可以說是原住民、榮民和台電員工一起打造出來的電力長城。

發電廠發出的電力，有將近90%「東電西運」到西部平原使用，因此沿著木瓜溪的水流，有一條多數是水泥或石子路況的「萬銅線」，花蓮銅門直抵南投萬大。沿路而行，可以看到截流而設的發電廠，和磐石、奇萊、檜林等「保線所」，一座座的高壓電塔則傳送著木瓜溪流水所轉換成的電能。這條路最迷人之處，就是天長斷崖，有一種令人產生緊張感的壯美，其間有天長隧道穿過斷崖而出。出天長隧道不久會看到一間萬善堂，那是供奉修路與工程中犧牲生命的同歸所。如果開車的話，從銅門到這裡僅僅四十分鐘，已在海拔一千多公尺的高山上，奇萊連峰就在面前，以抽象、隱身在雲霧之中的傳奇姿態出現在眼前。

據說山的肚腹裡藏有導水隧道，每年歲修，台電會雇請當地原住民協助巡水道。巡水員在黑暗的「山中水道」步行大約二至三個小時，他們是真正「走進山裡」的人。由於不少地方走著走著就會遇到各種發電廠的設施，而且愈往上游愈見險峻，想要暢行無阻地溯行木瓜溪床並不容易，因此我喜歡沿著萬銅線往上走，一面可

以隨時走入山徑，一面也可眺望溪谷。只不過真正步行而上只有一次。

走過天長隧道是難忘的經驗。我還記得當時在天長隧道前的躑躅，天長隧道是一條略超過一公里的窄小隧道，由於鑿路困難，隧道的路基狹小，因此僅能容下高 2.5 公尺，寬 2.2 公尺，車長 5.5 公尺以內的車進入。因為此處申請入山的手續頗簡便，常會有吉普車族開車進這條道路。由於主要是提供台電人員巡線的道路，隧道並沒有刻意整修成容易步行的路面。裡頭不但有超過腳踝深的積水，且全線皆無燈光，走進幾分鐘後就彷彿陷入黑暗地獄，即使戴上頭燈和手電筒，也不保證在轉彎時沒有視線上的死角。（我指的是被看見的死角）再加上 2.2 公尺寬的車道，幾乎無閃避空間。這條隧道緩慢步行約需二十幾分鐘左右，等於是要祈禱三十分鐘的運氣。我並不鼓勵大家去試自己的運氣。

但附近的山徑絕不缺乏遇到生物的好運氣。中海拔的山鳥如黃山雀、白耳畫眉跟黃胸藪眉都不難遇見，有著華麗鞘翅的彩豔吉丁蟲也非常常見，此外，由於林相完整，蝶種頗多，像台灣綠蛺蝶局部數量不少，而如果恰好遇上路旁的大葉溲疏開花，各種鳳蝶與金龜子都會聚集吸蜜，而且往往就近在目前。有一回黃昏要下山時還遇上好像是穿山甲的小獸，牠鑽進一旁的密林裡，真正進到山裡。

天長隧道穿越的就是「天長斷崖」。地質學家判斷，在中央山

木瓜溪的上游俱是高山，從山徑望去的景色有一種具啟示性的壯美。

愈少人打擾的地方，生物總是愈能以自己的方式生活。這是一隻台灣綠蛺蝶。

脈的造山運動中，木瓜溪谷變動過至少三次。這些劇烈的地層變動造成「大南澳斷層」，造成「奇萊山斷層」，崩裂了天長山，形成「天長斷崖」。最後一次造山運動則是形成「銅門斷層」，那斷層切過木瓜溪谷，默默地潛伏在那裡等待著下一次變動的時機。在天長斷崖這樣奇險的地形上，三百多年前賽德克族舉族翻過險坡，來到另一個生存地。兩百年後日本人則試著開通能高越嶺警備道。路成再過十二年，留在山那頭的賽德克族由莫那魯道領導，掀起一場壯烈的反日運動——霧社事件，彼時能高越又一變為日軍東部部隊進擊的「征番」道路。這條賽德克人遷徙的生存之路，遂又成了日人殺戮賽德克人的征路。

人的力量極其卑微，但做為一種生物，人確實能在各種險惡、不可思議的狀況下生存下去。這種意志有時會在日後成為詩一樣的歷史，但認真說起來，生活與歷史多數時候是非詩的。遷徙到木瓜溪谷的這一支賽德克人並沒有因此擺脫族群的衝突，也沒有擺脫天災的威脅。他們要面對阿美、撒奇拉雅人的挑戰，險峻、脆弱的山谷也時時因颱風地震而崩落。距離現在最近的一次嚴重天災，是 1990 年時歐非力颱風朝花蓮而來，降下了近八百公厘的雨量，造成了嚴重的土石流，在深夜中活埋、奪走了三十二條生命。

但看似暴虐的木瓜溪谷，其實也正漸漸變得虛弱。我記得曾讀過一篇楊貴三先生的文章——〈台灣東部木瓜溪流域的地形學研究〉（不知道為何後來一直找不到），文中提及木瓜溪上游的發

沿萬銅線而行處處斷崖，由於崖面阻擋了陽光，往往非常潮濕，山谷間霧氣氤氳。

電廠,和下游採砂石廠,已經改變了木瓜溪的網流。百年來木瓜溪水不但要發電,還被連接到水圳、暗渠,讓吉安與志學的田野得以解渴,從發電到灌溉到採礦洗砂石,即使奇萊山上降下再多的雨,山脈流淌出再多的泉水,這樣的木瓜溪也必將逐年枯竭並變得難以想像的脆弱吧。楊貴三先生的文章裡附了一幅從數十年前到九〇年代的木瓜溪下游網流線描圖,可以看到木瓜溪從一個複雜豐腴的水流網絡,變為乾瘦、虛弱的過程。

溪水的虛弱同時意謂著溪中生命的虛弱,打個簡單的比方,一個一尺缸能養活的魚的數量,絕對不如一個三尺缸。何況那麼多的壩堤、發電廠就在溪流的上方,水量減少的情況下,溪流生態勢必受到影響。專研亞馬遜河的魚類專家邁可·古爾丁(Michaek Giulding)曾說溪流魚群在人類發明發電廠與堤壩後所遇到的困境:「堤壩已經永久地改變了某些河流的生態環境,在大瀑布和水流湍急的河段,一些種類的魚已經適應了狂暴洶湧的河水,有些魚完全喪失了視力,並且長出了奇怪的大大的鰭,然而水壩的突然出現,把一切都改變了。」從歷史的進程來看,木瓜溪的水不可能不被運用來發電,我們需要一個有電的島嶼。但這也是從使用獵槍、鋤頭,轉變為依賴電力的島民,所必須付出的、無從抱怨的代價。

但接下來呢?曾經我們認為這代價並不太高。一九八〇年代後期,台灣各地才開始醒覺到溪流污染與水源枯竭的嚴重性,於是

一些地方團體，便紛紛根據漁業法第四十四條第四款，展開封溪運動。被認為最成功的達娜伊谷所封的是曾文溪上游的沙米箕溪，苗栗南庄則是蓬萊溪，大湖封了大窩溪，坑尾則是寮溪，泰安的八卦力溪、麻必浩溪，獅潭的新店溪，南庄的東河溪，高雄桃源布農族的塔羅留溪，台北坪林的北勢溪，烏來的桶后溪，三峽滿月圓的蚋仔溪，雙溪鄉的雙溪……，紛紛在這一波社區意識抬頭的潮流裡封溪。封溪並不是意謂著完全放棄水力、捕魚，但至少給了剩餘下的水一些誠懇的善意。就像節約用電並非廢除電的便利，而是減輕我們對環境的剝削性傷害。

封溪同時也是另一種人類靠溪維生模式的開始，正如達娜伊谷的封溪在理由上最主要是恢復傳統的水域文化，但同時必也思考兼及經濟上的利益。

如同曾飽受壓迫的美洲原住民一樣，武力抵抗入侵族群的時代已經過去了，原住民現在必須思考的是經濟與文化的抵抗策略。他們開始投身於爭取自己對土地以及自然資源的權利。溪流、森林和土地也許不是原住民的，而是所有寄居其上所有生物的，但如果能交給這些比工商業社會更相信、了解這點的原住民，必然要比政府機關全權主導要來得有效。

賽德克人曾經與他們自己的祖靈取得了解這個世界的方式，取得和大自然採取獨特珍貴交往的權利。當初他們翻越奇萊、能高而來之時，一支稱為「慕谷慕魚」（Mukumugi）的家族就在木瓜溪右岸的銅門落腳，而另一支慕谷伊罕（Mukuihan）則在對岸繁

衍（今榕樹社區），他們是和這條溪流相處最久的族群。2003 年 5 月 20 日，兩岸賽德克人宣布木瓜溪的兩條支流無名溪與清水溪護溪禁漁。

溪流終於在 2006 年重新開放，這兩條溪都非常適合一天的溯溪行程，溪流窄但不致於過深（部分溪水已被攔去發電），溪道大致維持著較原始的風貌。亙古以來從大山崩落的巨石被溪水搬運而下，石頭等待大雨滾向木瓜溪，在這過程中石頭愈變愈小，河道愈來愈寬。倘若溯流而上，所見的景象正好相反，石頭愈來愈巨大，溪道愈來愈窄，溯行者穿梭在巨石中彷彿一尾鱸鰻。

這附近的溪段由於時有深潭，因此會造成局部含藻量較高的情況，卻因此成了各種溪魚幼魚的成長之地。小魚一多，各種溪流的鳥類就聚集而來。我一向喜歡溪鳥脩長靈巧的體型，曾試著把牠們畫成 Q 版的向量圖，在課堂上當做軟體教學的教材。我看到這些二十歲的大孩子看到鳥圖流露出類似孩子的神情，就覺得溫暖心安。也許有一天他們會自己到這裡，在巨石上安靜地坐一個午後，或激動的，從一枚石頭跳過另一枚石頭往上爬。或者在某處潮濕的林地中，看見中華珈蟌背著憂鬱的翅膀，停在巴別塔圖書館一本關於溪流藏書的發燙句子上。

在葉子上的中華珈蟌看起來纖細溫柔得不像一個獵人，彷彿水晶玻璃打造的翅脈上細看有詩，所以我們相信牠能飛。

很長一段時間，賽德克族被歸在泰雅族裡頭。他們同樣住在

木瓜溪支流清水溪四周皆是線條柔美但撫觸剛硬的大理岩層，部分緩流處綠藻豐富，成為溪魚幼魚的成長之處。

正午陽光穿透中華珈蟌（南台亞種）的翅脈，投下彷彿詩般的細緻影子。

高山崇嶺間，同樣驍勇驃悍，同樣狩獵火耕，同樣崇尚出草，但在同樣的森林、溪流邊遇兩者相遇時，我們就會發現，他們說著不盡相同的語言。最近幾年受到各族正名的鼓舞，賽德克族已經不能接受被視為泰雅的一個支系。只不過原為東賽德克一支的太魯閣族卻已經早幾年獲得政府的「正名」，據說這引起部分賽德克人不滿，他們認為以太魯閣一社之名「正名」是「忘了母親」，而已正名的太魯閣族則認為此刻若再接受賽德克的正名，將會「矮化」太魯閣族。做為外族並沒有資格談論這個議題，畢竟那裡頭或許還有外人難以知曉的複雜因緣。

　　如果我身上也有部分原住民的血液的話，會是哪一族呢？說實在我一點也不好奇，這麼多年來我也未曾嘗試跟母親問些什麼，父親過世後，我也沒有了解那個始終不甚明瞭的父系系譜的衝動。或許我是個忘祖之人吧，至少，這幾年來我愈來愈相信，我的祖先具有哪些種族的血統，對我的生存而言似乎並不是很重要的事，我在意的是他們的故事，我覺得每個人的前一代留下來最珍重的資產就是故事而不是血液。

　　人類因為種族的問題做過許多奇怪的事，聖潔的白人曾經連不同膚色人種的血液都不接受（德國人在二戰期間就曾拒絕輸猶太人的血，美國也曾有過拒絕黑人血液的時代）。直到一九六〇年代後半，澳洲原住民都還沒有被政府列入人口普查裡。這些原本就生存在澳洲數萬年的子民，比無尾熊和袋鼠更徹底被忽視，一直到雪梨奧運凱西·弗里曼（Cathy Freeman）奪得四百公尺金牌的時

候，這位被稱為「澳洲驕傲」的運動員，都還不知道自己的出生地與出生日。因為澳洲原住民從小接受了政府「隔離式的公民教育」，那教育的目的就在讓他們「忘祖」。具有無限包容力的漢族也不見得更友善一些，在很長的一段時間裡，漢族和日本人都希望原住民跟自己講一樣的語言，並且稱原住民為「番」：平地番、高山番、生番或是熟番。而這個字在《說文解字》中是這樣解釋的：「番：獸足謂之番，從采田，象其掌。」對待「番」，漢族和日本人當然自以為「教化」是一種德政。

就我而言，我相信那個會引用莎士比亞的人類學家路卡‧卡瓦利 - 斯福扎從遺傳學角度所接受的一種思考（最早由 A. C. Wilson 研究團隊在 1978 年提出的）——如果追蹤血緣系譜到源頭的源頭，我們應該會發現一個母親，她被稱為「粒線體夏娃」（Mitochondrial Eve）或「非洲夏娃」（African Eve），她的喉頭還不太能發出太過複雜的語音，矮小，有著下垂的乳房，和一雙感傷的眼睛。

二〇〇三年我到東華試教的時候，一位崇拜楊牧自己也寫詩的研究生開車來載我。因為陌生的關係，一路上我們安靜地想著各自的心事。車子經過一道橋，往右手邊看過去，山脈層層疊疊，峰頂的部分被雲霧掩蓋，以令人暈眩的高度站在那裡。我問說：

這是木瓜溪嗎？（當時我彷彿記得楊牧在哪一篇文章裡提到，木瓜溪可能是花蓮唯一可以直接看到奇萊山的地方，而那時，我還

不認識木瓜溪。)

　　他說，對，這就是木瓜溪。

木瓜溪發源於中央山脈奇萊北峰，標高 3,600 公尺，主流全長僅 41.78 公里，為花蓮溪支流，上游匯集檜溪、丸田溪、奇萊溪、天長溪、盤石溪、巴托蘭溪、巴托魯溪、大清水溪、清流溪等。流域面積 468.21 平方公里。河床平均坡度比為 1:20，年平均河流量 6,951.64 秒立方公尺。（資料參考《吉安鄉志》改寫，瓶中水採集自木瓜溪銅門村附近）

像野火一樣
Ga-nang-nang

　　人們到一條陌生的河或溪流的時候通常會問：這河叫什麼名字？彷彿她們就像還不認識的一個孩子或鄰人。所以我們問：這河叫什麼名字？

　　在最早的時候，一條河的名字通常代表了生活在周遭的人對她的看法，就像綽號、暗示，或者一種介紹。亞馬遜河在安第斯山脈的源頭是一條被稱為阿普里馬克（Apurimac）的小溪，這是當地原住民語「大聲說話的人」的意思。小溪的水源活潑，力量驚人，就像一個大嗓門的人，發出巨大的吼聲。這個「大聲說話的人」逐漸匯聚來自各源頭的小溪，發出不可思議，更為巨大的吼聲，終於吼成一條六千四百多公里的巨河。由於那從源頭而來的力量如此旺盛，亞馬遜河的出海口在入海後一百五十公里內都仍是淡水。芬蘭的赫爾辛基附近有一條河，古芬蘭語稱為 Nokianvirta，是黑貂皮的意思。雖然現在當地已無黑貂，但這個名字卻轉化成一個更知名的名字—— Nokia。沒錯，你的手機品牌來自於一條稱為黑貂皮的河流。至於有太多河流在一開始的名字意味著敬畏、崇拜與屈服，但在人們形式上征服她以後就變了調。比方說尼日河的原名稱為 N'ger-n-gereo，意思是偉大的河流，聽起來好像就是一個太過簡單、直接、毫無保留的讚譽。尼日河現在下游因盛產石油而被稱為油河或者財富之河，只是財富也引來戰爭與殺戮，所以或

許也可稱她為戰爭之河。

河畔住民會改變，河流被改名字也就是理所當然的事。有時候人們會把河的名字留下來，做個註解，於是我們便擁有關於一條河的詞條。河名的詞條有時枯躁得像老學究編的歷史課本，但也常常像梭羅所講的，「有詩的樂趣」。梭羅說和他哥哥在梅理馬克（Merrimack）河上漫遊時，常帶著河流域的「地名辭典」當他們的領航員。這個領航員不只帶他們到某個地方，也會帶他們到某種時間的回聲裡去。

我第一次聽到嘎啷啷溪這個名字，是赫恪告訴我的，他說，嘎啷啷阿美語的意思就是像野火一樣的溪。

2001 年 7 月 30 日，也許多數人不太記得這個日子，但對大興村的村民來說絕對難忘，因為許多家庭的美好記憶中止在這一天。或許我提到桃芝颱風這個名字會喚起一些人的記憶。對當時住在台北的我來說，桃芝就是一個帶來很多雨的颱風而已，但當夜縱谷的雨量接近五百公釐時，嘎啷啷溪的堤防潰決，平日看似貧乏的溪水突然洶湧起來，帶著石頭、污泥、漂流木與憤怒，吞沒台九線。從山上而來的洪水的力量不是堤防、電線竿、圍牆所能想像的，沒有什麼能阻擋洪水的意志力。據說當夜溪水引帶沉重的岩石相互撞擊，真就發出嘎啷啷嘎啷啷的巨大聲響，山與溪谷的地貌隨著溪水與土石所到之處發生改變。

一個從氣象報告上看不出來帶著那麼巨大悲傷雲系的颱風，

一條從外表名字上看不出來充滿憤怒和力量的溪流，造成大興村二十六人死亡，十五人失蹤，許多人的屍體，至今未見。

和赫恪認識是因為吳冠宏教授的介紹，我第一眼就迷上他那間滿滿是書的老房子，天南地北的談話內容，與內斂謙虛卻又自有主張的性格，更佩服他花這麼長的時間寫《大和志：一個村落的誕生》的投入。當然跟赫恪聊天，最好是有酒。

有回我帶了幾個研究生要求赫恪帶我們走一趟嘎嘟嘟，他邀了阿美族詩人阿道一起去。阿道帶著一瓶小米酒，在嘎嘟嘟溪的入山處做了入山的祈禱。在見到阿道之前，我對詩人的印象大概是台北那些聽小眾演唱會，用某種腔調唸詩，本人比詩藝稍稍缺乏魅力的樣子。但阿道並不相同，應該說，見到阿道並聽過阿道唸詩後，比較可能提醒你「詩人」這個詞，「詩」和「人」同樣重要。

阿道祝禱時我猜現場的人是一句都聽不懂的，但我們聽著聽著就只剩下溪流和山的聲音，阿道的聲音如空氣，芒草的擺動，石頭的紋路，一時間難以辨清他是不是開了口。之後他把酒倒在水壺蓋上，讓我們一個一個傳著喝。酒最後再傳回阿道手上，他用指尖沾酒，彈向天、地與前方四周，把剩餘的酒灑下。整個過程不像一個造作的儀式，我們甚至沒有被告知儀式開始，儀式就已經結束。

走溪本就比走一般的山徑更耗體力，畢竟要在石頭上跳來跳去，有時還必須涉水，或在溪旁的草叢繞不出路。我帶去的多半是

外表看起來稍顯柔弱的女研究生（只有一個男生），但他們似乎很快地開始學習面對各種沒有路的狀況，連神情都變得專注。

赫恪帶我們翻過梳子壩。所謂的梳子壩，就是一種造型像梳子一樣的攔砂壩，目的是把土石攔下，放過水流。由於現在正是枯水期，可以看見壩上的溪床像是「高了一層」。赫恪說，嘎嘟嘟已經蓋了太多攔砂壩，壩將雨季流下的泥砂與石頭留在上一層溪床，很快淤積到無法清理的地步。河川局只好在壩上再建一層壩，幾年下來從下游到上游就做了十幾座。據說桃芝颱風來襲的那天，幾小時內土石就掩埋了全數的攔砂壩，河床被泥砂堆積而升高，河水改道，村莊幾近消失在洪水中。

我們站在一度被掩埋的攔砂壩上，整條溪流的河床布滿巨石。我找到了幾株綏草，提醒我現在正是清明時分。像嘎嘟嘟這樣坡降比較高的野溪，本來都會產生強大的下蝕作用而形成局部窄而深的溪道，站在溪畔可以感到溫度下降好幾度，因為四周有蓊鬱的闊葉林遮蔭。但現在卻成了兩岸都是石籠、消波塊，未被真正馴服，但已傷痕累累的溪。溪流的活力消失了，形成一個廣而平的乾枯水道，一旦大雨來時仍會滿溢而出，喚回野性。

光用人的角度設置這些難以擊碎、躍過和腐朽的障礙物，怎麼能制伏野火？

由於上游兩岸並沒有工廠或養殖戶，嘎嘟嘟擁有極為清澈的水流，有些學生決定脫下鞋走過溪水。水慢慢從腳踝升高到他們大腿肚的位置，皮膚因此感受到了一些深山裡的聲音。

中午赫恪帶我們到村口一家麵店吃非常大碗的什錦麵，並且跟老闆娘要了他寄放在那裡的一瓶高粱。阿道喝了酒之後唸了一段詩，或是唱了一段歌，說實在，我分不清楚。阿道是原舞者的團員，後來還創了一個叫「漠古大唉」的劇團，他的肢體動作豐富，思想跳躍。他說在台北曾經有一陣子開計程車，有一次載到一個達悟人，在車上聊天甚歡，就沒有收那個達悟人的車錢。那個達悟人就是夏曼・藍波安。一個在台北跳舞、開計程車的原住民詩人，載到了另一個在台北街道裡失去方向感的海洋作家。

　　午後我們回到赫恪家的前埕，阿道說要教大家唱布農族的八部合音。我說這太難了吧，阿道說不會難不會難。他先將有限人數的學生分成三個音部，然後一組一組示範他們應該發出什麼樣的音高與韻律，並且要他們配合動作發出聲音。一開始學生有點羞怯，不久便漸漸沉迷在自己聲音的韻律裡。那些在課堂上有時害怕被我點名問問題，有時失神，有時低著頭在一些無聊論文上畫線的孩子，用他們不同生活背景、不同血緣的嗓音，一個搭上一個，發出一種似乎可以穿過嘎啷啷到某個不知名的地方去的聲音。赫恪拿出他的攝影機來拍，我則站在更後面拍赫恪。在觀景窗裡我看到一群在聲音中出神的孩子，我在課堂上即使用盡全身氣力解說一篇文章也絕對做不到這一點。聲音在明亮的陽光下，以一種溫柔、堅定的頻率，來回震盪著空氣、耳膜和溪水，薄翅蜻蜓在上空飛行，更高一些的是山，再高的是雲，是夏天。

赫恪書架上的馬克思、切‧格瓦拉、童妮‧摩里森都聽到了那聲音。

赫恪帶著學生看即將要拆除的鐵橋。他說新橋做好了，舊橋就要拆了。他指著溪流的走勢說，嘎啷啷本來是分成兩股注入花蓮溪，一條就在我們眼前，另一條繞過北方的山麓流向大興溪再與花蓮溪匯流。但水利處第九河川局設計了一個截流堤截住北流的嘎啷啷，溪水因此在雨季便一股腦匯進這條溪道。但截流堤並沒有發生作用，一個又一個颱風摧毀了村民對水利局的信心，嘎啷啷則成了一條知名度甚高的洪水之溪。

我想起卑南族音樂家陸森寶（Baliwakês）改編自卑南族民謠的〈蘭嶼之戀〉，後來又被多次改編成許多版本的歌曲，其中一首是由李慧宜填上客家歌詞的〈嘎啷啷之戀〉。裡頭有幾句歌詞是這樣的：「嘎啷啷／野火燒河灞／朋友啊／戆牯做會社（傻瓜才做會社工）／你講大和青青又發發（你說大和青翠又寬廣）／青青發發農藥灑到嘎啷啷（青翠寬廣農藥卻灑進嘎啷啷）／黑肥囓人有冇好辦法（黑肥咬人有沒有辦法解決）……／青青發發燥淨冇水嘎啷啷（青翠寬廣但溪底不見水的嘎啷啷）／大和車頭冇人上下車（大和車站沒有人上下車）／歸庄老人家（全庄只剩老人家）／你要自己惜自己好好過生活／要等大和春來藏新芽。」

如今的嘎啷啷在地圖上通常寫做「加農溪」或「加濃溪」。這

在進入嘎啷啷之前，阿道對著山與溪唸禱詞。

赫恪拍攝阿道正在教學生唱八部合音的畫面，我則在背後拍下他與學生。

個名字聽起來沒有力量、不帶韻腳、安靜、不會跳舞，就好像是一杯加了太多糖的過甜飲料，而不再是像野火般的溪一樣。

嘎嘟嘟也是馬太鞍部落和太巴塱部落不太明確的界溪。馬太鞍（Fattan）是「樹豆」的意思，太巴塱（Tapalong）則是「螃蟹」。我常說那是一個植物的部落，一個動物的部落。（樹豆與螃蟹也都是部落的食物之一）

馬太鞍附近由於地下水位很高，因此挖不了多深地下水便會溢出，成為現在東部地區最負盛名的生態濕地。部落居民成功地將濕地轉型為觀光模式，在一條小小的芙登溪畔展示他們稱為「Balakaw」的捕魚法。Balakaw其實近似於一種自然式的養殖法，底層使用檳榔樹、竹子或筆筒樹，挖成中空管狀放置溪底，目的是誘使鰻魚或鰕虎居住；中層使用九芎枝組成交錯式的支架，提供中型魚的躲藏空間；表層則放置竹枝樹葉以使小魚能躲過大魚的捕食。撈魚時將手網放在 Balakaw 底，一震動魚遂游入網內。

雖然有時也會帶學生去現在已有一套固定觀光解說模式的馬太鞍，但我更喜歡帶他們到太巴塱國小去看高頭蝠。

蝙蝠曾經是孩子們面對過最光怪陸離，夢一樣的生物。（或許多數是惡夢）小時候我們看過太多卡通和恐怖電影把蝙蝠當作惡魔的化身，吸血的怪物。但事實上是吸血蝙蝠只有三種，台灣一種也沒有。雖然在溫暖的台灣，蝙蝠並不難見到，但對像我這樣的門外漢來說，黑夜裡飛行的蝙蝠實在很難辨別出牠們的種類。

第一次去太巴塱國小是赫恪帶著我去的。太巴塱國小是一個很多地方都用木刻裝飾的學校，這種風格是前校長李來旺和林阿隆老師培養出來的，校園裡甚至連班級名牌都是木刻。這些木刻的幾何圖形都是有意義的，比方說兩兩斜 V 交錯橫紋意味著「和諧」，兩個三角形頂角相對的圖案意謂「牽手」，類似雙箭的形狀象徵「羽毛」，菱形中有一個圓圈喚為「母愛」，而最容易理解的山字形起伏象徵「海浪」。

我們在校園逛時遇到了林武丁阿公。阿公是老校工，因此對這個學校的變化跟校園中的老蒲葵樹一樣清楚。阿公也是一個素人雕刻家。在赫恪的要求下，阿公打開太巴塱國小的禮堂給我們看學校收藏的一些木雕，在那個規模不大的禮堂台上有一個黑布幕，布幕一掀開，一整排樸素刀法的木雕作品就展現如一處美的廳堂。我問阿公哪一個作品是他的，他有點害羞地指著一幅婦女正在舂米的作品。我覺得裡頭一個女子的樣子不太符合比例地大，問他為什麼那女孩子的身體特別大？他說這樣才有力氣啊。原來是這麼簡單的邏輯。

後來有一次，我與 M 重訪太巴塱，又遇到阿公。我跟他提起上次見面的事，只是他已經忘記我了，不過聽到我提起他的木雕顯得很高興。他問我在做什麼？我說沒做什麼，到處走走，拍拍昆蟲。阿公不久後離開，過了一會兒又回來問我看過蝙蝠嗎？我說看過。他說不是一隻蝙蝠，是很多隻。我看過，很多山谷洞穴裡的蝙蝠都會聚集很多隻，應該也不算太稀奇吧。但阿公好像認為我一定

沒看過的樣子。他建議我在升旗台前等到六點，說蝙蝠會從樹上下來。這些年來我已經習慣了等待，我和 M 坐在小小的升旗台旁，盯著前面的四株蒲葵，天空逐漸黯了下來，路燈亮了。六點十分的時候，阿公說今天比較晚喔，比較晚上班。他話才說完，蒲葵葉就開始輕輕顫動，像是起了一種神秘的、局部的風。因為天色已暗，我這時只看得見一隻縮著翅膀的蝙蝠剪影順著葉子往下爬，到了葉尖時影子張開牠小小的翼膜飛走。接著是第二隻、第三隻，第十隻，第一百隻……彷彿一列一列整齊的隊伍，每片葉子都飛出了高頭蝠。原本我妄想可以數清楚數量，然而很快就發現那徒勞無功，蝙蝠就像某種秘密的幽靈，從葉子變化而出，讓我的皮膚起了興奮、激動的疙瘩。這樣的景象維持了數分鐘，群飛的數量便漸漸減少，後來便只見一兩隻落後的蝙蝠零星飛出。

我問阿公每天都如此嗎？他說每天都這樣。而且樹本來有六棵，因為颱風的關係砍倒了兩棵，因此現在只剩四棵。我坐在微微起了風的校園裡，看著遠方的星星慢慢地清晰起來。我問阿公幾點蝙蝠會下班回家？他說大概清晨四、五點左右。

阿公並不曉得蝙蝠的名字，我的照片也拍得極模糊，日後我曾數度再到太巴塱國小看蝙蝠，但笨拙的我即使帶了圖鑑也認不出來。有一次我帶著學生去，不幸的是半路車就拋錨了，那次我本來還借了 DV 要去拍攝的。直到後來認識了太巴塱國小的邱世寅老師，請教後才知道那是以昆蟲為食的高頭蝠，我翻開圖鑑，那是一種耳殼尖尖小小，體色較淺，長相有點孩子氣的蝙蝠。邱老師回信

馬太鞍族人使用的Balakaw，最底層是中空竹筒，可以讓鰻魚躲藏。

林武丁阿公和他的木雕，他說裡面的女子比例較大是因為這樣才有力氣。

告訴我說，後來校方因為苦惱於蝙蝠屎的關係，將那四棵蝙蝠樹一併砍掉了。他說他傷心了好一陣子，直到發現高頭蝠們似乎又藏身到了其他的椰子樹上，才又放心。

我又問他知不知道阿公的族名，他說阿公叫做 Futing（跟武丁的音發音很像），意思是「魚」。

二○○六年六月，全島下起不知何時終結的豪雨，一度有二百多條河川同時進入紅色警戒。在雨勢最猛烈的時候，我和十九個學生正在綠島旅行。我放他們自由活動，自己則在這個全世界機車密度最高的島嶼步行一周。我一直覺得，政府若有心要發展離島觀光，最重要的就是補助公共交通工具，否則在一個號稱「生態旅遊」的地方，卻四處都是排放廢氣的機車，民宿則以海灘上的砂子做為公關禮物，這樣的觀光恐怕再撐不了一個世代。由於雨勢極大，走到後來，雨水濕進雨衣裡，身體一開始起了疙瘩，後來竟好像漸漸適應了似的，走到幾乎失了神。學生騎機車也淋了雨，我們一身濕地在風浪中坐船回台東，再從台東搭車回花蓮。在路上，我看到經過的每一條溪流都是泥水滾滾，經過秀姑巒時，溪水已經不是詩意的形貌，而是猛烈如虎了。

打開一個星期沒回來的房門時嚇了一跳，地上遍布蜷縮著的蟋蟀、蜘蛛、螽斯的屍體，彷彿墳場。看來水曾經在我不在時淹了進來，而後離開。我先將被單枕套與衣服丟進外面的投幣式洗衣機，然後開始掃這些昆蟲的屍體，其中發現一隻像是厚角金龜之類

的鞘翅目昆蟲還未完全死僵，突然想起在綠島的時候撿了一隻死去的姬扁鍬形蟲（牠們在蘭嶼和綠島頗多，但在台灣很少見），還放在我的背包裡，趕緊找出來。

長顎交叉，六足蜷纏。

姬扁鍬背甲與腹甲有泥，我用水擦過一遍，放在乾報紙與衛生紙上吸乾。清洗鞘翅目最好用酒精，可以擦得乾淨又容易揮發。我打算把牠放進我那個專門拿來放在研究室撿到各種昆蟲屍體的小碟子上。擦拭的時候沒注意到蟲體已經變得很脆，一不小心牠就在我掌中從胸腹之間折斷。我湊近眼前看，頭是空的，腹部也是空的，可能在我之前螞蟻已經清理過牠的內臟，只留下一個鍬形蟲模具。心裡想改天要記得用白膠黏起來。我撿起那隻厚角金龜，在回研究室的路上把牠放到雨淋不到的花台間。接下來就是牠的命運了。

打開電腦，收到三百多封信，真正的信只有三封。兩封來自學生，一封是來自赤堀由紀子小姐。由紀子曾在一本雜誌上翻譯過我的一篇短篇小說和一篇散文，是一個非常細心的專業譯者，翻譯時不斷跟我信件往來，詢問我一些用詞的細膩差別。我還記得她問過我文章裡用到的「忍耐力」跟「抵抗力」。這兩個詞差別在哪裡呢？我回說中文的忍耐通常是一種「意志」的主動表現，抵抗力可能是常用來指稱「對疾病的抵抗力」，好像比較強調「身體對外來侵入物的反應」。不過，使用這些詞彙時，有像我的解釋那麼複雜嗎？也許並沒有。

　　我看著窗外的雨勢，終於決定打通電話給赫恪，電話接通後我問他村子還好嗎？他說還好，目前沒問題。

　　從電話裡可以聽到氣勢驚人的雨聲，正從嘎啷啷帶著石頭，從山上拔起的樹木，一切溺死與將溺死的生命，往花蓮溪，以亙古以來的姿態，往大海而去。

嘎啷啷溪為花蓮溪上游溪流之一，目前我並沒有查到相關的水文資料。（瓶中溪水採集自嘎啷啷溪匯流至光復溪段，可見的懸浮物是隨水撈起的水草。）

家離海邊那麼近

每個人心中都幽閉著令人畏懼的大海，那是一種無法交流的聲音，一種會化為夢境的齏粉和飛沫的孤獨運動。

Pablo Neruda，《聶魯達回憶錄・走向世界之路》（林光譯）

碎形海岸

我步行在一個陌生的海岸上。

IBM純研究部門的數學家曼德布洛特（Benoit Mandelbrot）曾提出一個看似弔詭，卻在數學上合理的有趣說法：「任何海岸線在某種意義下皆為無限長。」這裡其實有一個前提，就是端看量尺的單位而定。這麼說吧，假設卡夫卡《城堡》裡那位傑出的測量員K拿著兩腳器，設定為一公尺長，沿著花蓮的海岸線前進測量，他所得到的長度，必然是實際長度的近似值，而不會是實際長度。原因是海岸線有許多複雜的曲折點，若以一公尺為單位，那麼必然會損失掉那些小於一公尺轉折、彎曲的長度。倘若我們要求K把單位長度調小為一尺，再重新丈量一次，這時K將會得到比第一次丈量時更長的數據。因為較短單位的兩腳器可以掌握更多細節，於是，原本的一公尺好像被「重新認識」一樣拉長了。且讓我們不厭其煩地要求K把兩腳器調為一英吋，再重新測量一遍、再縮短基本單位再測一遍、再一遍，結果必然更長、更長、更長一些。

愈細節，愈漫長。從常識來說，雖然因測量級距所測出的數值不同，但測量值理應會收斂在一個範圍內。確實如此。不過，如果我們能用想像力將自己縮小，就會像曼德布洛特一樣驚異地發現，觀察或測量尺度愈來愈小的時候，過去未曾暴露出的細節將一一展現：海灣和半島隱匿著更小的海灣和半島，而更小的海灣和半島裡，隱匿著更小更小的海灣和半島。

曼德布洛特一開始並不曉得用什麼樣的語言來命名這種「維度」而非「幾何」的觀念，他就像發現新昆蟲的孩子，想要為這個發現取一個獨一無二的名字。1975年某個冬日午後，曼德布洛特翻閱他孩子的拉丁字典，frangcre這個動詞進入他的眼簾，這個動詞在歷史中衍生出形容詞fractus，而在英語中衍生出同語根的字詞fracture和fraction兩個字。殘破→破碎→破片，曼德布洛特說，何不把這個概念稱為fractal（碎形）呢？

一條河岸線是一個碎形，一條湖岸線是一個碎形，一條海岸線也是一個碎形。碎形有涯而無涯。

我步行在海灘上，像巨型的寄居蟹背著能保護我的帳篷、雨衣、睡袋，以及用來延伸想像力的望遠鏡、相機、圖鑑和一本每次都不一樣的書。風剛剛好，沒有刁鑽到從防風外套的縫隙吹入，也沒有安靜到會讓皮膚感到悶熱出汗。剛離開花蓮溪的出海口，我正往更南的海岸走，希望能走到秀姑巒。遠方的海有微小的、幾不可見的白色，像泡沫一樣時而出現，時而隱沒，可以料想那裡的海正起著風。風將大海裡頭喪失生命的東西推向古老的岸邊，有時候是魚的屍體，空的蚌殼，破的魚網，海底火山形成的石頭，或深海的翁絨螺。若是一個海洋生物學家，肯定可以從這些看起來像殘骸的東西裡看出隱藏的生態意義；如果是一個畫家，則可以從這些事物中提煉出諸如美的荒涼之類的畫面；如果是一個神，祂將發現祂所創造的一切，自己又創造出了無限的細節。

數學家曼德布洛特其實不只是數學家曼德布洛特,他在那段精彩充滿想像力的論述後,引用了英國諷刺作家斯威夫特(Jonathan Swift,《格利佛遊記》的作者)的一段話:

所以,即在自然學家觀察跳蚤的時刻,還有更小的跳蚤正於其上大快朵頤,同時仍有更小的跳蚤叮咬牠,就這樣無止盡地繼續下去。(林和譯)

哦大海，那麼多吻，吻在我們可憐的目光上

如果你住在花蓮的話，也可以同時說你住在海邊。我從未聽過任何一個人提起花蓮不提及海，也未曾聽過任何一個人到過花蓮卻沒有到過海邊。不，這說法太危險太武斷......不過，就讓它危險武斷吧。

擔任教職之後，才明白這個身分不只是授課，有時還必須用自己有限的耐心與體力處理學生的各種問題。（雖然多數時候我對那些問題都無能為力，有時候還因此造成自己的問題）從大都市初來花蓮的學生大約可以分成兩種類型，一種是在很短的時間內判斷自己水土不服，他們懷念KTV、pub，滿街的辣妹、方便的捷運和二十四小時的誠品。有時候還伴隨著另一種症狀，就是終日認為自己一定是當初不夠用功，才受到神的懲戒來到這裡。

另一類學生則是無可自拔地愛上花蓮，他們在數年間慢慢演化成一種生活的節奏。午後發呆地看著藍色天空，等著遠方山上的雲漸漸接近，下起一陣不太著急的雨，那雨將在不遠的地方與海水混合，吹來帶鹹味的風。

有一回我到西部的某個學校演講，兩位畢業於我們學校後到西部念研究所的學生負責接待我。我們坐在露天餐廳吃了一頓有點匆促的午餐，我問其中一個女孩說習不習慣研究所的生活？她答非所問地說，不太習慣這裡的天空都是灰色的，還有很想念花蓮的海。

　　花蓮是一個有奢侈藍色的地方，中國大陸這幾年頻頻吹來的沙塵暴雖然偶爾也會穿過中央山脈，但花蓮的天空在視覺上一般來說仍顯得比西部高得多。我不曉得經濟學家在計算中國沙塵暴所帶來的農、林業損失時，有沒有加進「失去天空」這一項？因為這恐怕是這個自認文明的民族在歷經千年傷害北方森林後，所付出的極其昂貴的代價。

　　我原本以為到花蓮後一定有奢侈的時間可以在海灘步行，或能走遍海岸山脈與中央山脈，成為一個以百岳為目標的登山人。但一來我實在著迷於一個人走在小山路的旅行方式，二來是涉世愈深，奢侈的時間都給了奢侈的睡眠，時間始終破碎割裂，以致於有一段時間最大的願望就是能有一星期的空檔，安安靜靜地沿海步行。不過多數時候我仍必須坐在聞不到海風鹹味的研究室裡，寫著研究計畫、備課，或一字一句地讀著其實我並不是有那麼大願力去閱讀的論文與學生報告。

　　在沒有辦法遠行的時候，我曾嘗試以最簡單的方式接近海。從住處開車到花蓮溪口，只要十來分鐘。海適合「坐看」，海以有層次的顏色在你面前展開，絕不重複。

　　雖然海水基本上無色透明，但光是顏色的啟示者，當各種波長的光照射在海平面上，海於是出現了各種顏色。波長較長的紅、橙、黃光，相對穿透能力強，也容易被水分子吸引，海因此隨著深度失去這些暖色光，而留下藍、紫與綠色。深度讓我們以為海

不是一種色澤：靠近陸地，較淺的海會散射出藍綠的色澤，較遠較深的海就常是較純粹的藍色，有時則是更具戲劇性的藍紫色。不，這麼說或許太過簡化了，因為海中生物、海床形態與海流塵沙都會影響海的顏色，河流注入的淡水會局部改變海的顏色，日光的位置更容易造成視覺上的魔幻效果……。這些變因的加總讓我們擁有各種顏色的海：冬日像失去顏色的灰色的海，浮滿微細綠藻的綠色的海，鋪滿紅藻與浮游生物的紅色的海，表面形成凝結冰的白色的海，以及陽光跳躍的金色的海（當然，那也可能是夜光蟲[Noctiluca]或膝溝藻[Gonyaulax]這類帶著磷光的微小生物所造成的）……。「外光派」的畫家用畫筆上有限的水就能重現光與萬物交會的細節，海理所當然更能做到這點。

像海一樣多變、洞曉人心的女作家莒哈絲（Mar-guerite Duras）說：「哦大海，那麼多吻，吻在我們可憐的目光上」。

沿著海岸線走，你會遇到許多想實現什麼，或遺忘什麼而到海邊的人。花蓮溪口往南，那裡是海岸民宿聚集的地方，經常住著專程從城市來看海的人。他們早晨坐在陽台或窗戶前的躺椅上看海，吃著民宿主人提供的精緻早點，接著被安排去「私房景點」，或到海洋公園一日遊，然後回到以藍白地中海配色，或所謂道地峇里島風情的房子，吃帶有香草氣味的白醬義大利麵。有時候我會想，他們眼中看到的是花蓮的海，還是想像中的異國海洋？

海也適合靈修。曾在台塑擔任研究部主任的區紀復，十幾年

前一磚一瓦建起面向大海的「靈修淨土」，成為他實踐簡樸生活的海岸道場。區紀復是典型的高科技產業知識分子，據說他從瑞士來到台灣最大的塑化產業任職後，曾力諫主管應更新工廠設備以減輕水源和空氣污染。然而在那個金錢仍比環境良知貴重的時代，這樣的建議當然不被接受，於是區紀復來到花蓮，嘗試以低限的金錢條件過生活。他以溪水清潔身體，騎單車到花蓮市場拾撿免費的菜葉，用開水燙吃完飯的碗，像是一面洗碗一面喝了一碗湯。透過他寫的兩本書，鹽寮淨土漸漸吸引一些信仰者來這裡或長或短地體驗簡樸生活。年少時一度吸引我的作家孟東籬也住在一旁。

好幾次我走到「淨土」旁的公路，張望著那幾幢簡單又帶著神秘的建築，面對公路的屋頂上寫著「文明人請勿亂丟垃圾」。走下路旁的石階梯，在兩幢木造平房間有一根竿子綁著木牌，上面寫著「靜修中請勿進入干擾」。小徑內靜如山谷，我被那張直接、既不帶著敵意也沒有媚俗善意的木牌止住腳步。我並不習慣跟人溝通，也很怕冒昧進入會打擾，因此一直不敢從那張木牌旁邊走進去。有回隔壁一幢民宅走出來一對溜狗的小朋友，我問他們狗是你們養的嗎？他們說不是，又說是。哥哥說有一天這狗自己走到家門口，他們給了東西吃，以後狗就住他們家門口了。我再問這下面是不是還有人住，一個答說有，另一個說沒有，讓我都迷惘了。

我倒是聽說區紀復近年也到香港去開闢了一處稱為「望東灣鹽寮淨土」的地方，並獲得贊助，得以免費地取得青年旅舍做場地推行簡樸生活。在閱讀區紀復寫下的生活細節時，我必須承認自己

很難做到，多數人當然也並不容易做到，這是能長年實踐的區紀復最令人折服之處。這幾年我聽到關於鹽寮淨土的種種評價，雖然也不乏有其它意見的，但至少有許多人確實在這裡獲得了不同往常生命經驗的啟發。我看著那張「靜修中請勿進入干擾」的牌子掛在那條通往海岸道場的小徑，海風吹起來的時候，牌子會像舞蹈一樣旋轉。

海邊有廟，也有教堂。

有一條不起眼的海邊小徑，路的盡頭通往一間特別的寺廟—如果那也算是寺廟的話。嚴格來說那應該是一個未真正建完的一層樓水泥建築，從外觀看，建築只完成水泥結構，鋼筋甚且外露，一時很難肯定說當初就是要建成一座廟，或者應該說是一間未成形的廟比較適當。廟外頭也擺放了守門的石獅。未成形的廟的正殿擺放了至少上百尊的神像，有釋迦摩尼佛、土地公、關公、三太子……這些神像身上積滿了灰塵，但表情貞定。我舉起鏡頭，在觀景窗裡面對「眾神」的臉，從祂們的臉上讀到一種寂寞感。走出廟門，未成形的廟上頭也擺放了各種神祇、神獸的石雕，有的背向大海有的面向大海，有的捻指有的打坐。建築外有一條階梯可以往下，一分鐘就可以到海邊。海浪湧來，升高，嘩一聲擊上海灘，在這些神被人接受為神之前的遠古的遠古，海浪就以驚人的耐心重複這樣的姿態。

鹽寮附近還有一間建築極為迷你的「鹽寮聖教會」。一回我從學校嘗試往台東步行，恰好遇上一個男子正在教堂外除草。我卸

下背包和他閒聊幾句，他說自己是這所教會的教友，雖然現在搬到花蓮市，還是利用閒暇的時間來整理整理環境，因為明天就要禮拜了。教堂背對大海，門前用海邊撿拾來的石塊排成一道裝飾性的門檻，還有一道高度應該只有書寫標語作用的圍牆。牆左面寫「耶穌說，我就是道路、真理、生命，若不藉著我，沒有人能到天父那裡去。」（約翰福音，14:6），右面寫「神愛世人，甚至將祂的獨生子賜給他們，叫一切信祂的，不至滅亡，反得永生。」（約翰福音，3:16）牆面可能因為時間久遠，受了飽含水與鹽分的空氣侵蝕而顯得斑駁，因此「神愛世人」四個字只剩下「愛」仍看得清楚。我問那位專程來除草的教友教堂能容納多少人做禮拜？他說過去是整個鹽寮的聖教會教友都來，最多曾有幾十個人，現在只剩下三戶。神愛這三戶信眾，他們到海邊的教堂做禮拜。

　　海邊也有農民。如果你沿著海岸線每天走十個小時連走兩天，應該可以順利走過水璉、牛山、芭崎、磯崎，跨過大不岸溪上的二十四號橋。如果彼時天晴，又恰好遇到水稻抽穗的季節，兩種飽含水分的對比色將在你眼前漸次展開。這是介於海岸山脈與海岸線間的「新社階地」。大不岸溪、新莊溪這些發源於海岸山脈的小溪流在附近出海，有耐心地在這裡堆積、切蝕，海則從另一個方向施力，在漫長的時間中形構出地質學家所稱的「海岸階地」。階地有的就像隆起的岩台，海水與地面因此產生了數公尺的高度差，噶瑪蘭人在這裡種作。百年前他們因生活空間被漢人入侵，乘著竹筏來到花蓮求生，由於富庶之地早已被阿美族占據，因此只能

鹽寮淨土前那張木牌，既不帶著敵意也沒有媚俗的善意。

這座海邊的「仙公廟」，裡頭與外頭都擺滿了神像。神像因此有的面向大海有的背向大海。

選擇海岸山脈與海之間的平原生存。接近淡水的土地如此珍貴，因此有些稻子就種在溪的出海口，它們曬的陽光帶著鹹味，海風吹來就往山的那邊倒，山風吹來就向海的那面倒。放眼望去，從山腳延伸至海邊盡皆稻田，隨海岸延伸的台十一線遂像一道黑色的線穿過金黃色的稻穗，再過去便是海。青色的山脈，金黃的稻浪，時時以不同色澤拍打岩岸的海，新社部落的族人，就這樣背對著山脈面向海洋，播種、蒔草、收割，形塑他們以貝類、魚、海菜、山中野菜、稻米為主食的味覺，那是介於海與山，流浪與離鄉的味覺。

岩台上偶爾會見到水泥或白鐵做成的蓄水池，這和田溝恰好給了澤蛙、盤古蟾蜍、白頷樹蛙、日本樹蛙不同的生存空間。這些蛙如此靠近海洋，絕對比多數人更有資格「語海」。午後農民也許會坐在田邊步道附近休息，望著海喝口水，這是你最適合向他們攀談的時間。大部分的人對著海耕種太久了，會很希望聽到海風和蛙以外的聲音。

新社部落最著名的祭典是「海祭」（tuban tu razing）。我曾讀過一段關於海祭的口述，受訪者溫金榮念海祭的祭詞彷彿唸詩，第一句是「samulay ti ya napas raibautan ti zina」（莿桐花開了，可以開始捕魚了），他說：「海祭當天部落族人就在海灘殺豬，將豬的內臟切成一小塊一小塊，用竹子將五、六塊的內臟串成一串，之後漁夫請五、六位耆老拿起串好的肉和酒，往東邊走，直到碰到海水。」

往東邊走，直到碰到海水，那是太平洋，漁民的道場。關於

花蓮的漁民，有部分已經活在廖鴻基的文字裡，你可以在閱讀中想像討海。近年海洋生物學家悲觀地表示再五十年海洋資源即將枯竭，人類將以食用養殖魚類為主，果真如此，那麼漁民在這個海島將是（或已經是）一個黃昏行業。這不免令人有點感傷。

靈修者、觀光客、漁民、農民，像我這樣的步行者，我們同時或不同時以那雙可以看到豐富色彩的雙眼望向海，那是我們的太平洋，裡頭有全世界最深邃的地方。

我曾在石梯漁港附近跟一位老漁人閒聊，我半客套半真心地說：住在海邊真好，每天看風景。他說他認識的很多人都坐船出去沒有回來哩。他望向海，就像望著一座廣大沒有邊境的墳場。

雖然不特別排斥局部觀光化的海岸，但我還是認為最適合步行的海岸，是沒有消波塊、防波堤，被人群遺棄，連靈修者都沒有的海岸。走在這樣的海岸上即使一個人我都盡量保持安靜，沒有人的海濱是一座自然界的西斯汀教堂，理應帶著敬意安靜入內。

我最常去的一處海灘是一處泥灘，每走一步體重就會壓出一個腳印形狀的淺淺凹痕。那對一前一後，與其它生物都不相同的生痕說明了我是海灘上一種獨特的動物。我三十多年的身體被略顯側彎的脊椎支撐，腿肚因經常行走而尚有肌肉，腳趾與腳踝適合平緩地形奔跑，體內有無數光滑、柔軟的運輸管道，腹部會屯積吃下食物後形成的脂肪以保護內臟，鼻腔能過濾濕冷的海濱空氣後再傳送到肺泡。我用目前還沒有損傷得太厲害的外耳與內耳聆聽海浪與黑

腹燕鷗。我直立。或許在求生能力上我並沒有比海濱的其他生物更強悍，但我確實是這個藍色星球目前暫時的主宰生物。

我直立，並且擁有這個星球上獨一無二複雜的「腦」，或許海灘上形成那淺淺凹槽的重量，有一半是來自那裡──腦會思考、煩心、記憶，那是陽燧足與海蛞蝓一生都不需要去做的事。當然我的意思不是其他生物都沒有記憶，只是猜想他們多半是把記憶當作生存的手段，而不致於像人類一樣鎮日困於記憶之城中愁煩。單純、近乎偏執地陷於煩心記憶這回事，說不定也是人類異於其他生物的特徵之一。

我曾讀過一篇文章，提到紐約洛克菲勒大學鳥類學者費爾南多・諾特博姆（Fernando Nottebohm）在《國家科學院公報》（*The Proceedings of the National Academuy of Sciences*）發表的一篇關於黑冠山雀（black-capped chickadee）的有趣論文。諾特博姆說每年十月，準備開始儲糧越冬的黑冠山雀腦中的海馬體都會增生新的神經細胞，以便適應新的環境。這意味著面對周遭環境與舊有記憶衝突時，黑冠山雀腦中海馬神經元的舊細胞就會衰退，新細胞則會增生，以便容納新的記憶。

在海邊你會看到各式各樣體態看似沉重，但卻能輕易駕馭風的鳥。鳥的大腦跟人類的大腦並不相同，鳥類為了飛行，維持一個輕盈的大腦是必要的（他們甚至連骨骼都中空，消化器官也特化了）。但人類的大腦所面對的世界演化複雜得多，我們有人際關係、要考試、會記恨，還編寫回憶錄，人很難輕鬆地淘汰細胞

「遺忘」。人類在所謂的教育中被訓練必須記憶，對記憶負責，「你怎麼會忘記我？」「你竟然忘記這件事？」「你記得嗎？」是我們面對許久不見的老朋友最感溫暖，或最感尷尬的話題。而儘管沒有人問起，但我們總在心底（不，腦裡）藏有一些無法遺忘的記憶，有時候我覺得這是身而為人的小小悲哀。

當然，我們也會不明所以地遺忘了不該遺忘的事。在海邊有時候會遇上一些既不為捕魚也不為觀鳥而到海邊的人，不知道為什麼，相較於幾個人來到海邊的喧鬧歡欣，獨自來到海灘的人經常都帶著愁煩的神情。

我們忘不掉該忘的事，也記不起該記得的。這是什麼樣的一個大腦？科學家說人類的記憶是神經突觸的接觸引發的，因此記憶細胞與其依附的形象會融合、依附，只要一受刺激便會喚起。更要命的是，新記憶的加入，也會使原來的細胞造成記憶的變質、扭曲，甚至憑空捏塑出新的旁支記憶來。心理學家丹尼爾·沙克特（Daniel L. Schacter）曾說記憶的「七宗罪」是：健忘（transience）、失神（absent-mindedness）、空白（blocking）、錯認（misattribution）、暗示（suggestibility）、偏頗（bias）與糾纏（persistence）。其中記得與忘記的「罪行」各占一半。

我們忘不掉該忘的事，也記不起來該記得的，我們失神、空白、健忘、錯認，接受記憶的暗示、偏頗與糾纏。許多人因此來面對海，希望海能寬恕，或者漂流這些罪。

雖然我們遠在內陸，
我們的靈魂卻有那不朽大海的景象

關於海是不是也有記憶這樣的問題，卡森女士（Rachel L. Carson）必然會回答有。她會說海的記憶是一種集體記憶，留在地質變動與演化的每一項細節上；留在魚族、軟體動物、海流，或一枚石頭上。

我在海岸撿起一枚黑色的石頭，說是黑色並不準確，應該是一種不同層次灰色的總和。石頭上雖然幾乎沒有紋路，但仔細一看會發現類似海的波紋。地質專家會說那就是它的岩理，以及它承受海的侵蝕所留下的痕跡。

岩理就是石頭的記憶。讓我們試著把石頭形成的影片倒轉回去：那是英國生物地理學家古里馬（Guillemard Francis Henry Hill）所乘的馬卻沙號（Marchesa），才剛剛準備在大清水附近登陸；而賽德克人回到山的那一頭，無意間發現了越過山嶺有另一片世界；海岸的聚落一一失去名字，從海上漂流而來的阿美族人正舉行第一次的捕魚祭……且讓我們退得更快一點，直到這片土地沒有人語，只有鳥聲、海潮與地震的時代，彼時秀姑巒溪只是發源於海岸山脈的一條小溪，卻因地層抬升使它向源頭侵蝕，切過海岸山脈，襲奪了古花蓮溪水與美麗終成秀姑巒。再往後退，氣候逐漸回暖，台灣海峽正被海水淹沒，阻斷了曾經存在的生物之橋，往後退再往後退，那是距今最近的一次冰河期，海平面比今天低了

一百三十至一百五十公尺，此時海峽仍是一片陸地。再往後退，直到六十萬年前，大屯山火山群正在噴發，如此劇烈震撼的景象將持續四十萬年。再後退後退，那是三百萬年前，彼時中央山脈已然高聳，西部已被河川沖積平緩，島有了脊樑有了平原，而仍在太平洋上的海岸山脈正因菲律賓板塊的推擠而逐漸接近，將和中央山脈併接成縱谷，形成海崖。再後退後退後退後退，我們看到河流才開始流淌，島嶼的東部也還沒有現在你所站立的這片海岸，與此刻唯一相同的景象就是海浪隨潮汐拍打當時的海岸，晝夜不歇。

彼時，這枚石頭仍在太平洋的某個深邃不可知的角落，被包覆在冷卻的海底火山噴發後所形成的岩層中，表面看起來如此平靜，但實際它正被擠壓，終會裂解，剝落，被洋流率動刷過粗礪的海底，相互擊打，然後因著海底地震與浪潮一次又一次地接近海岸。彼時，人類仍在地球上的某處嘗試直立，尚不了解用手撿起一枚石頭施力敲擊可以造成這個星球多大的改變。

海擁有超過數十億年，以及目前還無法確切統計的生命數量的集體記憶。如果你站在數十億年前的地球上......不，不可能，因為那時「藍色的星球」還未形成，地球正面臨與行星一般大的隕石和冰塊的連續撞擊，那撞擊的力道如此之大，以致於沒有任何物體能「穩定」地停留在這星球上的某處。

每回碰撞都將一部分脆弱的大氣往外引動，產生的熱能足以讓剛形成的海洋沸騰，蒸發為水汽。像被赫克力斯（Herkules）從

宇宙某處憤怒擲出的隕石與冰塊，帶著穿破地殼的力量，沉入數百公里深的地底，融成岩漿海。地球如此不安、緊張，卻像少年一樣充滿未來性。這樣的撞擊將持續數億年之久，水蒸汽凝結成海，復又化為水蒸汽，再冷卻凝結成海，復又化為水蒸汽……。不久（數千萬年後），暴雨日以繼夜地落下，直到她被平均深度達三公里的水完全覆蓋。那是最初的海洋，我們的星球是一枚「海之星」（或許也可以稱為水之星）。

不久（你知道這不久的意義），月球以螺旋狀旋轉，像跳著一種神秘的舞蹈般緩緩遠離地球，隨著引力的減弱與固定，潮汐逐漸規律，自轉漸趨穩定。再不久，板塊與板塊撞擊，陸地開始浮現並且漂移，碳、碳酸鹽、矽酸鹽的循環活絡並且逐漸規律，大氣層正在形成一種新的氣體比例。在這個暫時還沒有具有視力生物可以看到星辰、雲與山的星球，山顯得高大，而海也顯得深邃。當然那樣的高大、深邃並沒有人或儀器記錄下來，正如那些巨大的震動、瘋狂的撞擊，無形的氣體與化學物質轉換，都是科學家從湖底與海底深處的冰核及岩石的核心所取得的間接記錄，他們用左腦推斷，加上右腦的想像力完成。

不久（你知道這不久的意義），可能在二十幾億年前，這個星球的氧氣與鐵達到新的平衡，慢慢生成那個現在破了個大洞的臭氧層，它曾在漫長的生命形成歲月裡保護了地球，讓真核細胞獲得生存與演化的空間，而終於在寒武紀形成大爆炸式的演化。我們的星球溫度漸漸變得更穩定些更穩定些更穩定些，複雜的生物循

環已然啟動，這個星球彷彿洛夫洛克（James Lovelock）所言逐漸「活」了起來，以蓋婭的姿態活了起來。

如果你說我們的身體是一座具體而微的海洋，我不會認為那只是詩人浪漫情緒的隱喻，因為我們體內確實存在著具體而微的海洋。

達爾文在一封寫給赫胥黎（Thomas Huxley）的信中提到：「我們的祖先是在水中呼吸的動物，具有泳鰾及善於游泳的尾巴，不完善的頭骨，而且毫無疑問的是雌雄同體。」達爾文很多地方說錯，但也很多地方比同時代的人敏銳得多，那部分我認為可能來自他隱藏性的藝術家直覺。盤子裡的魚和我們有「共同的」祖先，或許對許多人來說都不算有趣，但如果是一篇小說就當別論。想想卡夫卡（Franz Kafka）如果這麼寫：有一天早晨，格萊高爾·薩姆沙從夢魘中醒來，發現自己躺在床上，變成了一尾巨大的魚。他仰面躺著，讓背上堅硬的骨鱗抵在床墊。他微微抬起頭，看到的是自己柔軟、淺褐色的肚皮，肚皮上還突出一片鰭，使得蓋在肚皮上的被子被微微撐高，就要滑落下來。身體兩側生出的鰭在他面前無助地擺動......。

現實恰好相反，可能是一種魚漸漸變成四足脊椎動物，才得以演化出我們的祖先。這種關鍵「魚種」的化石也可能已被發現。幾年前美國自然科學院的達舒勒（Edward Daeschler）、芝加哥大學的舒賓（Neil Shubin）和哈佛大學的詹金斯（Farish

Jenkins）在加拿大北部寒冷荒涼的爾斯米爾（Ellesmere），發現了一種大約存活於三億七千五百萬年前的「魚」。舒賓形容他看到這種「大魚」化石時的興奮心情，就好像看到「牠從泥盆紀的淺水灣裡緩緩走過來」。從化石的形態來看，這種「大魚」應該還是生活在淺水域裡，但似乎已有了類似足的構造。舒賓因此大膽推斷，這種魚啟示了生物從水中「走上陸地」的重要環節。三位研究者為牠取名為「Tiktaalikroseae」，這是因紐特人（the Inuit）族語「淺水中的大魚」的意思。

那是很久很久以前的事了，久到任何宗教的聖典都未曾記載：第一尾淺水中的大魚用某個潮濕、隨時需要水分潤澤的部位，踏（或以任何你可以想像到的動作）上陸地。我們祖先的陸地遷移史的第一部第一行第一個字。

即便現在我們和魚長得如此不同，但還是在某些地方暗示了我們的關聯性。生物學家認為，同一祖先的生物總能在某個地方找到「同源性」（homology）。比方說我們的頭骨和鳥類的頭骨一樣，是在出生後才連接起來的，這小小的關鍵說明了我們在演化上的同源性。而魚呢？多數人可能不相信，我們在胚胎時期仍有類似裂鰓的構造。但當你吃完一條石斑魚，必然會發現牠和我們一樣擁有類似的脊椎，只不過一種在水裡用它連動尾鰭、腹鰭與背鰭游動，一種在陸地奇蹟式地以兩腿站立，並騰出雙手創造各種奇妙、具傷害性，或能帶我們到更遠地方的工具。

不可思議的是，就在牠們登岸的兩億五千萬年後，千辛萬

苦走上陸地的生物演化成的一種哺乳動物，再次選擇「回到水裡」。部分演化學者認為，八千萬年前人類和海豚應該還源自同一祖先，但在三千萬年後，一種像狼的哺乳類竟開始進到水中生活。為適應水中生活牠們失去後肢，並且隨著捕捉食物而朝更深的水域「游」去。之後牠們長出腹鰭發展出強壯的尾鰭，身體變得流線，並且至今未再回到陸地。2006年日本漁民捕到一隻有兩對鰭的瓶鼻海豚，可能印證了演化學者的說法，他們認為或許那對長在生殖器與肛門間的多餘「腹鰭」，就意味著鯨豚離棄陸地、游向大海的演化鏈結。這隻五歲的海豚，身上或許有開啟數千萬年秘密的鎖匙也不一定。

據我所知這並不是人類所發現，唯一帶著「腿的遺跡」的海豚。早在1919年溫哥華的捕鯨人也曾捕殺了一隻尾部腹側有「兩吋長棒狀伸出物」的海豚。解剖後發現，這些骨塊跟哺乳類腿骨的構造確實有同源性，它們都有類似股骨、脛骨、踝關節的「腿構造」。被日本人捕捉的那隻瓶鼻海豚目前被飼養在「太地町立鯨豚博物館」裡，向全球的科學家展示牠的「返祖」泳姿。報導說生物學家希望能讓牠繁殖，以了解這種生命演化遺跡留存的意義。

我們為什麼沒有像鯨豚一樣選擇回到海裡？只是因為我們在陸地上已找到適當的生存空間嗎？但我們真的沒有選擇回到海裡嗎？至少我所知道的部分人並不這麼想，比方說哥倫布（Cristoforo Colombo, 1451-1506）、比方說麥哲倫（Fernando de Magallanes, 1480-1521），比方說康拉德（Joseph Conrad, 1857-1924），比方說梅爾維爾（Herman Melville, 1819-1891），比方說羅狄（Pierre Loti, 1850-1923），比方說……這個名單可以依照你的想像不斷延伸下去。

　　《白鯨記》第一頁就是讀者還不認識的以實瑪利長長一段自述，他說：「每當我覺得嘴裡越來越苦，我的精神好像潮濕濕、霧濛濛的十二月天的時候；每當我發覺自己會在棺材店門前不自覺地停下步來，而且一碰到出喪行列就尾隨著他們走去的時候；尤其是當我的憂鬱症大占優勢，以至於需要一種有力的道德律來規範我，免得我故意闖到街上，把人們的帽子一頂一頂地撞掉的那個時候—那麼，我便認為我非趕快到海上去不可了。這就是我的手槍和子彈的代用品。」（鄧欣揚譯）對他而言，出海是「僅有的排愁遣悶和舒筋活血的方法」，我把有同樣症狀的航海家、探險家、博物學家歸為「戀海症」。

　　我承認也有些人有「恐海症」，這是事物的兩面。但即使你恐懼海也別忘了卡森女士提醒我們的：無論是魚類、兩棲動物、爬蟲類、溫血鳥類還是哺乳動物，每一種生物血管內所流的血液，都和海水一樣帶有鹹味，我們紅色的血液裡所含的鈉、鉀、鈣，含量與比例幾乎和藍色的海水相同。或許如此，在某個時刻，我們總會望向大海，若有所思，或若有所失。

　　如果有人編一部人類文明裡的隱喻詞典，或許「海」這個條

目底下將會是一連串彷彿海洋生物般繁複的詞語，海草一樣糾纏的解釋。

啊那個飛魚飛行，藍鰭鮪穿越回歸線，信天翁永不降落的海；那個深處隱藏著隨時噴發的火山，鼓盪海嘯，生產暴風的海；那個摧毀城鎮，養育魚族，啟發好奇，不可測度，不可逼視，露出島嶼或淹沒島嶼的海；那個隨月球韻律膨脹，地球自轉帶動洋流而給予探險家發現新陸地機會的海……我們以海明示或暗示廣大、豐饒、難以想像巨大的時間回聲、寂寞、恐懼、難以馴服的野獸、原鄉、異鄉、遠方、災難、無疆界或神秘的疆界、憂鬱、深沉、愛、未被開發的荒原、潛意識、反覆無常或者善變、時間的邊陲、冷冽、流亡、流動、漫長的歷史、不可思議、神話的原鄉……

華滋華斯（William Wordsworth, 1770-1850）說：雖然我們遠在內陸，我們的靈魂卻有那不朽大海的景象。

虛構時代

在無人的海濱或森林走久了，必然會相信某些什麼，也許是一種無以名狀的過度敏感，可能只因一個影子，一片落下的葉子，一隻掠過的鴉，一雙草叢裡發亮的眼睛，在腦中逐漸變化、形塑出只有自己才能確認的故事。

許多傳說都來自還經常有人要為了維生而「獨自」到山林、海洋的時代。一個人的時候，我們的理智往往比想像脆弱許多，然而許多具創造性的想像卻正是從脆弱開始，我們幻想恐懼，或者幻想如何抵抗恐懼。在我的閱讀經驗中，我以為人們書寫自然，必然是在觀察中，嘗試以想像力解讀自然出發。比方說老普林尼（Pliny the Elder, 23-79）的《自然史》裡，和《山海經》一樣「蒐羅」了許多「複合造型」的異獸，牠們有的長著獅子腦袋、山羊身體加上蟒蛇尾巴。在某個時代人們理所當然認為應該有這樣的「雜交」動物，而且牠們總不是一種動物而已，通常還會象徵、預知什麼隱晦的物事。比方說那頭突然出現在亂世，卻被獵殺而讓孔夫子感歎生不逢時的麒麟。如果你想知道這些動物的故事，不妨去讀讀《山海經》或波赫士（Jorge Luis Borges 1899-1986）那本匪夷所思的《想像的動物》（*The Book of Imaginary Beings*），那裡面有獅身人面的斯芬格斯、半獅半鷹的希洛多塔斯，以及半人半獸的辛托，足以設立一座人類的虛構動物園。

而《自然史》特別有趣的一點是，老普林尼認為動物具有

「人性」，比方說他以為鱷魚吃人也是會掉淚的。那是一個動物也感情豐富的時代。而中國干寶的《搜神記》提到只要「精氣依物」不管任何物事都能成精成妖，因此牛能人語，樹有情慾，火也能化為精怪。在志怪小說裡，「狐妖」更成為一種既浪漫又危險的妖怪，專門引誘那些性慾苦悶的窮書生。在那個世界裡，生物與無生物只要夠「古老」就無所不能，而人們能經由法術與巫術對抗、求助、寄託，甚至告知樹、猛獸、昆蟲……乃至於能拆散或撮合一段異種生命間的戀情。

　　人類的海好像在不久前還充滿了巨大、舞動觸手的海怪，以歌聲魅惑人心的美杜莎（Medusa），美貌又哀傷的美人魚與尚未被發現的大陸。但這一切曾經就像真的存在過的物事，在科學出現後轉眼變成書裡的故事或傳說。我們對孩子說完故事以後會加上一句，這只是故事而已，藉以暗示那是「假的」。對這我有點遺憾，如果活在那個什麼都是「真的」的時代，那個還不知道海會通往另一個陸地的時代，我說不定真能編出什麼樣的故事，創造出什麼樣的精靈來？

　　有時候我會想，如果人類放棄所有從海洋獲取的，人類將會變得多麼貧窮、饑餓，無知而且缺乏美感與想像力？

　　我們對海的想像就是我們在心理所建構的海的形象，自有語言文字以來，我們就在故事與故事間調整並且訴說自己看待大海的方式。

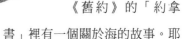

巨大到足以讓木匠和小木偶在肚腹裡相遇，恐怕只有抹香鯨了吧？

《舊約》的「約拿書」裡有一個關於海的故事。耶和華要約拿向罪惡之城尼尼微城的人傳道，但約拿並不願意前往尼尼微，於是他在約帕跳上船逃走了。這艘船恰是朝東方尼尼微的反方向——他施而去。船入海後不久便遇上暴風，幾度就要翻覆，水手在可怕的狂風裡，向他們各自的神祇呼救，並把沈重的貨物拋進海裏。在這樣的混亂中，約拿只是在船艙中呼呼大睡。

船長喚醒約拿，叫他向自己的神祈禱，但約拿的祈禱並沒有生效。水手們見祈求無效，便提議抽籤來找出是誰惹怒帶來暴風的神，抽籤的結果發現禍首是約拿。水手們詢問約拿的神是哪位？約拿是否觸怒了祂？約拿是這樣回答的：「我是希伯來人。我敬畏耶和華——那創造滄海旱地之天上的神。」約拿叫眾人把他拋進海中，以平息耶和華之怒。水手們一開始不願意，但經過一番努力，船仍然不能靠岸，只好這麼做了。

約拿被拋進海中後，風浪就止息了。水手們因此敬畏耶和華，向祂獻祭、許願。

落到海裡的約拿被神派遣的大魚吞下，約拿在魚腹中三日三夜，他向神祈禱，神也聽見了他的禱告，並終究應允了約拿的禱告，讓他有機會履行他的使命和誓言。大魚遂把約拿吐在岸邊的旱地上，約拿便受命前往罪惡之城尼尼微傳道。

　　我並不是一個教徒，但我喜歡讀《聖經》裡的諸多「故事」（請原諒我的用詞，那並沒有任何褻瀆的意味），只是我讀到這段時看到的並不是神的啟示，而是在某個時代中，仍舊相信有某種力量能操縱風雨這回事。和中國各司其職的多神信仰比較起來，我想像中的耶和華顯然要忙碌得多，畢竟颱風下雨這回事，在中國只要派雨神風伯去辦就是了，但耶和華似乎要事必躬親。

　　耶和華不只能呼喚風雨，祂還能驅使生物，這是我小時候一度夢想過的事。只是祂所命令吞下約拿的大魚，後來總讓我聯想起小時候看《木偶奇遇記》裡那隻吞下小木偶，因此讓他和「父親」木匠老皮相逢的鯨。故事中逃學到歡樂王國，被變成驢子賣掉的小木偶在上船後掉到海裡，讓鯨魚吞下了肚子。神奇的是那頭鯨魚裡竟有燭火、桌子和老木匠——原來是老皮駕船在大海中尋找小木偶時，也不幸（或幸運）被同一條鯨魚吞到肚子裡。這大概是「歷史」上最不可思議的重逢吧。當鯨潛入當時沒有人到過的冰冷深海時，那巨大，充滿鯨脂、胃液的鯨魚肚子裡竟發生了這麼一件溫暖的事。

　　直到開始對自然科學產生一些興趣後，我對約拿故事的想像很不幸地開始變得「務實」。究竟是什麼樣的大魚能吞下約拿？

（《舊約》上並沒有特別說是鯨）是嘴張開達一公尺半，長度可達二十公尺的鯨鯊？還是那最大的齒鯨抹香鯨？抑或是一種我們從來沒有看過的，神暫時造來展現奇蹟的巨魚或巨鯨？

或許你會說那是故事，重點在神的聖蹟，是哪一種魚或鯨有什麼重要的？但我以為那是讀者的閱讀樂趣，更何況有人確實嘗試以科學的姿態去解釋《聖經》裡提到的另一場海洋奇景。珍·德布里歐（Jan DeBlieu）在《風》這本奇妙的書裡，詳述了各種風的起因，最令我感到興趣的一段，就是德布里歐引述海洋學家用「風」來論證摩西帶領以色列人穿越紅海的位置。

小時候大姊曾帶我到戲院看過《十誡》，我對於電影裡海水向兩側讓開豎立如牆，摩西帶著以色列人在裸露出的海底前進的畫面印象深刻：「摩西在海伸杖，耶和華便用大東風，使海水一夜退去。水便分開，海就成了乾地……水在他們的左右作成了牆垣。」雖然那時我一點都不明白各個民族的衝突和無奈，但當海水恢復原貌，淹沒後頭追趕的埃及人時，我確實為電影所模仿出來的神蹟畫面深深震撼與感動。

德布里歐說，以色列人跨過的這片海域，在希伯來文裡稱作"Yam Suf"，是「蘆葦海」的意思，但查證紅海岸邊其實並沒有蘆葦或紙莎草類的植物。部分學者因此推論，認為故事應該不是發生在深達兩千到三千英尺的紅海，而是在紅海西北端、較淺的蘇伊士灣（Gulf of Suez），或更北一些的曼札拉湖（Lake Manzala），那

裡已接近地中海邊緣了。佛州州立大學的海洋研究者諾夫（Doron Nof）和耶路撒冷希伯來大學的帕多爾（Nathan Paldor）曾在1992年設計了一套模型，發現若是颳起持續約十到十二小時時速約四十五英哩的西北風，海平面確實會因此下降，而蘇伊士灣恰好有一道海脊，水面下降後或許就能露出海脊，形成一條水底之路。雖然這個地區根本很少出現這樣強度、時間的風，若發生了只能說是奇蹟，但諾夫與帕多爾認為：「相信上帝的人，就會從風本身的特質中，看到上帝的存在。」

坦白說我認為這個實驗應該對反對或贊成渡紅海是否為「真」都具有解釋力，但如果摩西和以色列人只是在一個大風的日子下出走，不曉得為什麼，總讓人覺得有點小小的失望。

人類有許多真正的「珍貴遺產」，是在那個海的虛構時代所啟發的。

1609年，一艘命名為「海上冒險家號」（Sea Adventure）的商船載著移民準備赴英國新殖民地弗吉尼亞運送物資。冒險家號帶領船隊從普茨茅斯出發，一個多月後在百慕達附近遇上風暴。四天後冒險家號開始進水，船終於擱淺在暗礁中，船長只好下令棄船到小島上避難。探險家號上載了弗吉尼亞的秘書威廉·斯特雷奇（William Strachey），他把船難的經過和九個月等待造船離開的時間寫成日記或文件。裡頭最令人感覺神秘的是他提到大風暴來臨前，天空一片闃黑，持續了四天之後，一小圈光環在桅上帆與帆之

間來回跳躍，甚至跳到風帆上，後來才消失在黑暗中。

那多像百慕達船難會有的氛圍。

莎士比亞後來讀到威廉的這本日記與船長的日誌，據說他便據此構思出他最後一部戲劇《暴風雨》的部分場景。（當然該劇向來被認為還參考了許多資料和作品）《暴風雨》的場景發生在海外的某個島嶼上，是關於一個離奇船難，所引發種種複雜因緣的故事。這船遇到的其實並非天災，而是當時主宰島嶼的前米蘭公爵普洛士帕羅（Prospero）命他控制的精靈愛麗兒（Ariel）去興風作浪所造成的。愛麗兒這樣描述她造成船上慌亂的辦法：

　　我跳上了國王的船；我化做一團火，時而在船首，時而在船身，時而在甲板上，時而在每個艙裡，使得大家驚恐：有時候我用分身術到許多地方去燃燒；在船墻上，在帆桁上，在斜桅上，我各處同時的燃燒著，然後再合攏來成為一團……。

　　被愛麗兒作祟的船終於擱淺，船上的那不勒斯國王阿龍索（Alonso）和隨從在愛麗兒的安排下，和他的兒子飛蝶南（Ferdinand）分散，這正是普洛士帕羅為了復仇的精心安排。多年前他因過分沉迷於書中的學問，而被弟弟設計讓那不勒斯攻入而被驅逐，因此他決意抓住這個機會向阿龍索討回公道。一切都在精靈的幫助下順利進行，比較令人意外的是結局極為平和，最後仇人願意把公國交還給他達成和解，而他的女兒米蘭達（Miranda）也和仇人的兒子飛蝶南相戀，成就一段姻緣。

故事遠比我在這裡陳述的更為複雜，普洛士帕羅掌控的這個島事實上也是他用魔法取得的，因此原為島上土著，後來變成他奴僕的卡力班總想著要復仇。他計畫偷走普洛士帕羅的「書」，因為據說沒有了書，普洛士帕羅就使不出魔法，但卡力班終究失敗，有人因此認為這裡有殖民地和宗主國之間關係的種種影射。普洛士帕羅雖然保有他的書，但劇中最後一幕卻是他自願放棄魔法的，據評論家分析這段台詞中也同時隱含著莎士比亞退出劇場的告白：

> 現在我的魔術已經毀去，
>
> 我的力量是我自己的；
>
> 那很薄弱
>
> ……
>
> 如今我沒有精靈魔術，
>
> 我的結局將是很悲苦，
>
> 除非是諸位肯替我禱祝……（梁實秋譯）

　　這是一部充滿寓意，對白令人咀嚼再三的作品，劇中對島上各種奇妙生物與景色的描述，和那個神秘的「跳動在船桅上的火」，可能都是莎翁從威廉·斯特雷奇第一手記錄那裡轉化而來的——那火被莎翁用筆交給精靈愛麗兒，驅使她使用魔法改變了許多人的命運。

　　只是在科學家的解釋裡，冒險家號的人員看到的是一種後來被稱為聖艾莫之火（St. Elmo's Fire）的現象。聖艾莫之火是因為

大氣中的電荷感應了桅桿和船的上層結構中的電荷，遂形成球形閃電。特別是有著桅桿和許多帆纜索具的老式帆船更容易造成這種現象。聖艾莫之火並不罕見，有時在空中也會發生，只是在那個不了解這種現象形成原因的年代，人們總是會將它歸諸於神秘力量。

只是，有時候我是那麼希望《暴風雨》與「海上冒險家號」看到的都不是聖艾莫之火，而是還未曾被解釋出來的，更複雜、神秘、鬼魅，純粹為了要暗示些什麼才出現的火燄。

然而海注定要接受「探險」，接受「科學」，接受人的新解釋。扭轉了人類看待世界模式的演化論，或許可以說就是在大海裡形成的。海帶著赫胥黎、虎克（Joseph Hooker, 1817-1911）、華萊士（Alfred Russel Wallace, 1823-1913）、達爾文這些年輕博物學家到各個奇妙的島嶼與新世界，窺看到了自然的複雜，並且在他們有生之年提出了解密的可能鑰匙。據說達爾文隨小獵犬號（The Beagle）出航的時間前後，「科學家」（Scientist）這個詞才剛剛出現不久。

科學家帶著無與倫比的好奇心探索大海，他們設計了能航行更遠的船，設計了潛水鐘潛入那個只有抹香鯨到過的深海。一開始的時候，那樣的深海依然帶著詩意。那個開潛水風氣之先，既是科學家、詩人、演員、探險家的畢比（William Beebe）是這樣描述他在1930年搭潛水球潛入百慕達海域所看到的，人類前所未見的景色：「到了水深六百英尺，海水染上一種意識清楚的人所不曾見

過的藍色調」。這種色調透過觀景窗瀉入球體，一種令人迷惑、宛如另一世界的光輝，他的眼睛試著調適、感受。那個人眼未曾得見的神秘色彩，似乎「穿過肉體，經由眼睛進入我們的靈魂。」畢比說：「在你親眼目睹這個新天地之前，先別死去。」（湯淑君譯）

不過畢比和巴頓有點失望的是並沒有在這幾次潛水中看到期待傳說中的「海怪」，只看到長相怪異，上下顎具劍齒但只有兩英吋長的斧魚（Hatchet fish）和口部細長的鋸齒鰻（Serrivomer）。唯一他們幾乎以為看到海怪的一刻其實是潛水球上的一截橡皮管鬆落，在觀景窗外形成一個狀似海蛇的黑圈圈，因為後頭又正好有一群發光的微生物，使得他們以為看到了什麼詭秘恐怖的生物。

總而言之，一個虛構時代逝去了，或者，逐漸變得現實。科學家解剖了腔棘魚，用光電顯微鏡、DNA檢驗那些誤陷魚網，或死後被浪頭打上沙灘的「海怪」，他們解釋這是一種巨型章魚，一種數億年前演化出的魚類至今仍存在的活化石，一隻長相怪異的擬鰻蛟，而美人魚竟然是除了皮膚白以外身材還略顯臃腫的海牛……總而言之，他們不稱牠們精靈、海怪。

一切問題都有答案，只是目前我們不知道——有些時候我被這種科學所揭示的「另一種浪漫」深深吸引，但有時又會因此傷心於充滿虛構性的海的失去。

到了花蓮，我才知道在這個時代，還是有些族群相信海生產出來的神話。可能是小時候讀過「布農族的獵人」之類的課文，

在很長的一段時間裡，我都不太會把原住民跟捕魚這事聯想在一起。後來雖然知道達悟是海洋族群，但卻一直到來花蓮任教，才對阿美族的海文化有了粗淺的了解。

以南勢阿美來說，做為男人，撒網捕魚是基本的能力，海鮮更是他們的重要食物。有一回跟一位老師聊天時（我忘了是誰），他提到一個阿美族朋友提到小時候帶便當的事：每天都吃龍蝦，吃到會怕。

阿美和達悟一樣，因為得到了海的食物而為她編出了很多美麗、懸疑、複雜的故事，最根本的一種就是認為阿美的祖先是從海的某處漂流到這裡的創生神話。嚴格來說海才是阿美人的祖先。

有一回我帶學生到太巴塱國小，邱世寅老師帶我們參觀孩子們的陶藝教室（太巴塱附近有產陶土的地方），裡頭有各式各樣的可愛作品，而太巴塱國小的校園圍牆也是小朋友用一塊一塊的圓形彩陶拼出來的。圖案多是關於阿美的神話或生活，我最喜歡的一幅，是關於巨人「Alikakay」（阿里卡該）的故事。

據說很早以前，有一群法術高強、能化身為各種形象的巨人自稱阿里卡該。他們時常侵犯到阿美族人的領域，造成離奇的時空錯亂與死亡的事件。阿美族人決定討伐阿里卡該，頭目卡浪‧巴利克（Karang Parik）召集了部落裡的勇士組成討伐軍，並且將他們分為南北兩軍，南軍稱Likoda，北軍稱Lalikit。第一天北軍以卵石攻擊，但阿里卡該並不懼怕。隔日，南軍以弓箭攻擊，頓時箭如雨下，但神奇的阿里卡該也不受傷害。

接著南北軍以火箭、肉搏戰也沒能取勝，備受困擾的頭目因此來到了海邊，坐在石頭上沉思作戰的方法，不知不覺睡著了。睡夢中海神出現，並對他說：「阿里卡該不同於人類，用人類戰爭的方法是無濟於事的，不妨利用祭祀用的porog（蘆葦布絨）來試試。」頭目醒來後，回到部落召集各頭目及年齡階層，動員全族展開了採集蘆葦造箭的工作。

隔日，正當族人帶著準備好的蘆葦箭進行攻擊時，阿里卡該的領袖出現並且跪著請求族人說：「千萬不要使用蘆葦箭，我們願意無條件投降！」寬大的阿美人遂停止了攻擊行動，而將阿里卡該放逐海上。阿里卡該準備渡海離開前告訴了頭目：「每年的這個時候，只要你們在河邊或海邊用檳榔、酒、糯米糕及蘆葦葉祭拜我們，你們將大獲魚蝦。」這便是「豐年祭」由來的一種說法。（也有學者認為這和捕魚祭也有關）

據說南勢阿美就是當時的北軍，而秀姑巒阿美、海岸阿美、卑南阿美、恆春阿美則是南軍。

在太巴塱的孩子們所拼出的「畫牆」上，阿里卡該面帶微笑，似乎很滿意檳榔、酒和蘆葦葉的樣子。蘆葦是生長在鹹淡水交會口的植物，而旱作的檳榔與小米對阿美族人的生活則有文化上的意義。所謂海的文化，絕對也不能離開陸地，所以或者應該說是「與自然深度相關的」文化。

阿美族有另一個和海祭相關的特殊祭典叫「鯨魚祭」，其中一種說法是因為過去曾有一個阿美族人馬者者因失足落河而被沖到

大海,漂流到一個女人島。馬者者一開始樂不思蜀,後來還是動了思鄉之情,這時有一尾鯨魚告訴他願意送他回家,等馬者者回家後發現人事已非(這種天上一日,地上十年的情況在很多文化的傳說中似乎都會提到),母親與妻子都不在了。馬者者依約用五頭豬、五瓶酒和五枝檳榔來酬謝鯨魚,巨鯨再次出現並且又教導了他造船的技術,這就是阿美族學會造船的原因。

　　我有不少學生都是原住民。有鄒、布農、泰雅、排灣、卑南、阿美、賽夏......,有的是所謂1/2、1/4的原住民(即媽媽或爸爸是,或前兩代有一人是,或......)。我喜歡在上課或課堂外聽到他們告訴我哪天要回去巴斯達隘(Pas-taai,賽夏的矮靈祭)、以禮信(Ilisin,阿美族的豐年祭),然後看到他們回來時眼珠閃亮。他們會開玩笑稱呼那些都市住久了,皮膚變得白皙,講國語已不帶鄉音,從小到大脫離族群文化教育的族人為「都胞」,至今私下還是有人叫漢人「百朗」(歹人)。他們和上一代一樣樂觀、好奇、敏感,但我知道拿著時髦手機,穿著牛仔褲的他們已經有些不同了。

　　有時候他們也會在課堂上報告自己族群的傳說,故事梗概雖然跟書裡,或他們父執輩接受訪問時所講出來的差不多,不過聽起來卻總是沒有他們父執輩講起故事那麼引人入勝。我一直在想到底差別在哪裡?

　　我想起自己轉述從母親那裡聽來的一些故事心態上的細微差

太巴塱國小學童用陶土拼出來的，關於阿里卡該故事的學校圍牆。

自有語言文字以來，我們就在故事裡調整、訴說我們對大海的想像。

別。我母親曾在很久以前告訴我說她家鄉的人親眼看過媽祖在海上用裙子接炸彈，使得當地的漁民避免遭禍，我知道她是真心誠意相信這件事的。但我對著學生轉述這個故事時，即使講得口沫橫飛，但我相信嗎？

我相信那個虛構時代嗎？而我的手上仍得以創造一個虛構時代嗎？

那個孕育在挪威和冰島海域舞動著多觸手的海怪克拉肯（Kraken），在黑暗中神秘燃起聖艾莫之火的船桅，那個分開擁抱神的子民的紅海，讓許多探險家神秘遭禍的百慕達，懼怕蘆葦草並讓阿美人大獲魚蝦的阿里卡該，以及在茫茫大海裡引領了無數迷航船隻回港的海上聖母……，那個在詩裡頭抑揚頓挫，在故事裡不斷被編織、重述、修改，還沒有華萊士線、麥哲倫海峽的海。

啊，那個海的虛構時代。

步行，以及巨大的時間回聲

　　我的海的寫實時代則開始於步行。

　　我曾數度步行花東海岸，其中兩次嘗試走稍遠一點的距離。一次從東華大學出發，沿著台十一線轉向台九線，走過蘇花公路，到蘇澳後因過去騎單車的腿傷復發而由M來接我。另一次也是從東華大學出發，沿台十一線或海岸線南走，三天後接近秀姑巒的出海口，穿了四年的走路鞋鞋底掉落，便搭上北返的公車。由於行走路線的附近都和城鎮不致於差距太遠，因此帶的東西也簡單，一台相機三個鏡頭、一套乾衣褲、營養口糧、望遠鏡、單人露宿帳與吹氣睡墊。

　　我自以為是地認為或許每個島民都應該在有生之年試著步行走一趟台灣海岸，而政府則有責任提供一條盡量不改變海岸狀態的道路，一條沒有受傷的海岸線。

　　步行讓人舒展想像力，我以為那並不只是「散」步。康德（Immanuel Kant）在看似安靜的步行裡進行著內心革命，梭羅則在步行中觀察與計算種子飛行的距離，當過國家公園看守人的愛德華・艾比（Edward Abbey）則在那本有趣的《曠野旅人》中把步行講得幾近於玄：「走路花的時間長一些，因而延長了時間，延長了生命。生命過於短暫，不應浪費在速度上。」（簡淑雯譯）

　　生命過於短暫，不應浪費在速度上。對我而言步行最大的意義是你增加了遇到人、遇到各種生物的機會，而能從容地等待一隻

西藏綠蛺蝶停下來。那些印象可以一再複習，就彷彿是時間的延展、拉長。

　　人類最早的遷移靠的就是步行。遷徙是生物本能，最後的存活者才能在異地繼續繁衍下去，遷徙成功的基因遺留在我們身體裡，成為不定時發作的衝動。或許，有些喜愛旅行的人，可能也在模擬某種形態的遷徙。我們看看這裡，看看那裡，然後尋找一個值得住下來，有一天能安靜死去的地方。

　　目前為止，人類知道至少有六千種動物具備遷移的習性（但不一定知道牠們的遷徙路徑），實際的種類當然遠超過這個數目。棕煌蜂鳥從阿拉斯加飛行至一千五百公里外的墨西哥越冬，北美馴鹿一年跋涉九千公里，極北柳鶯的旅行超過一萬兩千公里，灰鯨每年大約要潛航移動一至二萬二千公里，帝王蝶（大樺斑蝶）的旅行甚且跨代，從曾祖母到祖母到母親到女兒總飛行距離超過

四千公里。而每年在坦尚尼亞東北穿過塞倫蓋蒂（Serengeti）到瑪拉草原（Masaimara）的草食動物大遷徙，則有超過兩百萬頭的斑馬、羚羊和牛羚參與。約十幾萬年前人類從東非以步行的方式翻越山脈、涉過水域，造竹筏越過海洋，終於布滿這個藍色星球。

早期人類的遷徙十分單純，就

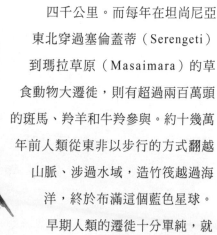

體重僅數公克的棕煌蜂鳥只消耗蜂蜜要遷徙一千多公里，肉體的辛苦與生存意志力的拉鋸，恐怕並不浪漫。

是尋找可以開墾的土地或食物或逃離天災以避免饑餓與死亡。但隨著文化體的複雜化，遷徙不再是單純的尋找食物的跋涉，有時牽涉到的是政治的壓迫、經濟的需求，宗教的信念。摩西帶領以色列人出埃及，秦始皇遷天下三十六郡十二萬戶填咸陽，那已是動機與行動均極複雜的集體步行。

遷徙並不浪漫，無論對一隻體重不過數公克的蜂鳥，或背負著整個家族壓力的人類都一樣。

人類的集體步行，那個時代或許已經過去，如今步行多半被視為一種運動，一種嗜好。我喜歡李奧波（Aldo Leopold）對嗜好的意見：「所有的嗜好都不應追求、也不需要理性的認可。想要去做就是充分的理由。」因為「當我們嘗試理解何以嗜好是有用的、有利的時候，我們便將嗜好變成一項事業，把它降格成一個不名譽的類別──一項為了健康、權力和利益而進行的『操練』。舉啞鈴不是一項嗜好；它是屈從於利益的告白，而非自由的主張。」（吳美真譯）

一種自由的主張。對我而言，這種嗜好尚且是一種瑣碎，難以割捨、難以明確辨明意義的衝動、一種行為、一種記憶、一種介於迷惘與清醒間的認知，一種發現。

往北行的那次凌晨一點五十四分出發就遇到雨，因此時走時停，還未走到預定休息地的三棧溪出海口前天色已亮。天光初現時

的中央山脈遙遠、隱晦而美好，空氣裡有一種無以名狀的氣味。我決定雨不大就繼續走，雨大就停，至於對雨的大小則純粹依靠直覺的認知。

午後三點半雨勢轉大，幸運的是那時我已穿過立霧溪走到崇德，恰好看見一間麵店，遂濕淋淋地進去點了一碗熱湯麵。等到四點半雨勢仍未到我認為小的標準，只好選了一家看似沒有人住的房子騎樓下鋪起我的露宿帳，把雨衣和外套晾起來。晚餐的時候我又到對面這家唯一的麵店，點了同樣的牛肉麵，整個下午就我一個客人的太魯閣族老闆遂跟我攀談起來，他說我們學校很多人來這裡做研究（我猜大概是族群所吧）。我問他對面的房子有人住嗎？他說有，凌晨三點屋主會來準備賣早點。我說我睡在那裡可以嗎？他說沒有關係，不然你可以到教會門口睡。

教會門口早就淹起淺淺的水了。我看看還是回到住家的騎樓下，躲進溫暖卻潮濕不堪的帳內，但看著被自己吐氣弄得霧濛濛的尼龍窗，一直無法睡著。夜裡雨勢正大，雨聲和開過去的卡車造成路面不同頻率的震動清楚地傳到我的身上。淺淺的睡眠之後凌晨兩點醒來，發現雨勢變小，便決定收拾帳篷啟程，留下一張小紙條表示在未經屋主同意下借了屋簷過夜感到抱歉。我步行到崇德車站時大雨再起，遂又坐在車站裡等待雨停。五點多離開的時候第一位乘客剛來到崇德車站，我開始往山上走去，天色像夢境剛結束一樣。

像夢境該結束一樣漸漸明亮，白色的海浪宣示了她的邊界，

而我正要走進黑暗。崇德隧道之後，路遂進入清水斷崖，因此穿過岩壁的隧道也就多了起來。在長約一公里半，走在寬約僅一尺水溝蓋上的匯德隧道裡，有極長一段時間看不到出口，彷彿真的會走進什麼裡面去似的。我想起自己在單車旅行時就已經體會到在隧道被砂石車追撞的恐懼感，步行等於是把停留在隧道裡的時間拉長了四倍。車輛巨大的引擎聲加上隧道的回音，會讓身體的每一個器官都處在異常緊張的狀態，這時思考幾乎完全停止，就是純粹地希望光線早點出現。匯德隧道之後是連水溝蓋都沒有的井13隧道，隧道壁幾乎就是岩層的原貌，有些地方仍會滲水出來。由於鑿穿岩壁就很不容易了，根本沒有設計步道、排水溝，只好走在車道的邊緣，一聽到有車從後面進來就把身體貼緊岩壁，搖晃手中的LED燈，等車過後再繼續前進。進大清水隧道前我不小心把計步器摔壞了，這樣剛好。我想日後我絕不會再用計步器這種東西了，走路時往往一休息就會忍不住去看上面的數字，好像自己是為一堆數字而走似的。

這裡是清水斷崖被鑿穿的骨骼，隧道的後頭跟隨著隧道，外頭是古里馬1882年搭著馬卻沙號所見到的高達一千多公尺「在可知的世界中最高的海崖」。在探險家的眼裡，這是可讚歎的壯麗奇景，巨大、充滿皺紋的古老海崖接近垂直插入海中，這種肉體難以攀越的絕境，就幾乎類似宗教。但或許這種絕境在另外一群人的眼中看起來是另一回事。在古里馬來到此地八年前，羅大春率軍受命開通北路（即蘇花古道），在有限的工具和技術下，可想而知這些

不可能甘心將青春、生命葬送異鄉的士兵，是在什麼樣的心情下舉起鑿子、鐮刀和鋤頭。走在峭壁邊緣，一閃神就可能墜海，當時工作的士兵必無心思欣賞這樣的絕景，面對這連綿不絕的山勢，肉體與精神上大概都充滿絕望感吧。山如此有耐心，海如此殘酷，陽光如此刺眼，原住民如此驍勇，大小清水斷崖對他們來說只是折磨，既不壯美，也不神聖。

這條路在某個時代裡改變了島的歷史，而島的改變也再回過頭來改變這段海岸。但從海的歷史來看，一百多年的蘇花古道一點都不古老，人類使用的單位是秒、分、時、日、月、年；但海使用的是和地質學家一樣的世（epochs）、紀（periods）、代（eras）與時代（eons）。雖然有時候生命短暫的人類偶爾也會使用這樣的單位，比方說在文學語言，和戀愛語言裡。

走出和清隧道，與公路平行的外頭，可以看到一小段拓寬前的舊臨海道路。開車的人大概不會在這樣的地方停下車來，一方面是根本沒有地方可以停車，二方面是沿路都標示了「落石危險」，說起來還是加速離開要安全些。昨日仍然關閉的公路上，現已開放單向通車，小山貓正在清理落石，工程人員用手示意我跑步離開。我走到一處隧道出口旁舊公路的邊緣，面對大海坐了下來。眼前是目視約八、九層樓高的斷崖，疲勞像是爛泥一樣堆積在我的胃部，步行的興奮感被陽光蒸發，氣溫竟在午後升高到三十度。海風認得岩石、海岸線的每一吋，但海風對我陌生，我可以感

由於天雨沒辦法在海灘紮營，這間沒開門的小店騎樓便是我在崇德過夜的地方。

連水溝蓋都沒有的井13隧道，有車開過時只好緊貼牆面。

到他們試探性地拍打在身上，想催眠我，進到我的身體。

這時一個剛從隧道走出來的中年男子問我能否幫他拍一張照片，我們便攀談起來。他姓張，是個藥劑師，今天才剛從台北搭車到崇德，準備用半天的時間走到和仁站再搭車回台北。能在這樣一條路線上遇到另一位步行者，感覺好像一個行星接近了另一個行星，我們因此禮貌性地聊了幾句，甚至交換了電話再道別。不過彼此都沒有開口要和對方同行，這條路在情緒上並不適合結伴。我看著張先生離開時，走的是對面車道，突然覺得自己實在愚蠢。走隧道最好還是走對向車道，至少對迎面而來的車輛在視線上較能掌握，心裡壓力也較小。由於登山鞋有點夾腳，我決定再留著發呆一會兒再走，這個決定讓我有機會看到那隻小鼠在懸崖邊吃花莖的畫面。

起先是感覺到身邊的草叢在動，我拿起相機，猜想是蜥蜴。不久發現原來是一隻不知名的小鼠。小鼠爬在大花咸豐草的莖上啃食花朵，而草就長在下方毫無支撐的懸崖邊。我被牠結合昆蟲和哺乳動物的靈巧動作，以及天真的眼神深深吸引，可惜對囓齒動物太無知，分不出來是什麼鼠，只好盡可能拍到較清楚的角度，但不久牠被我驚動，逃到不知什麼地方去了。在我的印象中，會用草莖築巢的巢鼠體型極小，因此我暫時在記錄紙上寫下「疑似巢鼠」。不知道為什麼，拍到這隻小鼠好像帶給我某種情緒的鼓舞，接下來我一直保持在張先生後頭數百公尺的距離有節奏地行走。有時他的身影會消失在山的那一頭，有時候我會遠遠地看到他在另一個山坳處

前進。

　　晚上我帶著疲憊的雙腿和興奮的情緒睡在東澳的海灘上，聽著巨大的海潮聲入睡。夢境被那樣的海潮聲打散，順著沿岸流早一步抵達南方澳。

　　對我而言，步行很少在步行結束後結束。我通常會在接續的幾天中忙著整理文字記錄與照片，並且把筆記中想起的一些事一一寫下，或把一些疑惑記下來繼續思考、查證。回到台北後，隔天我找出《臺灣通史》，翻找關於羅大春開路的那一段敘述，結果在〈卷十九‧郵傳志〉裡找到。由於這段文字如此細膩描述了當時清廷的「撫番」與「開路」過程，用筆精準、生動，請容我略費篇幅將它抄下來：

　　同治十三年，欽差大臣沈葆楨奏請開山撫番，以總兵吳光亮帥中軍，同知袁聞柝帥南軍，提督羅大春帥北軍，分兵三路而入，自前山以達後山，測地繪圖，建標計里，而獸蹄鳥跡之區，始為行旅往來之道矣。（中略）

　　臺北一帶，提臣羅大春自九月十八日，派都司陳光華為首隊，守備李英、千總王得凱為次隊，遊擊李得升為三隊，前赴新城。別遣軍功陳輝煌率兩哨赴大清水溪，總兵戴德祥以二哨紮大南澳，二哨紮大濁水溪。時正風雨連山，諸軍阻不能進。二十五日天晴，陳輝煌先至大濁水溪，旋有凶番抗拒，擊斃二人，遂即

走散。李得升、李英、陳光華等踵至，會勘形勢，近溪荒壤，周
圍約寬數十里，惟地皆砂石，不及大南澳之膏腴。溪岸南北約距
三十餘丈，波流陡急，副將周維光等，連日趕造正河、支河木橋各
一，工程既竣，各軍乃得越溪而前。自大濁水溪以往，前者曰小清
水溪，後者曰大清水溪。十月初八日，陳光華一營紮小清水，而陳
輝煌等進紮大清水，即有新城通事李阿隆等，率太魯閣番目十二人
來迎，願為嚮導。隨至新城，營於溪東。又有符吻、豆蘭社番目來
迎，我軍遂進駐奇萊、花蓮港之北，為後山橫走秀姑巒之道。自蘇
澳至新城，計山路二萬七千餘丈，自新城至花蓮港，計平路九千餘
丈，統計二百里有奇。而沿途碉堡，除蘇澳至大南澳已設者不計
外，應添建十有二處，均已興工。惟大南澳至大濁水溪一帶，凶
番充斥，狙殺行人，乃於大南澳山腰，再闢一路，旁通新城，一
以避海濱懸崖之險，一以塞凶番歧出之途，經派千總馮安國帶勇
往辦。涉溪五重，方開十餘里。十一月十一、十三等日，正在開
路，突有凶番千餘，分伏放槍。我軍竭力抵敵，擊斃四人始退，而
我軍陣亡者四人，傷者十八人。十五日，行至崇山之麓，我兵正在
峽中開鑿，忽聞槍聲四起，抵禦兩時，至者愈多。黃明厚、馮安
國以該番傾社而至，其中必虛，分兵繞搗，闃其無人，惟見新舊
髑髏，每寮或數十顆，或百餘顆，乘風縱火，毀寮十數，陣番始
散。是日計亡兵勇四名，重傷二十名。其駐大濁水溪之勇，由小
南澳運糧而歸，於十三日，途過石壁，突遇凶番蜂擁包抄，陣亡二
人，溺死四人，重傷一人。經守備朱榮彪馳隊赴救，始各駭散。羅

大春以番族肆擾，難疏提防，而山地遼闊，不敷分佈，飛函商請添兵。臣等即檄駐彰化之宣義左右兩軍馳赴，日內可到。惟新城、奇萊一帶，應如何設立營汛，建造墩台，俟羅大春親至相度，再籌佈置。此北路近日開山之情形也。又曰：

羅大春以本年正月初五日，自蘇澳起程。初九日，至新城，履勘三層城、馬鄰溪等處，旁繞加禮宛、南勢，直抵花蓮港之北，中界得其黎（即今立霧溪）。得其黎以北百四十里，山道崎嶇，沙洲間之。而大濁水、大小清水一帶，峭壁插雲，陡趾浸海，怒濤上擊，眩目驚心，軍行束馬，捫壁而過，尤稱險絕。以南六十里，則皆平地，背山面海，如悉墾種，非無良田，然地曠人稀，新城漢民僅三十餘戶，外盡番社。自大濁水至三層城，依山之番，統名太魯閣，曰九宛，曰實仔眼，曰龜女，曰女沙，曰符吻，曰崙頂，曰實空，曰實亞八眼，凡八社，憑高恃險，野性靡常。奇萊、平埔之番，居鯉浪港之北者，曰加禮宛，曰竹仔林，曰武暖，曰七結仔，曰談仔秉，曰瑤歌，凡六社，統名加禮宛番，其性畏強欺弱。而居鯉浪港之南者，曰根老爺，曰飽幹，曰薄薄，曰鬥難，曰七腳川，曰理劉，曰脂屘屘，凡七社，統名南勢番。男女共七千七百有七人，雖悉就撫，而薄薄、理劉二社既順複貳。除薄薄能煮鹽，加禮宛頗耕種，餘則茹毛飲血，叛覆不常，時當防範。他日建城之地，宜在奇萊。

他日建城之地，宜在奇萊。不久，加禮宛和竹窩宛社聯手攻

擊清軍，爆發了加禮宛事件，事後清帝國的勢力進入大小清水以南六十里，建港修城。而清廷開通的南路（崑崙坳古道、南崑崙古道），中路（八通關古道）和北路（蘇花古道）則成為掌握後山的重要通道，那路以如此實際、不可妥協的姿態打開後山，穿過峭壁插雲，陡趾浸海，怒濤上擊，眩目驚心的海岸，日後則在陽光、海風、地震、颱風與清帝國的衰微中快速地傾圮崩毀。

後山終究是會被打開的，只是早些或晚些。日據時代為實施「五年理番計畫」而開闢「花宜臨海道路」，路線雖與北路未盡相同，但「打開」與「控制」的目的則如出一轍，這條路後來一變為單線的臨海公路，再變為雙線道的蘇花公路（1990年），花蓮從踩在懸崖上的古道時代終於變成雙向通車的公路時代。而未來呢？當「海洋世界」漸漸占據整個山頭以歐式建築為號召面向太平洋，部分決策人士認為只有高速公路才能救貧窮後山之時，後山已再次面臨另一次的「打開」。（會不會也是某種經濟上的「控制」？）只是這一波的「打開」是如此不同，它極可能從此改變此地人民的生活節奏、價值觀跟數百年來與山海交心所形成的深層文化。當然，總有人認為文化比不上實質短暫的經濟獲利來得有價值。

「東西平衡」的觀點和過去清廷「開山撫番」的觀念根本上極為非常接近——「番」必須「開化」，而「後山」一定要被「弭平城鄉差距」。這種思維方式是認為世界只有一種「進化」的可能性，而不是「演化」成適合每個自然環境的不同「特化機

制」。然而我寧願相信後者。

　　我做的第二件事是將一些無法判定的照片寄給一些認識的專家幫我辨識。那隻小鼠的照片我寄給同校的吳海音教授，他在數天後回了我一封信：「照片中的可能是月鼠，不是巢鼠，巢鼠的體型比月鼠還小，耳朵比較圓而小，耳殼上會有短毛，所以一定不會是巢鼠。月鼠的尾巴是兩色的，腹面白色背面則較深色，所以尾巴的腹背交界十分明顯。另有家鼷鼠與月鼠長相體型都相似，但它的尾巴是單色的。而且啊，體味叫奇怪，不用看到，用聞的就足以區分。只是可惜的是，照片上的好像還是小朋友，看不到尾巴，聞不到味道，所以不太敢完全的肯定是否為月鼠。它是自己就如此自在的草上活動嗎？好厲害啊！我們還沒機會看到這樣的狀況呢。尾巴有纏繞在草梗上嗎？巢鼠的尾有這能力的，只是不知月鼠可到怎樣的境界？」

　　我試著回憶那隻小鼠的氣味，以及牠是否有將尾巴纏繞在草莖上？但記憶中的畫面始終是相機的畫面，那個畫面大半部分被草遮掩住，氣味則一點也沒有留下。我有一些挫折，卻不意外。事實上，每一類的生物都有牠獨特的辨識方式（以人類的觀點來說），不熟識的人就會錯失那些特徵，牠們的影像註定會在記憶裡漸漸消褪，愈來愈難確認細節。但這也給了我經驗，尾巴是合纏繞草莖對我們來說不過是枝微末節的小事，但或許對月鼠、巢鼠、家鼷鼠來說卻是族群延續的大事，一種生理上看似單純的自動機

制，確保覓食安全的反應，可是經過許多世代的演化才得以成就的「鼠文化」。

　　回到台北的當天，我意外地接到張先生的電話，他問我走到哪裡了？如果還在路上，他希望能搭車約個地點跟我會合，一起再走一段。我對這樣陌生人的友誼感到驚訝。

　　日後我每回開車到花蓮，或從花蓮開車回台北，或重走某些路段時，總會在路上的某處，看到自己帶著一種自以為是的姿態往前走，時而卸下背包，面向大海。

　　車子所開過的公路已非那條曾經存在的古道，路上沒有伏擊，沒有殺戮，沒有拯救什麼，或挽救什麼的意圖、道德責任，而有些記憶像被草遮掩住，被浪拍打，被風化，留下一種不太清晰的，稍縱即逝的巨大回聲。

從舊蘇花公路的邊緣往下看，只是在斷崖的腰段高度而已。

這是一隻月鼠，或是家蹂鼠呢？牠就在懸崖邊抓著一枝草莖吃花，可惜尾部的動作被草叢遮掩了。

海的聲音爲什麼會那麼大？

在花蓮教書，每當有作家或學者來演講，有一個額外的任務便是導遊。當他們說要「走一走」的時候，我知道那意思和自己的定義不同，他們不會是要我帶他們從花蓮溪口走到立霧溪，而是開車到某個定點看看花蓮的局部。陪著這些以觀察人類心靈爲職業的人「走一走」並不是件輕鬆的任務。

初見留著小鬍子的李銳，覺得他是個安安靜靜，不大容易接近的人。他的眉頭總是皺著，好像藏了什麼事，我想，這跟他的小說人物倒很接近。李銳小說發生的場景多半是「乾燥」的，特別是短篇，常是在內陸，那裡是呂梁山、黃土高原，少雨、黃沙漫漫的地方。另一方面，李銳的人物又彷彿是潮濕的。讀他的小說時，雖然一些日常語用詞乍讀之下有點陌生，但又好像不使用那腔調那些人物就會死去一樣。李銳用那樣的文字說著故事讓一些人活轉過來，唸著唸著往往書房裡就站滿了腳底下沾著泥土的靈魂。

來訪作家學者一日遊的行程幾乎是固定的，我和郝譽翔因此帶了他和施叔青上太魯閣。中午在山上吃了簡單的炒麵和竹筍湯，我問李銳下午想去哪？他說方便的話想看看海。看海的話我心中倒有幾個地點，不過施叔青和郝譽翔似乎覺得去七星潭好，非假日人應該不多，雖然漸漸變成熱門的觀光景點，但總是花蓮海岸的一個象徵。好吧，那就去七星潭。

把車停好以後，我和李銳走在前頭往海濱走去，由於是冬

日，海是灰色的，風有點大，遊客三三兩兩，一攤烤香腸停在一旁，冒著帶著鹹味的香氣。李銳滿懷心事似地皺著他的濃眉，腳下的石礫灘發出喀啦喀啦的聲響。我們站定在海浪打不到的邊緣，我說，這就是太平洋了。

海的聲音怎麼那麼大？李銳先生這樣問我（也許不是在問我也不一定）。然後來自內陸，從未見過海的他面向大海，好像是回答他自己提問所期待的答案說：原來海的聲音那麼大。

海的聲音那麼大。有一億隻招潮蟹以步足在海與陸地的邊緣走過；雨珠撞擊海面，濺裂成無數更細小的淡的鹹的水珠，浪像心碎一樣顫抖。大翅鯨以鋸齒狀尾鰭切過清水斷崖，達悟人對著海大喊Amonmonb。數千萬隻槍蝦開合牠們的螫，形成「蝦爆」，從高山而來的立霧溪與從赤道回來的黑潮交換彼此相異的鹽份與溫度，以致於產生像夢境的聲音。中洋脊持續噴發，新鮮的熔岩把時間往海的兩邊推動，在某個凌晨讓島民以驚愕的喊聲切斷自己與他人的夢境。潛行的菲律賓板塊宿命地與歐亞板塊撞擊，那是海底的雷聲，以時速八百公里推拉洋流。海草以及更深的海草形成森林吐出氧氣，魚群以鰓濾過水流，激動呼吸。雄黃花魚黃昏時以鰾發聲，那是一種愛的呼喊，而在世界最荒涼的海的角落，有孔蟲以寂寞的儀式分裂，深海魷魚以吸盤愛撫海底岩石。超過星空數量的海浪飛沫同時生成同時碎裂，海決心把長出雙腳的人類趕回陸地、平原、浮起又沉沒的土壤之上，而人們卻帶著土壤給予的樹與鋼鐵

以及有意志力的憂愁，朝大海航行。生者以力量抗拒海，死者則順從海，直至擱淺。超過陸地山脈數量的航行者曾在遠方滅頂，以海浪為墳丘，他們的肉體與陽光在最深的海溝的海溝裡嚥氣，洋流在那裡刷過地球最黑暗的表面，發出一種沒有活著的生物聽過的響聲，只有盲眼的魚以側線聽見。海是幻覺、是傷害、是可見的時間，海孤獨、悲愴、豐饒、古老，以致於陸地每天期待著漲潮。海帶來的聲音那麼大，沉沒在海裡各種深度的悲傷、狂喜、磨難與憤怒的聲音朝海岸線鞭打出海浪，被陽光蒸發，在空中凝結成雲，重又化為雨滲入土地，長出麥子、老虎、熱帶雨林或凝結成困住最後一隻猛瑪象的西伯利亞冰原。

我問李銳先生您沒看過海嗎？他說沒那麼近聽過。

海的聲音那麼大以致於不可辨識裡頭微細的音響或啟示，海的聲音那麼大但梭羅曾在步行卡德海峽時遇過一個老人，自稱可以從那裡頭分辨出海上的天氣。海的聲音那麼大，就像一篇好小說。

我們站在被海汰洗了百萬年的礫灘上，不知為何來到此的遊客撿起石頭打水漂，石頭沉到海底，濺起連看都看不到的細小微沫。我們離開海岸，空氣中充滿了海的聲音，直到車門關上後很久，都還在我們的沉默之間飄移、回盪。

而海對一切生命的生與死毫不關心。它沒有失望、激情或同情，亙古不變地打在不同的海灘上，發出只有海才做得到的繁複音

響。風小的時候浪拍上礫灘，迅速滲入石礫與石礫間的縫隙，被曬熱的石頭會因遇水而發出細緻的響聲，如果你仔細聆聽的話，會發現連泡沫破裂時都會發出聲音。風強的時候，浪鼓動礫石互擊，劈啪劈啪地將它們推上更遠的岸或拉進海裡，石頭因此被磨礪得更加渾圓一點。

每時每刻「破浪」的姿態與聲響絕無重複，它鑿穿岩壁，蝕刻孔穴，旋轉、交擊、激盪，並且形成漩渦。在颱風來臨時則掀起巨浪，海水被風舉成數層樓高，在空中被擊散一部分形成飛沫，其餘以可驚的氣勢落下，彷彿一道憑空出現的瀑布。

浪在泥、沙灘上則伸長身子，直到它所能到達的最遠的地方，然後留下白沫緩緩退去。浪聲因此聽起來會由遠而近，再由近而遠，彷彿在某處有一架巨大的手風琴。

海的聲音絕非僅僅來自海的本身，還來自海的靈魂組成的複雜性。達爾文說：「如果我們拿最茂密的森林和相同區域的海洋相比的話，森林幾近是個沙漠。」確然如此，即使最優秀的海洋博物學家到海灘，每天都必然帶著驚奇離去。

礁、岩岸的趣味在海浪退去之時，所留下未及帶走的生物。風化浪蝕的凹陷處，會留下一窪窪存有各種奇妙生物的海水，彷彿是大海留給我們的一個窺看窗口，那讓我們不必潛水也能看到構造和我們截然不同的，一群看似沒有我們視覺上所認知的「臉」，但肢體動作異常生動的生物：那是棘皮動物的海膽、海星，軟體動物的卷貝跟二枚貝，而海蛞蝓以牠柔軟、無脊椎的身體包裹著內

殼,以真正的自由式游水。一陣浪拍打過來,原本在岩壁上的長趾方蟹和長著吸盤的鰕魚被浪打到水裡,浪一退去便又再跳上石壁。但沒有什麼能讓藤壺與茗荷介離開石壁,笠貝則可以使出大於牠體重數千倍的力量抓住岩石,對抗力量強大的海浪,牠天生就適合這種危險性極高的攀岩活動。笠貝會刮食石頭上的綠藻,就像在清除庭院,並且會在退潮時,循著自己的移動路線回到原來的地方。

我們大部分只看到岩石極少的部分,在看不見的底層還有岩蝦、更多甲殼類生物,以及細小到能躲進岩縫孔隙的魚,任何一塊海岸的巨岩都是一個立體的,無法從一個方向看盡的生態系。

海水有足夠的耐心將岩石分解成細碎礫石,這裡充滿音樂,踩在上頭身體會略略下陷。在礫灘上尋找生物你更需要耐心,牠們通常躲藏在石縫與石頭底,等待被發現。

泥砂灘則是由砂粒和更微細的砂粒所組成的世界,僅有少數耐鹽性的植物得以生存,比方說馬鞍藤。然而生命藏在這片柔軟的土地裡,每種經過或定居的生物都會在泥灘上留下生痕,那些線條乍看就像藝術作品,然而這是牠們曾經存活的證據。對生物而言,存活就是藝術。我試著辨識那些足跡:那是三趾鷸的覓食時有點猶豫的腳步,那是股窗蟹濾食後留下的擬糞塊,那是某種海星蠕動的姿態……有些接近有些離開,有些看起來只是紊亂不堪的線條,但在海洋生物學家的眼裡卻是饒富意味的生存語言。演化學者最希望的就是能獲得百萬年、億萬年前任何生物所留下的生痕,因

一隻色彩鮮豔的海蛞蝓正以牠獨特的泳姿在岩洞的海水中活動，對牠而言，這裡就是海洋。

為那裡保有地球的語言與秘密。

泊灘溼地也是生態上的「邊境」。被視為演化學上「關鍵物種」的肉鰭魚類可能就出現在這裡，牠們的身體器官因應了這樣的環境而形成決定性的革命：因為生物棲息淺水中時，只要有機物和吸收氧氣的細菌大量繁殖，水裡的氧氣便會驟然減少，肉鰭魚則演化出肺，因此可以用不同的方式獲得氧氣，牠們並能使用特化前鰭把身體撐出水面呼吸。

泊灘溼地也是最可能積存各類毒素的地方，河流帶來的污染淤積在此地無法分解，只要毒素累積到一個臨界點，就會引起近海生態系的連續崩解。

而不論是哪一種海岸，活存在其間的生命都嘗試讓自己的身體努力符合此地環境「最佳化」（optimization）的生存狀態，牠們並非一開始就長得像這個樣子，而是一代一代拋棄、改造自己的身體而成功的。就像礁岩岸的螃蟹演化用較短的步足藏身石縫中，以較厚獲得防護來取代移動速度快，沙灘上的蟹種則多相對演化出移動速度快的步足和相對輕盈的身體，當然也付出身體較脆弱的代價。生物在那個身體「最佳化」的過程裡，展現了對牠所生存環境的「信念」。這種信念沒有高級低級之分，只有實用不實用的分別。

在這片海灘上，我的兩枚單眼極為精緻，絕對可以說是藝術品，但鷗鳥的動態視覺與視角卻遠勝於我，牠們甚至可以直視太陽。但並非只是具有精緻視覺的生物才能活存下來，白紋方蟹滿

泥砂灘的生痕是許多生物存活的證據，只是當時留下足跡的生者，有時已成為死者。（貓公溪出海口）

足於牠們足以辨識的世界，而浮游生物甚至只以牠們可分辨明暗的感光細胞就足以生存（牠們又不必看星星）。我們一起在這海的邊緣，接受太陽光、海風並且呼吸，一起使用不同演化途徑的感官感受海的一小部分，所有生命的經驗方可擬想出那個足堪膜拜、護衛，殉身的海。

而海對一切生命的生與死毫不關心。

我在這個太平洋島嶼的邊緣，在海灘上走路、思考，躺在黑暗的海的旁邊，聽著各種海的聲音，那聲音極其複雜，是一首可以不斷詮釋的詩。有時我也有衝動想發出一些聲音加入海，幸好歌喉不好的我仍擁有地球上最獨特的一種聲音——語言，我不只會呼吸、打酣、呼喊、哭泣、喘息、尖叫，還會交談、溝通，或者唸詩。

或者唸詩。那聲音飄遊、響應，朝海的那邊而去，它遇到逆著海風飛行的赤腹鷹群，正在形成的颱風，海藻聚生而成的島嶼，被海風拉扯、海上閃電擊中，並在海潮中碎裂四散，終於順著洋流到達大洋那一頭的熱帶海濱。在那裡，年輕的聶魯達（Pablo Neruda, 1904-1973）正在唸著他剛寫好的「二十首情詩和一首絕望的歌」中的一首：

今夜我可以寫出最哀傷的詩篇。

寫，譬如說，「夜被擊碎

而藍色的星在遠處顫抖。」（陳黎・張芬齡譯）

步行，以及海的哀傷

夜裡我醒過來，彷彿聽到海浪。

在往北步行過後，我遂計畫往南。以路況來說，往南比往北單純得多，至少不需經過像蘇花公路那樣坡度較大的臨海道路，車流量也必然要少。於是我便放鬆情緒，讓更老一些的自己準備這樣的一趟步行。

不知道為什麼，像往常一樣，每次做較長途的步行或單車旅行一開始常常碰到下雨。還好我前一天特意為背包買了雨衣，走著走著慢慢覺得在雨中步行除了要戴上帽子以外，也不乏一種意味。過花蓮溪口不遠的海岸公路因為通過海洋公園，在這兩年陸續修建了觀海步道，除了車輛行走的公路外，也留出給予步行者較安全的空間，比起過去整條路就為了車行設計，至少有了一點進步。

沿路經過各式各樣建築風格的民宿，我對這種產業的現狀與未來均感到好奇。海過去只提供食物並且擔負陸地和陸地的中介，但現在海的景色已經是一種可販賣的東西，它帶給擁有海景的人新的附加價值。看海這回事需要付錢，恐怕是一個世紀前不能想像的事。無論如何這或許不算是件壞事，畢竟那也算是一種資源交換，地方住民從觀光產業的發達中獲得一定程度的利益，往往也會使他們更願意維護現存環境。況且此地確實有一些具有魅力的民宿主人，能提供都市來的遊客新的生活觀。只不過在我淺薄的

思考裡，對現今花蓮普遍的賣地建農舍的發展始終有著一種不太具體、不太成熟的憂慮。

由於路上沒有小吃店，中午我沒有吃飯，只是邊走邊吃帶著的一條吐司。白吐司嚼著嚼著會有一種淡淡的甜味，並不是什麼特製麵粉的效果，而是據說現在的土司裡會加上人工甘味。這些年四處步行我唯一的成長是敢於跟陌生人談話，不過前提是要對方看起來有興趣跟我講話。我跟一位到鹽寮聖教會教堂打掃的男子聊了一會兒，也跟一家靠海邊檳榔攤的邦查老闆娘開扯了一下，她店裡正好有一個鄰居來訪。他們問我下雨還要去哪裡？我說要走到台東，他們也就不再追問，繼續聊著他們原來的話題。我坐在一旁吃著我的白吐司，配礦泉水和蠻牛，努力地想聽懂他們用族語穿插國語的交談內容。我猜大概是鄰居在抱怨自己的土地被親戚賣掉，親戚沒有跟他好好的商量，讓他非常氣憤。

花蓮是這幾年財政部調查中財富縮水得最厲害的縣市之一，奇妙的是，它也是城市居民嚮往的桃源鄉，吉安甚至被選為最適宜居住的社區。在花蓮有很多低收入家庭要靠超時的工作才獲得溫飽，但部分新移民卻能擁有數百坪的農園，和漂亮的農莊。在我母親的時代，穿著喇叭褲到西門町吸廢氣，或者買一輛進口轎車每天擦得亮晶晶是時髦的象徵，但現在情況卻不一樣了。那些東西對城市居民來說已經不難擁有，但能有長長的假期，擁有一間看山看海的別墅變成另一種憧憬。都市當然還是賺錢的好地方，但都市人開始嫌棄起都市，抱怨自己生產出來的廢棄物、水、昂貴的油費以及

擁擠的交通，他們開始找尋一個安全、安靜，還沒有被傷害得太嚴重的地方。一批一批新移民到花蓮買下農地，建成別墅或許是日後不可避免的現象。我對這個並沒有什麼意見，其實很多新移民都對這塊土地帶著善意。不過這麼多農地待售，裡頭或許也隱藏著些值得關心的變化。從經濟的角度來看，農民賣地有各種情況，一種情況就是種地所得不多，賣地卻能很快獲取財富。但如果是農民與農民間的土地轉手是一回事，而農民轉手給非耕種者又是另一回事。若新地主事實上並沒有進行具生產力的耕作，那麼在土地調查報告裡的農地就會比實際生產的農地多得多。也就是說，我們看起來有很多農地，實際卻沒有相對應的生產力。

一路上看到販賣農地的牌子不知凡幾，待售的土地從數百坪到數千坪。不只在這裡，花蓮縣這幾年到處都插上售農地（或買農地）的標誌，較靠近市區的地還特地在廣告招牌上寫「近交流道」，這是房地產仲介商畫出的大餅。我期待最終花蓮人不要選擇蘇花高，因為倘若有一天蘇花高真的興建，那麼這裡的農地與林地必然會賣到更好的價錢，以更快的速度流失，這其中土地掮客才是最大的受益者。耕種者失去他們的土地後，等到有一天重新又想耕種時（或我們的下一代有人想耕種時），土地已昂貴到購買不起。多年前讀過一些反省綠色革命的書（比方說 *Food First*），農業專家就發現綠色革命之後雖然單位農地的生產力提高，但全球飢荒的事實並未好轉，其中一個重要的理由就是能生產糧食的土地不在需要糧食的人手中，而擁有生產糧食土地的人，又必須種植經濟

作物以供應西方世界或大城市的居民。短期內問題會隱而不顯，但只要天災或貿易狀況一出現問題，糧荒遂隨之而至。

　　也許有人認為這個島嶼不可能有糧食匱乏的一天（確實，如果貿易正常，沒有戰爭、天災，土地污染不要繼續嚴重下去的話），也許有人認為我們不需要農地，我們需要更多地中海風格的別墅或民宿。關於這點我沒有一定堅持的意見，畢竟我沒有比大多數人聰明、眼光遠大，我甚至不算是此地的住民。（部分人認為非此地居民就「沒有資格」表示意見）但我心裡有屬於自己的膚淺但堅定的看法，我相信德國經濟學者舒馬克（E. F. Schumacher）給的建議：「物質資源中，最偉大的毫無疑義是土地」，而「人對土地的經營必須以達成下列目的為主：健康、美麗，以及持久。而第四個目的——唯一被專家所接受的目的——生產力，就自然會隨之而來。」（李華夏譯）我以為高速公路和水泥化的海岸對花蓮而言都是對山、海和居民的健康和美的殺手，而耗損中的農地則減損了花蓮農業未來發展的持久性。舒馬克給我們最大的啟發是，獨特性才是每個地域的文化或經濟得以長久發展的根本，如果要以大經濟體的標準來發展（或要求）小經濟體，那麼在長時間的競爭下，小型經濟體必然形神俱殆。但相對的小經濟體也有屬於自己的機會，我以為這幾年地方政府投入發展的無毒農業、民宿觀光方向正確了，但只能算是跨出第一步而已，未來還有很長的路要走。我相信花蓮是最適合實現舒馬克「小即是美」的理想地方。

　　那天我走到十二號橋之後才開始感到疲乏。大約是體力已經有點流失，而十三號橋之後又是施工路段，路面泥濘，有車經過時都將泥水噴濺到我身上。此時雨勢更大了，海岸線隱沒在雨中，前路變得一片混沌不可明辨。我躲到一旁「施工危險勿進」的隧道裡避雨休息，某種器械的鑽土聲因隧道的回聲作用變得激烈、刺耳，讓人緊張。

　　我問了一旁休息的工程人員為何開鑿這個隧道和拓寬道路？他說舊路快不行了。原來舊路快不行了。這段公路本就臨海興建，由於屬於較鬆軟的沉積岩層，多年來海岸因沖蝕而後退了數百公尺（有時甚至一季颱風就後退十幾公尺），路看似完好，但底下的基礎可能已被掏空，開闢另一段穿越海岸山脈，離海更遠些的路是目前的對應辦法。確實從十四號橋、十五號橋上看，幾乎已經可以發現道路的路基已經掏空，上千隻的白腰雨燕發出顫音逡飛，好像在警告些什麼。

　　海浪擁有難以想像的力量，或許就是當初決定建突堤並沿岸投放那些妨礙美感的消波塊的理由。但突堤與消波塊或許局部減緩了海浪的力道，卻又因破壞了沿岸流的規律而產生了新問題。關於海岸線因固態工法而改變的例子，我想起海棠、龍王颱風後，水璉沙灘縮減的事。也許並不是每一個住花蓮的人都關心，但花崗國中劉立軍老師和其他熱心老師卻執著地帶著學生做了實地的踏查。我在網上讀過他們的報告，學生踏查時發現新城海堤被龍王颱風沖毀了600多公尺，化仁海堤則被沖毀200多公尺，不過順安砂灘與嶺

人為工程不僅要注重是否妨礙其他生物的生存，或許還要注重美感。畢竟，每一項建設我們都在創造一個可能會「活」上百年的醜陋怪獸。（台十一線拓寬工程）

頂沙丘安然無恙。而幾年前興建的鹽寮船澳則淤砂嚴重，水璉砂灘被海棠颱風席捲了大半，使得海防哨所幾近瀕臨高潮線上。這群孩子們透過這樣的親身觀察後，發現有砂灘的地方並沒有太嚴重的災情，可能是砂灘可以緩衝浪勢的原故。另一方面，船澳興建之後產生了突堤效應，使得水璉砂灘原本承接的花蓮溪口漂砂減少，沙灘因此變得脆弱，是故一場颱風就捲走了一部分的砂灘。（有些人說水璉砂灘一夕消失，但其實還留有一部分）而失去大片沙灘緩解浪勢的海岸線當然也就必須直接面對巨浪，而變得更形脆弱。

海岸必須要受海水數萬年的侵蝕成海灣在加上漂砂堆積才有形成砂灘的機會，但失去一片沙灘可能卻只要幾天。

我因這一篇令人感動的孩子的報告，去找了交通部運輸研究所製作的專題報告《生態型海岸保護工法研究》來讀。裡頭指出防波堤、突堤、離岸堤這些海岸結構物不僅阻擋海流，還會讓波浪產生繞射與反射現象，導致遮蔽區波浪變小，流速降低而產生泥砂沉澱的現象。相對地，反射區內的波浪則會變大，流速增加而造成泥砂移動。沿岸流則因被結構物阻擋，導致沿岸漂砂將沉澱於結構物上游側，部分泥砂則會被離岸流帶往外海的方向。結構物較短時，離岸流可能折向結構物下游方向，將漂砂帶往下游側的海岸。但倘若結構物太長，則會將沿岸漂砂完全阻擋，下游則無法獲得砂源而使海岸產生侵蝕現象。

所以這其實是官方研究已經了解的事實，那麼似乎最經濟處理的方式已經很明顯了。我們為什麼一直要堅持一些已經有錯誤

一面牧牛，一面捕魚，一面釣魚，這是水璉部落的阿美人在水璉溪出海口的生活場景。

要形成一個砂灘歷時長久，但要毀棄一個砂灘卻可能只要幾天。（水璉沙灘）

經驗的建設呢？我想起這幾年到蘭嶼時，看到朗島那座施工到一半，充滿荒謬感的碼頭，還未帶來人潮就已經對海岸造成不可回復的傷害，讓我不禁思考，這個由海島人民所組織的政府，為什麼敢自稱是海洋國家？我以為所謂的海洋國家，應該不是面對大海的國家而已，而是對海具有善意的國家。

海擁有巨大的力量是毋庸懷疑的事，紀錄中浪甚至曾經摧毀過數千公噸的碼頭。但我也並不是不知道，以現今的工程技術，花大筆經費修築足以抵抗大浪的防波堤絕對是可能的事，畢竟日本、荷蘭、杜拜都展示了人類有能力填海造陸。只是那付出的成本除了帳面上的還有其它，有時候代價甚至不是填海國所付出的，而是其他貧窮、沒有能力對抗海的國家所付出的。近年荷蘭因為警覺到海岸生物的滅絕，和高額維持新生地的經費，已決定將部分土地「歸還」海洋。要知道，當初參與工程規畫的，也都是專家中的專家，但能不能做到是一回事，該不該做是另一回事。我一直以為，工程進行與否，並非有一種固定數據的「環境評估」。（因為數據往往可以做多向解釋，同樣的數據可以評估為不適當，也可以評估為「可以忍受的輕微傷害」）評估應更接近一種權衡之後的價值選擇，既然是價值選擇，就應該把難以用貨幣計算的得失一併計算進去。要知道我們擁有的是面對太平洋的海岸，她的珍貴、暴虐與美都不容忽視。

有時候一些難以令人理解的決定，我以為或許不是我們對海

消波塊或許可以暫時舒緩海岸侵蝕的問題，但卻製造出更多問題，另一方面，它也讓這個建設普遍缺乏美感的國家雪上加霜。

海的魅力或許有一部分來自她的力量，海岸因此被雕塑出無窮的細節，美麗的碎形。（蘭嶼椰油海岸）

的認識太淺，而是我們自以為對海的認識已深。

黃昏時發現比預期晚了一個鐘頭才到水璉，我在一家雜貨店旁邊的廢棄空屋騎樓底下找到遮雨處，然後卸下裝備。水璉海岸就在不遠處，不過這裡聽不到海的聲音，因為晚上附近小吃店的卡拉OK聲開得實在太大聲了。在那些聲音的間隙，我蓋著潮濕的睡袋想著一些心事。雨很有耐心地打在這個小村落，穿透卡拉OK聲，落在不遠處的海灘上。

夜裡我彷彿聽到海水，因此數度醒來。

早晨醒來打開帳蓬後聞到一股異味，原來一隻原本應該是白色（現在看起來是米灰褐色）的狗睡在我的帳外，可能是因為晚上氣溫太冷，外邊又下雨，牠感受到我的體溫，所以靠過來睡。部落裡的狗很難判斷是不是有人養的，我分給牠一塊白土司，想到隔壁雜貨店買包餅乾再上路，但店還未開。

仍然有雨，而接下來是山路。原本計畫先沿著水璉溪走到海岸，然後沿著海岸走過牛山這一段，但因為沒有探過路，心底幾番猶豫終究還是放棄。畢竟地圖上的一公分，背著背包可是要走上一小時。反正海終究會再出現。

反正海終究會再出現，在芭崎，在磯崎，在加路蘭。

午後我走到加路蘭。這是一個迷人的小部落，可惜一旁的加

路蘭溪也正在進行工程，看來又是另一條被整個挖起，從溪床到溪岸都加以「再造」的溪。部落的路小小的，房子矮矮的，村民安安靜靜的，很能抵抗海風的厲害。他們大部分是加禮宛事件後遷移到這裡的加禮宛人，距離那個傷心的時代已經一百多年了。在這段時間中，他們有耐心地把每回颱風破掉的屋瓦補上，摧毀的農作物種回去，重新造船、結網、捕魚。

這一天我改變了走路的方法，不再緊張兮兮地把相機背在外面，而把所有裝備通通一股腦收進五十公升的背包裡。不拍照也沒有關係吧。海在我的左側，在文字底下，我走過橋以及橋下的溪流，走過二十二號、二十三號、二十四號橋，海在新社，那裡有更大片的稻田就緊臨海洋，稻田沿岸形成一層一層的階梯狀，沿著田梗就可以走到海邊。我覺得自己的腳步像有節奏拍打翅膀的燕鷗，我的筆和回憶中的腳步正走過二十五號橋，二十六號橋，終於接近了二十七號橋。

我在這裡找到了一個有一片小小林地的海灘，紮了營。

黃昏的時候我藉著僅餘的天光在營帳外筆記今天的一些想法，囫圇吞下半條吐司，寫到海與天都變成澄藍、深藍、墨藍。由於有雲，月光並不明亮。我打開LED露營燈，不久吸引了一隻盾天蛾停在附近，想來是被氣流從山上帶下來的。

當走過花東海岸之後，你會了解花東最大的資產就是海岸。我想起「洄瀾夢想聯盟」寄來的一封信，裡頭提到他們對蘇花高替代方案的見解。我最感興趣的是「大眾運輸系統」和「縱谷特慢

車」的構想，前者類似現在很多地方都在規畫的輕軌捷運，後者則是強化觀光火車的效益。

　　凡是普魯斯特的讀者，必定不會忘記《追憶似水年華》「地名」中行駛在巴爾貝克海岸的輕便鐵道──那是一種近似「路面電車」（Les tramways）的運輸系統，特別適合規模不大的城市、觀光區或大城市用來輔助運輸時採用。法國的輕軌系統很發達，目前已有十幾個城市有各式各樣的軌道或無軌電車，我曾讀過關於史特拉斯堡（Strassbourg）的介紹，裡面提到它的輕軌運輸系統是採無人售票，甚至也沒有閘門驗票的「道德買票」運行的。（偶爾仍會有人驗票）門是觸控開關，允許帶單車上車，採用低於時速三十公里的慢速行駛，遇紅綠燈也停，遇過路的小狗也可以停，並在部分路段於軌道兩側植有綠籬。我想像如果花蓮有一天有這樣潔淨、準時的電車，車的兩面是可以觀景的大幅車窗，遊客帶著自己的腳踏車上車，準備去騎某一段海岸或是縱谷，那該是多麼美好的事。當然，車身宜樸素，美感也不能忽略。往年雙溪線與平溪線是我最喜歡鐵道旅行的地方，但自從換上俗豔的彩繪列車後我就不再去了。我認同車廂內需要改造使得居民有更舒服的乘車空間，但實在不應該把原本和山景極合拍，且具有歷史感的火車塗裝放棄掉，至少也應該重新設計一個視覺上對山色無侵略性的車身。說起來台灣現在很多問題，純粹是缺乏美感所導致的，我以為台灣未來最應該重視的經濟議題或許是美感經濟與生態經濟。

　　雖然從利用率、人口數與成本來看，對花蓮來說地面電車或

許因為昂貴而在未來難以成形，那麼也不妨像里昂先成為一個半公里就有自行車租借站的城市，用低廉、安全、舒適的單車空間來換取遊客走下冷氣車。我並不是城市規畫家，因此這些都只是現在我的想像：如果有一天花蓮出現充滿海與山香味的露天地面電車站，每一站的站名都帶給我們那麼多的故事和聯想，各部落以自己的文化節奏生活，提供住宿的民宿則採用綠色能源，並在外觀上盡量與所在地的山、海景諧調，那既是對給了此地居民營生的自然尊重，也將對觀光客產生誘惑力與教育作用——我總以為，所謂的觀光城市不應只提供「吃」，還必須讓人覺得被一個地方「啟發」。至於風景則應該盡量讓它自然演替，只在部分地方搭配必要的公共設施，那會比人加工過的風景產生更大的吸引力。普魯斯特在寫到那片迷人的海岸時，不就說：「大自然帶上的人工印記越少，它給我心的奔放留下越多的餘地」？

只是現在仍只能虛構，仍只能想像，因著這想像太過美好，以致於我終於不能抵抗海水的聲音，沉沉睡去。

我在海的聲音裡醒來。打開地圖吃著營養口糧，原本昨天預計就要走到豐濱，在貓公溪口紮營的，但現實比預想的落後一段距離。不過心想今天走到石梯坪或許是一個可以掌握的估算，至於能否到秀姑巒溪口則要看毅力和中途是否遇到太迷人的風景。

一路上我期待著今天石梯坪的浪不知道是什麼樣的景象？那個花蓮最美麗的海岸，過去我曾開車、騎單車去過，步行倒是第一

次。記得前一陣子去石梯坪時已經建有一些營地，這對不住旅舍的單車旅行者或步行者來說已經是太奢侈的享受。

我也期待能遇上石梯漁港漁獲入港。會有哪些魚呢？必定會有炸彈魚（指鰹魚之類體態如炸彈的魚）、鬼頭刀，說不定運氣好可以看到旗魚。有一回我看到一位太太專程開車帶著小冰箱去買魚，一尾體型頗大的鰹魚才一百元，她買了滿滿一箱。不過石梯漁港的漁貨並不算多，畢竟不是像成功那樣規模的漁獲聚集港，這幾年石梯港的賞鯨船業務反而較引人注意。

自從賞鯨行業出現後，漁民和鯨豚的關係必然產生了新的轉變，畢竟在不殺鯨豚的狀況下也能獲得一定程度的利益，這才是得以說服一個產業轉向另一個產業的關鍵。過去一些研究報告提到，部分種類的鯨豚具有形成「口傳文化」的可能性，個別的鯨豚會將他們的故事「告訴」下一代。我在想，如果鯨豚真能將牠們的故事向下一代傳述，牠們會怎麼形容這百年來和人類接觸的經驗？而牠們對日本漁民與台灣漁民的描述，會不會也有些許的不同呢？

我也準備了其他的問題，有點尖銳，不知道是否有人願意回答。我想問問他們我在同是漁夫、生態學家、海洋文學作家的卡爾·沙芬納（Carl Safina）書裡讀到的「間接捕撈」（或稱「間接捕殺」）的狀況，是否真的存在？

所謂的「間接捕殺」就是漁船在作業時，非主要漁獲卻因網撈受傷、死亡而予以丟棄的海洋生物。沙芬納寫到全球每年間接捕

殺的海洋生物，估計每年為二千七百萬立方噸，雖然每一克的漁獲都是漁民生存所寄，但無奈的是海洋生物是如此脆弱、如此倚靠、依戀海洋，以致於牠們在被捕撈的過程裡，往往死傷慘重。而在商業機制下，有許多市場不要的魚或其他賣不出去的海洋生物也會被丟回海裡。據沙芬納說，每一磅到市面上販售的蝦，背後意味著二到八磅蝦的被丟棄——牠們已經死亡、腐敗，失去「價值」。這會不會就是海步向衰亡背後令人傷感的真相？

我深怕這樣的問題太過欠缺考慮，因此一路上一直字斟句酌，感到不安。不過這些問題終究沒有問出口。因為就在立德和石門之間，我腳上那雙陪了我四年的走路鞋一腳的鞋底竟不可思議地脫膠掉了。哪裡可以換一雙鞋呢？我一開始試著這麼一高一低的走，想說說不定還是可以到達目的地。但不久因為不平衡踩進石頭窟窿時，出現扭傷的痛感，而且愈來愈劇烈，早知道就兩腳脫了鞋走。面對二十公斤的背包，騎單車受傷的膝蓋，和剛剛扭傷的腳，我思考著再走下去的意義。我的步行是為了了解海岸、公路的歷史、自然與現狀，既不是為了競賽，也並非為了什麼特定的目標，而這身體仍要陪我許多年，直到我的靈魂疲憊為止，或許不必勉強吧。（如果是五年前，我一定不聽身體的聲音而選擇走下去）

只要海灘還在，步行就永遠有接續的可能性。

從花蓮溪口，我現在已經如此接近秀姑巒，接近了傳說中阿美族祖先登陸的Makutaai（大港口部落）。我看著一旁並不高，卻

顯得尊嚴的海岸山脈，一條從某處流淌而出的小溪在這裡出海，海在那裡，藍色，微風略有雨，小浪。

在北返的公車上，我坐在車子的最後座，疲倦地趴在我的背包上休息。車窗外是海岸線，遠方看得到漁船點點，那些是近海漁船或是定置網的作業漁船，漁民正在用汗水和時間向大海索取食物。一旦風浪來到，大海也可能索討他們的性命，以及他們最珍重的財產──船和漁獲。漁民與海與海中生物總是在鬥爭著，那本是一種無善無惡的鬥爭。漁民既追逐魚、殺死魚，同時也迷戀魚、深愛著魚，他們與海的情感太複雜，難以用人類與人類的感情來表達。而像阿美族或達悟人乃至於傳統漁夫那樣的捕魚法，海是不可能真正受到傷害的。企業化、高度商業化、技術化乃至於純粹追求新奇、不加思考的飲食文化，才是海變得哀傷的關鍵。只不過現在的海的問題不是光靠漁人的情感就能改變，大海吞下了太多有毒物質、垃圾，而海洋生物的演化速度，遠遠追不上人類狩獵器具的演化速度，牠們的生育能力，也遠遠追不上我們的消化、浪費的能力。如果顧及多數人都需要海洋食物的需求，我們未來該怎麼對待海呢？選擇性的捕捉、適當的捕捉方式恐怕是要靠法令來輔助推行，不過那最終還是需要某種新的海洋道德觀，一種抽象的規範。因為任何法律的規範總是有漏洞可以鑽。

我轉過頭看著海，那個每年被人類倒進超現實般上百億公噸的垃圾、廢水的大海，不，其實並看不到，因為天色已經暗了。

不過海潮必然仍拍打著岸邊，彷彿遠方有一個巨大的神祇正在呼吸，祂投下一枚珍珠海水遂漲潮，然後再投下另一枚造成退潮。

就這樣在回程的車上睡著了。

就這樣，我在睡眠中聽見海水，並隨著海潮進入海洋，遠方的遠方正有一群太平洋藍鰭鮪在追逐魷魚群，牠們的血液因此加速，肌肉和血管漲成紅色，牠們圍獵、撕咬，展示天賦的線條，並且以那軀體穿越海藻，在月光下躍出水面，再從溫暖的海面潛入冰冷的深海，水隨流線型的軀體讓出航道，形成一道道不可見的波紋。兩個月後，牠們將成長並且隨黑潮北上，在這過程裡將有許多同伴會被延繩釣船的魚餌吸引、上鉤、疼痛，並最後一次使血液加速，以期驅動一度可以游上百公里時速的身體回到大海裡去。在藍鰭鮪絕望的眼珠前，一隻綠蠵龜游過，牠的背甲長著海藻，正用牠特化的腳朝某個堅定的方向划去。牠必須在缺乏標的物的大海中以地磁的感應找到五年前曾生產過的海灘，挖開熟悉的砂子，釋放腹中的卵粒，而此刻，牠仍對海灘是否完好一無所知。綠蠵龜浮出水面呼吸的瞬間，牠看到一群飛魚在海上飛起。此刻牠們興奮、噪動，卻也不安，因為追捕飛魚的旗魚和鮪魚群都已尾隨出現。而再過不久達悟人將為飛魚舉行飛魚祭，牠們已養育他們超過數百年。通過那個小島後飛魚必須經歷更嚴苛的撈捕考驗，才有機會隨著黑潮到島嶼的北方海域產卵。但牠們始終不知道，牠們產卵的漂流物其實是漁民投下的草蓆，而牠們的卵將被收集、醃製，就是不

會孵化。我彷彿聽見海水經過馬里亞納海溝、海底火山、從巨大孤獨鯨鯊粗糙的皮膚上流過，帶領數量龐大的花腹鯖洄游，並且漂流珊瑚產出的卵。而那海水此刻正接近花蓮溪口，匯聚了拍擊海岸的巨響，從海岸，從一群鷗鳥，從時斷時續的雨勢，遲疑地傳到北月眉山、賀田山旁這條公路來。

　　就這樣我在睡眠中醒過來，公車剛過花蓮大橋，隨即轉入看不見海的路段，彷彿一切都是虛構，彷彿從未曾真正出發過，彷彿我從未看過大海。

太平洋是世界上最大且最深的海洋，同時是島嶼、海灣、海溝和海底火山分佈最
多的海洋。面積為一億五千五百五十五萬七千平方公里，平均深度達 4,028 公
尺，最深處為馬里亞納海溝，深達 11,034 公尺。太平洋以赤道為界，分為北太
平洋和南太平洋，它從美洲西岸一直延伸到亞洲和澳洲的東岸。（瓶中溪水採集
自花蓮溪口附近的海岸。）

家離湖邊那麼近

畫面上，在陰沉沉的天與水之間，潮濕的黃土色的蘆葦、白楊和無花果樹，長得那麼生氣蓬勃，宛如看到了大自然本身一般……

芥川龍之介，〈沼澤地〉（文潔若譯）

九百七十四

二〇〇三年夏末的一個早晨我第一次「走進」湖水中。回頭望向鯉魚山,這座僅有601公尺的低矮山頭,就在我前面的湖水裡,隨著以我的身體為圓心的水波不斷晃動。

沿著水與岸的交界步行隱湖半圈,我的鼻腔開始充滿旺盛生長藻類的水與各種草莖所釋放出的味道,這是許多野生動物體味強烈的原因,對牠們來說,在氣味複雜的野地裡留下自己獨特的氣味是多麼重要的事,此刻我也正在流汗,釋放屬於我的身體氣味。挺水植物從綠水裡冒出,將水與地面的界線隱藏起來,會讓人突然一腳踩進深度及膝的水底。我幾度抽腿退出,想走回比較乾燥的路,卻又被岸邊突出的銀合歡以及過於茂密的開卡蘆再逼回水裡。不久下半身已溼,腳也適應湖水的溫度,拿了樹枝試探了一下,距離湖緣數公尺的水位仍只是過膝十公分左右,為什麼不乾脆涉水沿湖走一圈呢?

不算乾淨的湖水會有點「咬」,原本應該防水的健行鞋現在已經充滿水,使得腳步變得沉重。雖然鞋底甚厚,但行走時好像仍能感受到不同位置湖底的質感:靠右側似乎佈滿沙礫,偶爾可以踩到像是防水作業留下的塑膠網,西側則是鬆軟的沉積腐土,因此舉起腳步時會覺得湖像是對你有所期待,不願意放你離開一樣。

走在湖中和走在湖畔的感覺截然不同。當半身都浸入湖水,我被兩種世界的情緒吸引。靜靜停在水莞上的藍色粗腰蜻蜓,湖畔

從湖中望去的鯉魚山。

由於被遺忘，隱湖變得有別於一般校園人工湖的整齊、造作、無趣，反而充滿野性。

某處草叢裡突然傳來的竹雞叫聲，而水中好像有某種沼蝦似乎正攀附在我的褲子上，有一瞬間我以為身邊的香蒲叢可能有一隻小鷿鷈像一個美好的事物擦身潛過。有時我遲疑地轉身舉步，不敢貿然繼續往湖心走，我擔心會不會在某處湖就突然深邃起來了呢？

走了一圈回到原點，我遂決定再走一圈。當你半身都溼透的時候就不再乎再溼一點，這回我邊走邊數，用不平均的步伐，想要對這個仍然陌生的湖進行一次不準確的測量。九百七十四步。

我是水猿，我涉水而過。

二〇〇五年的夏天我又走了一趟湖，八百八十九步。二〇〇六年的春天，我再走了一趟，一千零二十三步。

伊蓮・摩根（Elain Morgan）的《水猿》（*The Aquatic Ape Hypothesis*）試圖喚起對人類演化另一種思考模式的注意，這本書的主要論點是重申一派人類學者的想法：他們認為人類可能是一種「水猿」，也就是一種主要生活在水文環境附近的猿類，並不是森林猿，也不是草原猿。這派學者認為，我們的祖先之所以走上不尋常的演化道路，可能和水有關。主流的「乾草原猿假說」則推測人類為了遠觀敵人或獵物的動靜，因此逐漸改變指節抵地的四足行走姿態，相對地「水猿假說」則是想像人類常必須涉水，因此逐漸演化成兩足行走，直立的好處是可以讓頭部保持在水面上。相較於前者，後者在人類學領域，始終被認為是證據不足的荒謬假說。

摩根只是一個寫作者而非科學家，但她勤於吸收知識，建立

自己的看法。多年前她寫一本從女性的視野看待人類演化史的著作時，就提過從邏輯上來看，人類女性應該沒有從滿身毛髮演化成光滑無毛的理由。因為女性並不是原始部落的主要獵人，她同時必須撫養、照顧幼兒，而無毛的軀體沒辦法讓幼兒抓緊（猿類幼猿通常會在母親移動時抓住她軀體的毛髮），這使得女性必須浪費兩隻手的功能來抱緊幼兒，這樣的演化似乎對女性而言並無幫助。之後她連續寫了一系列相關的著作，想要從科學的證據來讓「水猿假說」更具說服力，她列出了幾個好問題，主要是比較人類與猿類的身體結構後所提出的：人類為什麼演化成體表無毛，同時皮膚下鋪滿脂肪？（在大型哺乳動物中，似乎只有和水生緊密相關的鯨豚、海豹......有類似的構造）人類的喉頭為什麼下降？為什麼能調整呼吸的頻率？為什麼鼻孔朝下而不像一般猿類朝前？

據摩根說，這幾年來人類學界和科學界已對水猿假說不再單純斥為胡說，至少願意修改說法，認為原始人類也曾生活在如河、湖、海等「水之濱」，因此在身體的演化上呈現了部分傍水而居的特徵。但人類的演化其實是徘徊在宗教、哲學、科學與歷史之間的問題，每一個演化學說都勢必受到來自各種觀念差異極大的說詞的挑戰，人類學家有時甚至認為最強烈的敵對陣營是宗教家。

化石與我們的肉體相連，思想的化石也與我們現在的思想相連，當著名的人類學家李基家族（指Louis Leakey、Mary Leakey和他們的次子Richard Leakey這三位人類考古學界的傳奇人物）帶著他們的好運道在東非掘出既完整又破碎的人類骨骸系譜：古

猿、拉瑪古猿、南方古猿、能人，乃至於直立人，小李基因此判斷
現代智人起源東非時，受到最大的壓力來源就是宗教界。從宗教立
場出發的反對者顯然帶著極大的痛苦表達他們的意見：人類怎麼會
來自黑暗大陸？而智人的歷史怎能超過《聖經》的歷史？

　　我當然沒有專業能力判斷「乾草原猿」或「水猿」哪一個才
是那個我們「不在場」時代的最佳推測，畢竟，許多演化學者相信
像「站立」這樣複雜且影響重大的生物行為，形成原因可能遠比我
們推測的複雜，合理的推測可能都只是原因之一。況且，並沒有任
何人類學家真的親眼目睹了靈長類的演化。但我願意相信，水猿假
說的某種暗示：水在人類的生理演化與文化演化上都扮演了重要的
角色，多數現存的原始部落都留存著關於水的神話。不管你居住在
沙漠中或湖中之島，人類文化注定與水習習相關。無論你是貝都因
人或是威尼斯人，是藏人或是達悟人，看到一泓清澈的水時都會共
同興起一種難以言喻的微妙情緒⋯⋯

　　我們是光陰。我們是

　　高深莫測的赫拉克利特的那著名寓言（節自Jorge Luis Borges〈是那
長河大川〉）

　　沒有時間到海邊或溪邊的時候我會到湖邊，湖就在我可以帶
著早餐十分鐘內步行可以到的地方。如果我人在學校，幾乎每周
都會到隱湖一次，有時獨自一人有時帶學生，有時有其他老師同
行，有時則招呼訪問的來賓或作家。但我最享受的還是獨自一人走

湖......特別是幾次「走在湖裡」的經驗。

我知道以步伐來推測湖的周徑是一件愚蠢、粗略、無聊的事，步伐有大有小，有時還因為分神而少算或多算了一步，甚至會在有意無意間走了回頭路，這樣算出來的步伐哪裡作得了準？何況湖本身就不是一個固定容器：水的蒸發，雨季或乾季，水生植物的繁茂與枯死，乃至於不遠處的游泳池排出廢水的量，都會造成湖徑的變化。不過，或許我只是想以不準確的步伐測量校園裡一座活的湖的體溫而已。

當然多數的時候我是走在湖邊，用乾燥的步伐感受潮濕的湖。我帶著記錄紙，一次又一次重走舊徑，偶爾刻意不走已形成的小徑，用背包壓出一條新路。每進湖一次，我的解說表格就因此而延長，以至於從第一次進湖至今，記錄表已經從一頁擴充到四頁。這個只有數公頃的湖像一座圖書館，它會生長、擴充，自有生命。

隨著一次又一次的步行、導覽，我常幻想這個湖可以為這個校園提供某種與其他大學校園區別的可能性。湖周遭的生物，從湖看出去的山脈和雲，乃至於隱藏在這些之中的，專屬於此地生態裡的美的暗示。也因此我格外覺得湖應該有一個具有暗示性的名字，不是像多數校園中湖泊制式的、呆板的名字。我想起幾次和劉克襄老師通信時談到這個湖，他曾在一封信裡提到，王文進教授《豐田筆記》裡提到這個湖時是用「隱湖」而不是「華湖」來稱呼它。

　　一個隱而不見的湖，一個隱喻性的湖，或者，意謂著在這座樹一直能成蔭的校園裡，經過十幾年而尋回野性的湖可能是當初幸運的一個「被遺忘的決策」。

七十一

2003年10月29日，我在草地上停下腳步，數隻洋燕以令人暈眩的懸疑線條遨行、飛越，用牠經過漫長時間所演化出的長有敏感剛毛的喙，將蚊蚋掠掃吞入腹中。遠方的中央山脈正在黯淡，並且在分神的片刻中撤去，殘餘的微薄陽光反射到雲層間，讓眼前這幢刻板的人造建築物產生了短暫的美感。我的手上恰好有相機，一隻腳架，以及想按快門的食指，所以就拍了一張有雲和圖書館的照片。

儘管相片太過細節，缺乏文字的神秘魅力，但卻能讓人回到拍照當時的氛圍。一天我在整理照片檔案時，突然有了一種想法，為什麼不定時地每隔一段時間站在同一片草地對著同個角度的天空拍照呢？

我便這麼做了。那些雲在遠方的遠方，糾纏在鯉魚山，或者是更後面的銅門山、木瓜山、奇萊山才認得的天空。雲有時停滯有時流動，有時往前逼近有時後退，像歷史一樣滑動。我原本希望能找到一個「固定的」拍照位置，用固定的二十四釐米焦距拍照，但幾次之後我發現，腳架在柔軟土地上鑽出的淺孔，隔天就會被冒出的草遮掩，看似同樣的視角拍出來的照片其實可能拍攝點差距數公尺之遠。我遂放任這種不準確。

根據地質學家推測，天地創生之初曾有一段時間地球是被雲籠罩的，之後便開始下了似乎沒有終結的雨，直到地球成為一片海

洋。雲是水汽的聚集，彼時形成海洋的雨雲的水分子，現在可能也正在某處集聚形成雨雲。

　　拍雲的過程裡我漸漸對雲產生了情感與好奇，我到圖書館裡找到了幾本關於雲的書與圖鑑，開始逐一比對雲的形態。好像不管哪一種語言，「雲」這個字本身似乎就具有詩意，只不過為雲命名的不是詩人，而是氣象學家。關於辨識雲的技藝，農耕與漁獵民族都不陌生，看雲是一種技能，關乎生產量與生存機率。但人對雲的了解終究還是要等到飛行器發明之後，才有了不同以往的深入角度。氣象學家用更細緻、邏輯化的方式，解釋了每一種雲的生成。雲的生成跟溫度、濕度、與高度有密切相關，讓我吃驚的是雲也有生命週期。就像人有人生，蝶有蝶生，雲也有雲生。比方說常出現的局部卷層雲生命期可能只有數小時，但由鋒面帶來的卷層雲則可能持續數天，她們是水汽製成的朦朧雲幕，在衛星雲圖中以一條條帶著弧度的線條活著，然後隨著降雨變薄變淡，逐漸死去，或帶著陰鬱的氣質繼續前進，勉力讓自己多活數天或數周。

　　原本我並不太知道自己拍雲會持續多久，只是單純想拍就拍。一個月過去，兩個月過去，三個月過去，半年過去，一年過去，拍到現在，我已經在「同一個位置的附近」拍了三年多構圖差不多的七十一張照片，裡頭可能包括了至少數十種各式各樣的雲。我說可能的原因之一是我對雲的名字是如此沒有把握，另一個原因是同一型態的雲本來就會有不同型態的變異，因此對我這個門外漢來說實在很難歸類。何況，一種雲還會變成另一種雲。

　　有時候我拍到藍色天空中十分顯眼的高積雲，有時候是午後突然出現魚鱗狀的卷積雲，有時面對的是對流旺盛的積雨雲，有時整天都是令人感到憂鬱氛圍的雨層雲。鋒面帶來的雨層雲是一種厚重，有神祕寓言氣質的雲，天空充滿潑墨化的筆觸，只留下一道窄窄的光線，草地上的鷦鶯側耳傾聽，薄翅蜻蜓突然全部消失，長柄菊的花瓣低垂，細莖在風中微微震動。

　　雨要來了。

　　我常跟學生說去湖不一定得看好天氣，不同的天氣會看到不同的湖。有幾次我在下雨時走進隱湖，幾次則是進去後才遇到天雨。有時雖然天氣晴朗，但看到水黽在水面上用牠超越表面張力的腳划著水，形成一圈一圈的圓弧形漣漪時，讓人一時誤以為正下著小雨。

　　晴天時隱湖收納著雲的影子，雨天時隱湖則接受雲化成的雨水，隱湖是雲在這片土地上的一個化身，站在那裡我可以想起一切關於雲的詩句。

　　隱湖其實是一座不折不扣的人工湖。當初校園整地時，設計者為了怕地勢平坦的校園景觀過於單調，於是便規畫了兩座湖，並用一條人工河道連結。但後來由於種種原因，河道未引水進來，於是兩座湖便失去聯繫。校門口進來右側的東湖面積較大，四周種了垂柳、落羽松等景觀植物，以及常年都理成平頭的草坪。湖中甚至放養了錦鯉，什麼都吃的錦鯉讓昆蟲與水生植物繁殖不易，那湖遂

成為校內學生休憩與校外人士拍婚紗照與紀念照的景點。但隱湖不同，隱湖懂得拒絕，因此得以發展出一種嚮往，一種野性。

過去我曾以為湖是水的被圍困狀態，其實不然，每一座湖總有某處悄悄注水進來，某處讓水逸出。沒有雨、地下水或開放性的河流，湖的生命注定不會長久。被遺忘的隱湖，靠接受游泳池的廢水和雨水而生存下來，雨和廢水對隱湖來說都意義非凡。在開始拍攝雲之前，我已準備將隱湖當作固定觀察的地點，那裡許多生物我是原本就熟識的，但因湖是一個開放性空間，所以也常有許多出乎意料的生物出現，甚至因此定居下來。隱湖就這樣成為我的一個想像原點，一個生活中的小小樂趣，一個我了解本地低海拔植物和昆蟲生態的模型。我時常在走進時先預想會看到什麼，然後在走出來之後比對我猜錯了什麼。我也常藉由它設想解說一個固定地點的不同方式，嘗試帶不同的長輩、朋友或學生進去，看看是否能帶不同的長輩、朋友或學生出來。

站在同一個角度拍雲時，有時候會遇到不同的人，有的是我認識的學生，有的是正在拍紀念照的遊客，有的是準備到餐廳用餐，或清晨出門散步的同事。有時候我把他們拍進照片裡有時候不，有時候拍到他們的影子，有時候拍到他們的單車，有一次我拍到正在搭建畢業生拍畢業照的站台，一群學生將在明天站上去，然後離開這裡。這種在固定活動中與某些物事不預期而遇，或者發現時光在不知不覺中慢慢流動的感覺，很像是定點觀察時遇到某種生物的心情。

　　有時候我在拍完雲以後進去隱湖，並且把看到的雲和我可能看到的生物聯想在一起。一個雨層雲的天氣，會在隱湖見到什麼？或見不到什麼？這些複雜的變因加深了隱湖對我的吸引力。

　　一個卷積雲的午後，我在湖邊撿到一隻死去的赤腹鶇，牠曾經飛行在遠比我接近雲的地方，而現在牠躺在泥土上，眼皮半閉，蒙上一層薄翳的眼珠不再反射雲的影像。另一個無雲的晴朗天氣，花嘴鴨群被我驚飛後，我持續「泡」在湖裡超過半小時拍一隻始終不願停下來的大華蜻蜓，也許因為太靠近草叢，花嘴鴨竟誤以為我已離開而莽撞地飛回來。六隻鴨就降落在我面前大約三公尺的地方，然後回過頭來以驚愕的眼神看著我。牠們隨即倉惶地直接起飛（直接起飛對雁鴨來說極耗體能，對這點我深感抱歉），從我的頭上一公尺處掠過，周遭的空氣因牠們激烈的鼓翅而充滿力量，讓我心跳加速。這些影像與聲音存放在我的電腦與腦海裡的某個角落，等著多年之後才能被了解。

　　我安於這種不解，畢竟我對那些學生們的未來也不見得比對一隻環頸雉的未來更了解一點。只不過我覺得對環境和對一個正值青春的孩子的理解是非常類似的，他們都敏感，善於隱藏自己，並且隨時都可能會有極大的變化。

　　不知不覺中就已經拍雲並旁觀隱湖三年多了。每當我回來整理照片檔案，並將所見所思化成記錄表或一篇雜記時，我就覺得自己和隱湖的關係正在發生轉變。

一群花嘴鴨被我驚起飛走，牠們逃亡姿態裡充滿了求生的意志與被打擾的怨懟。

這是我在湖邊撿到的已死的赤腹鶇，牠從遙遠的地方飛來，曾經在很接近雲的高度飛行。

　　究竟湖是怎麼從一座被遺忘的人工湖，演化成現在「擬自然湖」的狀態的呢？我在腦中編織著想像，她的變遷史或許只有雲見證過。雲在高空形成降水胚胎，隨著鋒面向東南的東南緩緩推移，並化為雨珠落下，那雨滴在風、地球引力、微塵、一群小白鷺拍動翅膀造成的氣流以及我移動速度的複雜作用過程中，恰好落到我的鏡頭上，形成小小一點從觀景窗看出去的模糊之處。我正往隱湖的那個方向走去。

　　往湖的那邊走，理論上就更靠近雲一些。

十二

　　一開始的時候一切只不過是一片蔗田。而後這個區域在校園規畫上，成為一個小小的凹陷。是的，這裡未來會是個湖。

　　這裡未來會是個湖，怪手挖出了一個不規則的坑，四周除了草，種植上人們期待它長成的植物。靠東那面的林地則沒有完全被砍除，成為一片屏障湖與建築的保留地。那是一片血桐、銀合歡與山黃麻組成的「雜木林」。坑洞做了防水工程，開始注入水，看起來就像一個較大型的池塘。池塘位在校園的核心，不過附近沒有宿舍也沒有學院教室，而特別幸運的是，這裡因暫時缺乏經費再開發，被注入水的池塘不久便被遺忘了。

　　被遺忘的隔年，各種生長快速的禾本科植物、不易被割草機剷除根部的茵陳蒿就重現這片沒人進入的「荒地」，秘密奪回土地的主導權。那些被種植的園藝植物還不太適應土質，又被迅速長高的五節芒、孟仁草遮住光線，因而變得虛弱。「荒地」邊緣有一種豆科植物長得異常得好，它們開了黃色的蝶形花，吸引附近的採蜜昆蟲。這是南美豬屎豆，雖然名字不太好聽，但卻是過去農民普遍種植的綠肥，通常只在土地上活數個星期，隨即被鏟入土中提供養分。但也因此它們的祖先得以在土地裡留下小小的種子。如果你警覺一些，就會發現穿梭其中一種帶著藍紫色光澤的小型蝴蝶，牠們有時會停在花上，有時則在豬屎豆三出複葉的葉柄末端產下一枚微小、圓形，帶著某種期待的卵。那是波紋小灰蝶，以數種豆科植物

為食草。

不久土地種子庫中的血桐、以及隨風飄來種子的銀合歡、構樹探出芽來，它們對過於強烈的直射日照一無所懼，並且早已適應東海岸偏鹼、貧瘠的泥土，成為這片土地第一批重生的喬木。不過可能你沒有注意，有另一種最適合在這樣土地生存的植物也以較緩慢的速度長高，它的新生葉子呈現一種有光澤的紅色。如果你摘下它的果實嚐看看，將會感到一種澀澀的鹹味。那是山鹽青（羅氏鹽膚木），由於果核外有層薄鹽，因此過去原住民打獵時曾將它取來做為鹽的暫時代用品。事實上並非只有人才需要鹽分，烏頭翁和其他的鳥以及各種哺乳動物都需要偶爾補充鹽分。山鹽青的存在是一種生命的暗示。

沒有打草機的干擾，第二年草本植物都順利長至成熟期，並且開放，吸引了各種昆蟲，完成授粉，等待結實。現在距離湖邊較遠的乾燥地已經開出強悍的紫花藿香薊與香澤蘭，它們大約在二戰時來自南美，由於適應力強，已經對島嶼的部分地區造成了困擾。不過罪過並不在它們，而是漠視環境的自主性而貿然引進的人類。菊科的植物善於讓它帶著羽毛的種子隨風飄散，形成一場人帶給此地植物的災難，通常等科學家發現時，情況已無法控制。

誰能控制風呢？如果你讀過梭羅的《種子的信仰》就會知道，風無所不能，所以它是種子的宗教。湖右側的那片香蒲，也是風帶來的。靠近湖的地方，水和乾燥地面的邊緣已經不像去年那樣稜線分明，一種植物伸出湖面，長滿湖畔，隱沒了湖和湖岸的人工

界限，那是去年冬天路過這裡一群花嘴鴨帶來的種籽。鴨群在花蓮溪口歇息，並且在分散覓食時在空中發現了這個人群不會靠近的小湖。由於腳上、羽毛間都沾黏了一些植物種子，在空中排糞時也把較難消化的種子一併排出，於是湖邊開始出現一些原本不在此地生長的水生植物。葉形很像竹子的是開卡蘆，它們分布在淡水域，而不像蘆葦分布在鹹淡水交會的水域。像一根根枯枝群生於湖畔的是莞草，隱藏在莞草叢中開著紫色穗狀花序的是圓葉節節菜。

湖的水質因植物的出現開始發生變化，一些藻類與微生物在雨水與廢水中的化學物質催化下迅速繁殖、增生，以致於湖面看起來呈現透明度不高的綠色，那裡頭充滿了營養鹽。午後一陣雷雨落下，讓湖水上漲了零點五公釐，一小時後雨停放晴，一群飛行力極強的薄翅蜻蜓在湖的上空盤旋，其中一隻受湖面反光的吸引，落到水面附近逡飛，幾分鐘後，選擇一處約略只有一公分深的淺水處，將尾柄伸到水裡，在一株風車草的水中莖上，產下卵粒。

這一年冬天，花嘴鴨再次經過湖的上空，其中一個飛行小組的領頭鴨決定探探這個湖，在短暫的停留時間中，沒有人進來讓牠們放心，而牠們小小腦袋的某處，也因此留下了湖的形狀與氣味的記憶。

隔年春天，血桐和銀合歡以驚人的速度長高，這吸引了喜歡站在制高點的棕背伯勞，牠以急速特殊的喉音宛轉鳴叫，隨後側頭觀察田菁的羽狀葉，我們跟著牠看過去，卻沒有發現什麼。突然間

牠張開翅膀落下，暫停、伸喙、振翅，在這個比剎那稍短的時間回到樹上後，嘴邊已經多了一條青色的蟲子。那是一隻荷氏黃蝶的三齡幼蟲，原本再過一星期，也許就能化蛹，成為今年春天第一代擁有交配權的成蟲。但現在一切都結束了。牠直覺陷入危險，不斷扭動身驅，但在伯勞的硬喙下很快失去知覺和活力，幼蟲的感官逐一關閉，陷入一片黑暗。不遠處另一隻盤據著枝頭的黑鳥則是鄉間常見的大卷尾，飛行技巧絕不會輸給任何一種鳥類——當然，理應也不會輸給任何一種昆蟲。我們只看到牠在空中短暫靜止，轉向，在近乎失速的狀況下爬升，然後朝獵物掠襲，我們以為牠失手但其實沒有，獵物的翅膀已經受到重創，飛行速度大受影響。此刻大卷尾做了一個不可思議的小迴轉，重新以牠犀利的目光定位獵物，縮翅衝刺，再回轉，拍翅輕鬆地回到樹上。此時牠的嘴上已經刁著一隻薄翅蜻蜓……或許，就是去年產卵那隻的後代。

毫無意外，愈來愈多種蜻蛉目選擇把牠們的下一代交代給湖。草叢裡可以輕易發現常見的紅腹細蟌與青紋細蟌，湖裡也可以看到紫紅蜻蜓與杜松蜻蜓、大華蜻蜓的水蠆，甚至偶爾也能見到野外相對數量較少的彩裳蜻蜓出現。這意味著水裡的食物變多了。湖裡的食物變多？是的，除了人類以外，生物總是另一種生物的食物，而生物也總是吸引另一種生物。

春季剛開始的時候一隻雌黑眶蟾蜍從校園的水溝出來，她被游泳池附近燈光所吸引的蚊蚋吸引，對她而言，有燈光是件好事，至少她在捕食時輕鬆許多。隔天早晨牠躲進靠近湖的草叢，當

棕背伯勞的獵食動作精準、優雅。

當相對較少見的彩裳蜻蜓出現後，意味新生水域開始轉變為更複雜的生態，也意味著湖中的食物增多，足以撫養更多種類的蜻蛉目昆蟲。。

夜又重新籠罩時，她聽到雄蟾蜍充滿力量的鳴叫，那聲音在她的鼓膜裡數次迴盪，吸引她不知不覺一步步接近。靠近的兩三隻雄蟾蜍在幾次試探後紛紛奮力抱上雌蟾蜍，其中一隻雄蟾蜍刺激了雌蟾蜍泄殖腔附近的腹側，不久雌蟾蜍遂背著雄蟾蜍在一處接近水域旁產下有膠質保護，念珠狀的卵，雄蟾蜍也釋放出精子。那膠質為卵提供了很好的緩衝，並且保存了一些必要的氧氣和適當的溫度。

剛剛孵化游泳能力不佳，體型也不會太大的蝌蚪，恰好是水蠆最期待的食物。蝌蚪聚集在一起自我保護，像一群蠕動的逗號。但這麼大一群蝌蚪最終仍只有一部分能在數周後長出後腿，又在數天後長出前腿，並且放棄已經沒有作用的鰓。牠們是命運選擇得以改變身體的一群，而身體的改變讓牠們決意離開水面，在飽含水氣的夜裡鳴叫。這使得湖比起前幾年都要來得熱鬧、激動。

這是一個晴朗的滿潮日，春天剛過一半，溫度正好適合大部分的生物戀愛。如果你細心一點放尖耳朵的話，可以聽到有數種不同頻率的求偶聲潛伏在夜裡湖的某個角落。不，不是唧唧唧的短聲，那一聽就知道是沒有經過共鳴，用翅翼與後腿磨擦出來的聲音，比較可能是鈴蟲或是某種螽斯。我要你聽的是一種奇特的達達達達共鳴音。如果循著那個共鳴音往附近的草叢尋找，你將發現一種善於攀附在植物上的蛙，牠的唇上有一道淺淺的白色，眼神迷離而帶著點孩子

一隻停憩在莞草上的青紋細蟌

氣。那是白頷樹蛙，牠們從校園周邊的道路水溝裡漸漸移動，找到這一片對蛙而言巨大、卻食物豐富的水域。一隻蛙的叫聲會引起其它蛙的附和（其實多半是競爭），而現在，發出各種喧鬧聲音的生物只有少數會在未來留下後代。

可以預見和前一年春天相比，第四年春天湖面出現了更多的飛行昆蟲。如今至少已有十種蜻蛉目正在飛行，牠們有的是屬於不均翅亞目（蜻蜓），有的是屬於均翅亞目（豆娘），這個分類的中譯其實準確地指出了牠們生理構造上的重大差異。牠們在太陽出現後不久恢復活力，開始獵食、求歡、逡巡。雖然肉眼看不見，但空中其實存有許多不可見的線條，在蜻蜓們的眼裡有許多事正在發生：領土的得而復失，失而復得，愛情的來臨與離去，殺機的出現與接近。大部分種類的雄蜻蜓會占據某株莎草枯枝做為制高點，然後驅逐那些挑釁或純粹路過的「飛行物」，仔細一看每種蜻蜓的空域大小似乎不相同，從表面上看來，細鉤春蜓的空域大於善變蜻蜓，而善變似乎大於紫紅。綠胸晏蜓看起來則擁有此地空中的霸權，牠飛行時身體與翅膀在陽光下閃閃發亮。

此刻正在熱戀的一對紫紅蜻蜓從我們眼前飛過，雄蜓用尾部抓鉤抓住情人的頭節後部，雖然在人的眼光看來頗為粗暴，但其它蜻蜓卻覺得性感。此刻若雌蜓接受雄蜓，她將也熱情地用腳抓住男士的腹部，將腹節彎至他的胸節，兩隻蜻蜓遂形成為一個弧型、封閉曲線的交尾姿態。對雄蜓來說，在強力競爭者不斷逡巡的湖面

上，強迫自己的伴侶伴隨飛行，對於留下自己後代這般重要的任務來說是必要的。蜻蜓的愛情沒有害羞、怯於表達這回事。

「蜻蛉目」（Order Odonata）的拉丁文原意是「長牙齒」，雖然實際上牠們並沒有長牙齒，但卻具有有力的咀嚼式口器。這些強悍的飛行者從童年開始就是湖面下小型魚類、昆蟲、蝌蚪的夢魘，在歷經變態性成熟後又成為湖面上的殺手。蜻蜓可能是昆蟲飛行技術最佳的成員之一，某些種類飛行速度甚至超過時速五、六十公里。除了飛行速度也極快的天蛾科成員，蜻蜓追逐獵物時的飛行就像哈雷機車追逐小綿羊的競賽一樣。而多達三萬枚單眼組成的複眼，使得牠們的視野接近三百六十度，獵物即使有能力在空中進行小迴轉也未必躲得過牠的追蹤。此刻湖裡的蜻蜓種類與數量均已繁衍到一定數目，使得一度布滿湖面的雙翅目與膜翅目昆蟲失去了牠們一度自由的生活空間，不過千萬年的演化過程中牠們早已選用另一個策略求生，那就是牠們傲人的繁殖力與強大的適應性。

湖上這些蜻蜓與豆娘有時會擾亂我們的判斷，確實，部分種類的外表如此相似，再加上雌雄未熟與成熟個體的差異，一疏忽你就會以為牠們是同一種。不過若有足夠耐心，當你注視他們愈久，腦中的歸納邏輯機制必會逐漸整合出一些判斷標準：比方說最明顯的前後翅顏色、複眼的顏色，以及胸、腹節的顏色。不久，你發現了許多種類前翅上有一個小小的色塊，似乎是另一項可以更細膩辨識的要點—那是「翅痣」（stigma），它並不只是為了被辨識而存在的，而是翅膀上一塊小小的重要增厚組織。它輔助了那對可

以任意折彎、充滿錯綜翅脈的雙翅飛行時的穩定度，彷彿架設在翅膀上構造精巧的擾流板。蜻蜓帶著牠的飛行技巧和飛行器官在空中飛了好幾億年，當牠用那對巨大、深邃的複眼盯著你（或者應該是你盯著牠）的時候，有時你會像是經歷了冰河時期，並且看到數以萬計的湖的興衰。

不久你的眼光穿過一叢風車草，落在附近一個有些不明顯動作的物體上，仔細一看發現那是一隻正準備羽化的水蠆。嗯，一隻粗腰蜻蜓，或者說，一隻可能的粗腰蜻蜓。你滿懷期待等著牠張開翅膀，開始另一階段可以飛行的生活，但就那一剎那間，牠消失了。

一隻小鸊鷉吃掉牠。牠睜著酒紅色的眼，甩甩脖子，彷彿天真的孩子剛做完一件滿足的事。

關於夜裡湖的動靜，夜鷺比小鸊鷉清楚，而關於湖裡的動靜，小鸊鷉則比夜鷺清楚。這很公平，即使一同生活在這個小小的湖，牠們占據的是相同卻也稍稍相異的生態區位。牠能潛水，而不像夜鷺只能等待、注視。小鸊鷉擁有特殊的視力構造，使牠可以看清楚水裡的動靜，當牠潛入水中時腹羽會密貼以排除空氣，油脂較少的羽毛則減少了阻力。

不過這次不用那麼費力，牠在水蠆和你都全神貫注時無聲地游近這片「領水」，尾部傳出一道一道的水的皺褶，取走一隻粗腰蜻蜓飛行的可能性。而此刻牠發現了你，重新潛入水中，至遲幾十秒後必會在湖的某處浮上來。在潛下之前牠望向你這邊，眼珠轉動

宛如紅寶石，告訴你你並不屬於這裡。

　　水生植物似乎在隔年達到了某種高潮，湖因此在盛夏的晨光中顯得蒼莽。湖當初設置來防止水逸流的底層，漸漸被先驅的植物根系扎入土層，而前一年冬日死去的植物屍體，現在已成為水底淤泥的一部分。水當然因此不太明顯地流失了一些、蒸散了一些，相對也提供了水生植物生長的條件，它們的根開始分解岩礫，從黑暗的地底深處吸取營養。從天空經過的蒼鷺發現湖的面積似乎略略減少，但四周的次生林則顯得茂密，牠們因此呈之字形降落在血桐樹上歇息。兩隻蒼鷺張開牠們堪稱巨大的翅膀，和水面上的影子相互接近，搧起了一陣輕微的風。水生植物也為這座沒有人工濾清設備的人工湖的水質提供了一定程度的清潔作用，它們吸附水中過剩的營養鹽，並且分解白頷樹蛙的屍體。如今這些鬱鬱莽莽的挺水植物給了花嘴鴨群覺得心安的遮蔽，牠們大多數在香蒲叢附近覓食，少數扮演哨兵的角色四處巡游。

　　沿著湖岸走，路幾乎被甜根子草、克拉莎草占據，靠近湖邊則長滿黑果藺、藨草和倒地蜈蚣——此刻倒地蜈蚣正開著紫色的花，由於它的匍匐莖太過隱密，以致於看起來像是突然從某處憑空出現的花朵。湖畔聚生的禾本科植物葉子頗為銳利，像人類這種「裸猿」很難穿過而不受傷。一些來湖邊探險的學生穿著短袖衣物，總是在皮膚上留下一道道淺而狹長的傷口，滲出微量的血而感到搔癢。

但褐頭鷦鶯與灰頭鷦鶯卻極喜愛這樣的環境。一開始不容易發現牠們的蹤影，因為牠們黃、灰、褐搭配的羽色，提供了良好的蔽障。這幾種色彩在草原裡最為豐富，相對的也就讓敵人缺乏足夠的辨識輪廓的資訊，當牠們快速移動時，草叢就把牠們交給另一個草叢。鷦鶯行動時為了招呼友伴，不斷發出「滴滴滴」（褐頭鷦鶯）「美美美」（灰頭鷦鶯）的叫聲，這讓原本放聲用發聲器發出聒噪音響的草蟬警覺了一下。不過鷦鶯的目標不是草蟬，牠們做為食物來說有點太大，鷦鶯把目標放在禾本科間的小型直翅目昆蟲上。草原賜予牠們食物，同時也給牠們保護。對牠們而言，此處絕非「荒草地」。

湖安安靜靜地，除了偶爾隨風的方向引動的漣漪，她旁觀許多生命選擇在這裡渡過牠們的一生，從出生到被獵食。

蒼鷺停憩了數天，牠們始終若有所思地偏著頭看著湖。在這個清晨，牠們復又鼓起那雙巨大的翅膀，往花蓮溪的方向飛去。

隔年雨水稍少，湖也隨之變小了一些，但湖的生命力和企圖心卻變大了。

花嘴鴨用牠扁平喙的瓣狀喙邊濾掉水分，把浮游生物或一些可食的水生植物留在嘴裡，這時的湖已經可以一次容納三十幾隻的花嘴鴨覓食。有時候學校社團的學生從湖東面的橋下走過人工河道，穿過次生林進到湖裡，使得花嘴鴨突然受到驚嚇。放哨的鴨子伸長脖子叫了起來，鴨群自動分成幾個小組，開始用牠們有力的腳

蹼在水面奔跑。湖水被蹼擊濺出水花，讓一向冷靜的夜鷺也小小緊張了一下。不久鴨群便藉著速度與蹼面和水接觸時所產生的距水作用，鼓動雙翅飛起。學生們抬起頭看到空中一隻隻伸長脖子，雙翅因此顯得比例稍小的花嘴鴨身影，牠們和他們的眼神因此在湖的上空短暫地交會了四分之一秒。

人類的接近已被草叢裡靜靜潛伏的眼鏡蛇「聞到」。牠在學生的腳步接近之時，從那條分岔的舌頭沾黏到空氣中的氣味分子，並藉舌尖兩面的氣味分子數量的差異，判斷這種不明的生物正從右後方接近。牠因此開始以腹鱗在地面上磨擦，藉運動時的作用力與反作用力蜿蜒游行了一小段距離。沒有人準確統計過這年夏天湖邊出沒了多少蛇，牠們曾一度繁盛，卻在挖湖工程進行後數量銳減，有的離開這片棲地，藏身在校園其它未開發的荒地，或剛掘好放上蓋子的水溝裡。接下來的幾年中，牠們變得容易在曬太陽或過馬路時被汽車輾斃，被工人發現而亂棒打死，或因為失去某種土地與食物而變得少產。當湖的植物與蛙族回來後，牠們又悄悄地回來，在湖畔有耐心地等待一隻貢德氏赤蛙注意力渙散，或者嗅尋另一隻也隱身在某處的愛侶。牠們在草叢中求愛，彼此糾纏，展示牠們鱗片組合而成的原始、蠻荒與神秘，為湖的靈魂注入一種本來缺乏的野性。

只有站在高枝上的棕背伯勞看到這一切，牠知道眼鏡蛇就靜靜地隱藏在學生通過小徑不遠之處，而在學生們離開後，一隻野兔張著血管密布，卻因此顯得天真疑惑的眼睛看著他們離去。

湖邊蛇的種類直到這一年仍是個秘密，但一些跡象或許可以讓我們了解。在密生的草叢間，偶爾會見到蛇蛻下的皮。蛇不只是成長才蛻皮，當外皮受傷，甚或是懷孕前後都可能蛻皮。蛻皮之前的蛇視力會大幅減弱，這使得牠感到自身的脆弱和危險，便會盡量將自己隱藏起來。

　　一隻南蛇現在正在石頭上磨蹭，將外皮從吻端磨出一個缺口，然後使力讓自己的身體在樹根間磨過，蛻下舊皮。蛻下的舊皮有眼洞，有鼻洞，彷彿可以讓另一條蛇再穿回去一樣。蛇在蛻皮時皮會稍稍因鬆垮而顯得較長些，通常你撿到一張蛇的皮，把長度略減20%左右，就會得到接近這條蛇身長的數字。比方說現在這條約二尺多接近三尺的南蛇，就蛻下一張三尺多一些的皮。而在不遠處一株構樹下還有另一張蛇皮，從那上頭的花紋看來……啊，那是毒性猛烈的鎖鍊蛇的皮。

　　鎖鍊蛇身上布滿褐色的橢圓形斑，使得牠們爬行時彷彿一條移動的鎖鍊。牠們曾一度在島嶼上繁盛，但如今因棲地漸少，族群數量正在下降。隱湖附近還不算太密的林相與空曠的草地特別適合喜好日照充足的鎖鍊蛇，這隻蛻下皮的鎖鍊蛇在蛻皮後已經離開，在黃昏時正埋伏在草叢中，靜靜等待一時疏忽通過牠攻擊範圍的月鼠。

　　夜色漸漸朦朧的隱湖看似沉靜，其實佈滿殺機，鎖鍊蛇在湖的生態系裡幾乎是居於最上位，牠的出現（或者回歸）意味著湖至

少已不再是單純依照人們挖湖時所設想的人工湖了。此刻正好是新月，微弱的月光在隱湖上反射出足夠讓所有夜的殺手尋找獵物的光線，因為沒有路燈的原故，從隱湖看上去的星辰格外明亮。沒有路燈對趨光性的鞘翅目昆蟲而言也是好事，畢竟，牠們不必再徒勞無功地朝燈罩撞擊，而後墜落地面而難以翻身，莫名其妙地被吃掉或無助地死去。

在這樣不完全的黑暗中，蛾類在空中努力尋找愛情的氣味。草叢中一陣晃動，我們無法辨識是野兔夜行所引起的，還是鎖鍊蛇已經幸運地捕獲這三天來的第一隻獵物。

偶爾從草叢裡傳來一聲竹雞的叫聲，讓許多鳥誤以為天光，而紛紛跟著叫了起來。但由於腦部仍然沉浸於半睡眠的狀態，不久遂又沉靜下去。

這是雨水豐富的一年。湖的周邊已經看不到石礫地，幾乎都被植被覆蓋了，湖面有時聚集了一群小雨燕和棕沙燕覓食。舉尾蟻選中了一株血桐枝枒交叉處，開始建造牠們工程浩大，結構可繁可簡的城市。工蟻翹著尾部，勤勉地尋找落葉、小枝或銜著泥土以做為建材，看似慌亂其實循著同伴留下的氣味之路有秩序地前進。幾天後巢已有了基本的雛形，一群烏頭翁好奇地在枝上側頭探了探。

去年曾進來走湖的那個人又涉水走了湖邊一周，驚起了一隻體型不大的秧雞，飛行時牠貼著水面約二尺，露出暗褐色的背

影。那是緋秧雞，那雙紅色的，像是刻意修飾過的腳相當引人注目。但沒有人發現，莎草叢與禾本科草叢內還有一隻更鎮定的鳥，那是黃小鷺，牠伸長脖子看著遠方，將自己想像成一株植物，看起來就像在修行苦行瑜伽似的。

在這座小小的安靜的湖裡，各種生物正在進行著一場殘酷的鬥爭，包括植物在內。植物平常看起來是和平、沉默的生命，實則不然。當銀合歡成為湖畔的優勢樹種之後，另一種亦是島嶼近期的外來植物正密謀如何利用它們爬上枝頭獨占陽光。從前幾年開始小花蔓澤蘭以它傳說中「一分鐘一英哩」的不可思議生長速度，用匍匐莖節間長出的不定根纏繞住銀合歡的樹身，布滿需要大量陽光的銀合歡樹冠。小花蔓澤蘭並不會挑樹纏繞，一個夏天之後，我們甚至已經無法從外觀辨識出被纏繞的是什麼樹？不過相對於血桐，銀合歡似乎更容易死在蔓澤蘭殘酷的溫柔下。許多前一年仍努力從縫隙冒出的枝葉的樹現已變成灰色的骨骸，雖然仍然站立但實際已經極為脆弱，一場午後夾著間歇性強風的雷雨，就能使它倒地。

對生物來說，本無原生種與外來種之分，只有生態區位的競爭者或食物來源的分別。一旦因某種因緣的安排下出現在同一個環境，只有「求生」才是唯一的目標。湖裡和湖邊的每一種生物都在為生存而搏鬥，每天都有一些生命死去，一些生命出生。

這個夏季的早晨一群對生態有興趣的學生進到湖裡。雖然大多數學校裡的成員仍然認為這是一片荒地，但這座湖已經成為部分

體型小的黃小鷺藏身各種莎草和禾本科植物之間，把自己想像成一株植物，不容易被發現。

孩子的教堂，一種信仰。他們帶著隊伍從橋下走近湖邊，第一次來到這裡的人都以為自己已經離開學校，到了很遠的地方。他們多數是很少接觸自然長大的孩子，目前為止的青春期都消耗在冷氣房，背一些資料，對生命的未來看法還如此朦朧。幾個人的眼光發現湖面上一個好像是枯樹枝的東西，仔細一看那枯樹枝似乎會移動。當移動物距離他們大約十公尺左右，一個男生率先喊出來：是蛇！

正是前年我們所撿到那張蛇蛻的那尾南蛇，現在已經長大許多，並且在去年產下一窩小蛇。那個午後不知道是什麼原因，牠決定游水渡到湖的這邊來。

一個學生撿到一隻巨大獨角仙的屍體，牠的鞘翅仍然油亮富光澤，但拿起來的時候輕飄飄地，顯示牠的內臟已經被螞蟻蛀空並且曬乾了，還斷了幾隻腳。當他們走近湖畔的時候，水田已經不容易見到的金線蛙紛紛發出「啾」一聲短促音，而後從綠藻叢上躍進水裡。一隻彩裳蜻蜓輕飄飄地飛過，翅翼上反射著鮮豔如蝶的黑黃配色，淡綠拚蝶飛到大花咸豐草上吸蜜，沉重的身軀把草拉得往下彎成一條弧線。杜虹剛剛開花，湖畔的色彩因此有了更豐富的變化，杜虹花的阿美語「Chiak」正是此地地名「志學」的音轉。學生愈走愈安靜。他們看見棕背伯勞父母帶著幼鳥讓她們在枝頭上觀看狩獵的技巧——小棕背伯勞毛絨絨的，稚氣未脫，對世界充滿好奇。

在他們離開的時候，聽到了單調、平板的「bu bu……bu bu」

的叫聲，那是筒鳥，好像在懷念什麼似地獨自站在林冠的最上層，深褐色的眼瞳中映著陽光。

走進湖中我們就聽到紅嘴黑鵯咪咪咪的叫聲，一株構樹的果實吸引牠們前來，不久牠們的叫聲轉為顫音的長曲調。湖畔看起來生氣蓬勃，確實如此，但沒有野花、缺乏樹木遮蔭之處其實也一樣生氣蓬勃。

在離湖遠一些的石礫地，除了少數長滿茵陳蒿的地方草較低矮之外，多數的禾草已至少有兩米高。愈來愈多生物以一種安靜、旁觀的姿態在這片幸運被學校棄置的荒地中，繁衍下一代。一隻稻蝗跳到地上，在牠還沒有決定接下來要跳到哪裡之前便已被捕食，我們因此發現了安靜蹲伏如石的台灣夜鷹。每到黃昏，夜鷹的覓食本能會開始讓牠警覺激動，在此之前，牠總是靜靜地伏在草叢間，度過一個上午和一個下午。夜鷹白天的想法很單純，那就是愈鎮定愈安全，甚至愈容易有餐點可以享用。偶爾有人接近到兩公尺左右的距離，牠仍堅持這個理念下去。

一到黃昏，夜鷹就用牠構造特殊，可以在低度光照下辨清微細動靜的大眼追蹤獵物。雖然名字乍看之下像是猛禽，但除了體型與紅隼接近之外，實際行為卻跟猛禽有極大的差異。夜鷹黃昏時開始捕食空中昆蟲，而白天對一些在草叢間趕路的昆蟲來說，夜鷹就像一塊危險的石頭。由於夜鷹生活在如此「既開闊又隱密」，容易被人忽略的環境裡，因此人們對牠的行為仍充滿疑惑。曾有研究者

將夜鷹目（Caprimulgiformes）與雨燕目（Apodiformes）列為親近關係的兩目，乍聽之下似乎不太合理，但倘若你將夜鷹的剪影縮小三分之二，將會發現兩者的翼形與捕蟲的習性確有某種程度的相似性。另一方面，夜鷹的羽色又很近似同是夜行性的貓頭鷹，因此也有學者認為牠和鴞形目（Strigiformes）應是近親。現在學者已嘗試從DNA去判斷牠與其它鳥類的親緣關係，但目前為止夜鷹的身分似乎尚有爭議。

此刻這隻夜鷹正在孵牠幾天前產下的兩枚卵，突然聽見左側的小徑似乎有人進入。那個涉湖者、干擾者。他因追拍一隻孔雀紋青蛺蝶而走進旁邊的草地，已經如此接近牠的產卵地。雌夜鷹因此決定現身將這個誤闖者誘開，牠往前飛行約十公尺的距離，並發出響亮的鳴叫後蹲伏在草叢裡。觀察者一面被這隻突然出現的大鳥所驚嚇，一面也被牠所吸引，他趨步向前，在一定距離外尋找夜鷹的蹤跡。但夜鷹的羽色完全隱匿在草叢間。人類的眼睛仍不夠銳利，雖然大約知道方向和距離，但就是無法看到牠。觀察者朝前走去，夜鷹再度飛起，拍翅數次復又滑翔入草叢間，如此一來一往數次。觀察者突然感受到自己可能打擾到夜鷹而停止這種粗魯的行為，他決定放棄追蹤，繼續往湖邊走去。要再等兩年後，觀察者才有機會和他同行的女伴一起發現夜鷹的卵。夜鷹不營巢，因此卵就毫無隱蔽地產在地上，伏在卵上的雌夜鷹就是卵最好的隱蔽。趁雌夜鷹離開的同時他們趕緊拍了幾張不同距離的照片，但由於沒有相關知識，他們不曉得拍照會不會到打擾夜鷹抱卵，因此懷著興奮又

憂慮的情緒離開，並決定整個月都不再接近夜鷹的抱卵地。

但此刻夜鷹並不知道，雖然牠的抱卵地離湖有一小段距離，而學校已決定朝不填湖的開發方案思考，但這片荒地仍可能在數年後成為一幢校園的「新建設」。彼時或許再也沒有人提起或存有記憶，就在數年前，兩隻小夜鷹在夏季來臨時某天黃昏第一次飛行的模樣。

颱風來了。在遙遠的海面上，氣流撞擊、翻騰，而後聚集成一個有眼睛的巨大雲系，她們大多從這個島嶼的東邊登陸，向森林與河流展示力量，重整秩序。從前幾天的悶熱開始，小雨燕就感到一種神秘的焦躁，牠們以極快的速度逡行，但除此之外什麼也不能做。颱風來的前一天，黃昏的天空出現了砧狀的積雨雲。雲傾斜的方向預示了壞天氣來的方向，整個湖都顯得緊張。

夜來臨之時開始降雨，一開始雨並不大也不急，只是有耐心地落下來。野兔躲在巢穴裡，牠知道今天不可出外覓食，蜻蜓與蝴蝶盡量找到樹葉較寬大的植物葉背，用牠們的足鉤緊抓這個維繫生命的脆弱保障。夜鷺已盡量均勻地把油脂塗在羽毛上，縮起脖子，讓意識進入一種沉思的狀態；鷦鷯則感受到前所未有的焦慮，畢竟草上的巢遇到真正的強風時並不可靠。對鳥兒們來說，下雨並不可怕，壞天氣牠們見多了。可怕的是一旦身體放鬆受寒或染上疾病，小型鳥很難拖著病軀撐過幾天。此外就是棲止的植物未必穩固。蚯蚓開始因為洞穴被漸漸增大的雨勢填滿水，一條一條從土

即使看灰頭鷦鶯張嘴鳴唱時的照片，似乎都能聽到音樂。

台灣夜鷹通常產兩枚卵，卵全無遮蔽，唯一的保護就是雌夜鷹。

縫鑽出透氣，南蛇和眼鏡蛇卻把握這個好機會，四處尋找態度上顯得放鬆的蛙族，牠們正因為皮膚充分潤澤而顯得過度興奮而忘了危機。

入夜之後風勢宣告了這是近幾年最強的一個颱風，整個縱谷有數百株植物在瞬間最大陣風出現時倒下。校園裡擺放的數公斤重的鐵椅甚至被風颳到數十公尺外，而因整地時未全面深入鬆土而吃根尚淺的大榕樹則趴倒在地，上頭烏頭翁的巢也隨之覆滅。被強風掀起的瓦片變成利器以極快的速度飛行、墜落，建築與大樹整夜哀嚎，連在地底下的蟬的幼蟲都聽得見。

風雨離開之後，陽光慢慢喚回湖的溫度，湖在一夜之間向外擴大了數公尺，湖畔的數十株銀合歡則因根系不穩而倒下，倒是血桐與構樹站得較為穩健，新生的雀榕也展示了堅韌的力量。許多還在育雛的棕背伯勞和褐頭鷦鶯、綠繡眼在風勢歇息後，一面覓食一面互相交換失去孩子的傷心訊息。葉子並不可靠，雨勢太長久，水面浮滿了被風擊打到水中的昆蟲屍體。時光在滂沱大雨中仍然前進，不久雨勢變小變細，陽光重新出現。原本被雨勢壓得低低的莎草，以豐潤的姿態重新挺直細莖，對活下來的所有生命而言，校園建築的毀損根本無關緊要。要緊的是土地仍在，活下來的樹意志力將更為堅強，原本被樹蔭遮住陽光的小苗獲得生長的機會，環境舉行了一次殘酷又仁慈的汰擇，生命看似遭到傷害其實不然。湖經歷了一些事，湖面的色澤與反射的陽光讓它顯得老成，宿命，卻充滿力量。

第十五年……不，第十五年還沒到，關於這個還沒有到的未來，人有人的想法。但草有草的想法，鳥有鳥的想法，湖也有湖的想法。

一

　　湖至今已經度過了將近五千個夜晚，如果有可能，我想請你一個人跟湖一起度過一夜。過夜的設備簡單就好，最好選在眼睛的部位留有一小塊透明雨布的單人露宿帳，如果有一塊吹氣地墊則會讓你睡不著時舒服點。黃昏以後對你的生理時鐘來說入睡還太早，但這時沒有人會跟你講話，你的眼睛看著天空，以一種人類已經遺忘的方式發呆、想像或等待睡意。為了避免沒有告知就進來取暖的蛇，我建議應該把蚊帳拉上，也許留部分透氣網，讓風仍然可以斷斷續續地吹進來更新空氣，同時帶來湖和草的味道。跟野兔比較起來人類的嗅覺並不算高明，所以我們很難分清楚靠近我們的兔兒菜和藿香薊氣味上的差別，但我們知道那和記憶枕或羽絨被的氣味並不一樣。我們蜷縮著身體，耳朵放尖，警醒得就像一隻草食動物。

　　這時你不妨打開你帶的手電筒，就把它放在帳篷裡，然後將光打在透光度較佳的外帳上，穿上你的外套，暫時坐到帳外。一開始可能只吸引一些蚊蚋，讓你搔癢難耐，但也許不久會有一些蛾，或者鞘翅目昆蟲，比如說台灣青銅金龜、藍帶條金龜聚集過來。

　　同樣是鱗翅目，蛾總是不惹人喜愛，牠們總是讓人聯想到陰暗、恐怖與惡靈。我猜最多人聽到蛾時想到的電影是《沉默的羔羊》，安東尼‧霍普金斯和他養的人面天蛾一樣令人難忘。問題

是：為什麼蛾就得承受「醜、陰暗與恐怖」的污名？撇開人類主觀美醜的判斷，蛾的外表其實牽涉了生存場域的問題。多數的蛾在夜晚活動，因此沒有必要耗費能量在建造像部分蝶反射紫外線，或帶著鮮豔鱗粉以吸引異性的翅膀。沒有光，那些華麗的色彩本就難以被看見。真正適合夜晚，能隱蔽自己的顏色是褐色，是黑色，是土色，而牠們最靈敏的感官是嗅覺。此外，在那裡過活往往也會影響外表，就像北方人需要有個高挺鼻子與較小的鼻孔，以便讓冷空氣通過鼻腔更慢些更溫暖些一樣，生活在陰暗森林底層的蛇目蝶亞科在形象上就較接近於晦暗的蛾。事實上，如果你對鱗翅目已經有些許的了解的話，將會發現許多生活在白天也會訪花採蜜的蛾，外表就像蝶一般炫目豔麗，比方說夜蛾科裡的虎夜蛾亞科、斑蛾科、燈蛾科裡的蝶燈蛾亞科等等。對牠們來說，決定「美醜」的不是人的美學判準，而是生存的必要性。

由於湖畔的夜沒有人聲，你甚至可以聽到一隻長尾水青蛾飛近身邊時的振翅聲。

如果夜仍不算太深，你將聽到白頷樹蛙彷彿敲擊木頭的嗓音，穿插著貢德氏赤蛙犬吠般的鳴叫。偶爾，只有偶爾會聽到較沉默的金線蛙「啾」一聲跳進水裡的聲音。有許多聲音不是被聽到，而是被感覺到。我在想一定有部分的蛙能「感覺到」有蛇正在盯著自己。

大多數的人都怕蛇，包括我在內。我只有在安全距離外，或拿著相機時會表現出一種莽撞的勇敢，但夜裡碰到蛇和白天碰到蛇

完全不同，也許你根本沒有機會看到咬傷你的是什麼蛇。關於人們對蛇的恐懼，我想起威爾森（E. O. Wilson）提過的那個迷人的解釋。威爾森說舊世界的靈長類，對蛇本就存有一種深刻而原始的畏懼。比方說長尾黑顎猴（vervet）和其他長尾猴（guenon），碰到特定的蛇類時，會咂嘴發出特殊的緊急呼叫聲以傳遞訊息或表達恐懼。而黑猩猩即使是第一次看到蛇類，也會出現極不尋常的焦慮反應。至於人類對蛇的天生厭惡感，則會在青春期逐漸增強，這是一種心理學家稱為「有備學習」（prepared learning）的發展傾向。（當然，「不恐懼」也能學習）

在人類演化的過程中，毒蛇曾是導致受傷和死亡的原因之一，在這麼長的一段時間內，大腦因此有足夠的機會經由基因變化來產生有備學習的程式。威爾森說我們的祖先經過痛苦的試誤過程，對於蛇所帶來的威脅，反應遠較其它生物複雜，有時甚至同時會顯示出焦慮和病態的迷戀。

舉例而言，在許多族群的文化中，這種身體細長、布滿鱗片、在地上蜿蜒而行的動物形象獲得許多外加意義，牠們甚至常成為宗教或藝術的象徵。威爾森舉例說，在法老王朝之前，下埃及的國王是在標托（Buto）由眼鏡蛇女神瓦德傑特（Wadjet）加冕。希臘人則創造出巨蛇奧若伯若斯（Ouroboros），牠會一邊由尾部開始不斷地吞食自己，一邊由體內再生。奧若伯若斯對諾斯替教徒（gnostic）和幾個世紀後的煉金術士而言，同時象徵了世界方生方死的永恆輪迴。另外在阿茲特克人（Aztec）的萬神殿

蛾為適應黑夜所演化出的翅色，常背負恐怖的污名。這是一隻眉紋天蠶蛾，停在校園建築的玻璃上，宛如標本。

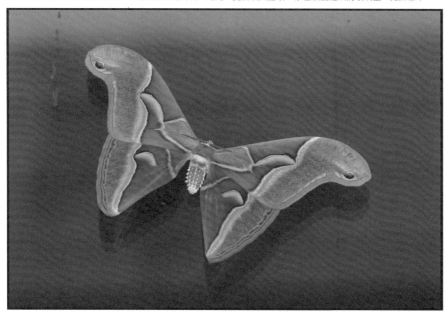

部分蛾在外型與行為上和蝶幾乎很難分辨，這是一隻豔麗的選彩虎夜蛾。（攝於八仙山）

中，人頭蛇身、攜帶羽毛裝飾的羽蛇神（Quetzalcoatl）則是統治清晨和夜晚星辰的神明，因此祂也支配了死亡和再生，甚至發明曆法、鼓勵學習，並且是祭司的保護者。另一個蛇形怪物特拉洛克（Tlaloc），則是支配雨和閃電的神，祂的上唇和人類相似，但卻是由兩個響尾蛇的蛇頭所組成。

也許你已經聯想到百步蛇對排灣族和魯凱族的複雜意義。排灣族人認為百步蛇具有獨立、安定、不主動攻擊別人但會勇猛反擊敵人的特質，而這些特質和排灣族的民族性十分相似。排灣的「創生神話」裡有一種說法是，太陽神產下了四個卵，並且命令百步蛇和青蛇各保護兩個卵。百步蛇守護的卵孵出一對男女，就是貴族的祖先。而青蛇看守的兩個卵，遂孵出平民的祖先。緣於此，百步蛇的圖騰也唯有貴族才能配戴，也只有貴族身上才可以刺上蛇的刺青。魯凱族的創生神話也很接近，他們毫不掩飾對百步蛇那強大、致人於死的神秘力量的崇拜，或者說，恐懼。

一般的動物或為人類的食物或為夥伴，蛇則是神祇、先祖，只不過牠統治的是死亡與幽暗的國度。

威爾森說，這麼多年來，蛇的形象在人類心靈和文化上的重要性，竟爾超越了自然界的蛇類，獨立成為一種科學與人文邊界地帶議題。

我想起早在我來到花蓮之前和劉克襄老師通過的一封mail。他提醒我他曾在隱湖遇過眼鏡蛇，不過並沒有來得及拍下來。我還記得他的聲音帶點興奮，彷彿告知我校園裡存在著眼鏡蛇是他慎重

交予我的一個禮物。有備學習或許在他身上經過某種接觸後的轉化，而在恐懼與迷戀之外，衍生出另一種了解的姿態。

開始感覺到疲倦了嗎？躺回帳篷裡，閉上眼睛，人類的生理本就設計在夜間需要休息。這一夜湖邊最響亮的是夜鷹「追！追！追！」的聲音，偶爾也會聽到夜鷺沙啞、尖銳的喉音穿過冰涼的空氣。如果感到些微的恐懼，或許你可以試著和自己輕聲交談，帶著湖氣味的空氣會隨著進入吞吐漸緩的呼吸中，提供肺葉幾毫克的氧氣，讓正進入夢境的大腦得以運作夢境。湖的氣味讓你像貓一樣不安，這或許會讓你的腦並沒有像在房間裡睡覺一樣真正進入熟睡狀態，它保持著某種程度的警覺，畢竟，在野外，熟睡者是極少數。

晚上的空氣難說清新，因為此刻植物正和你一起分享氧氣，湖把她的聲音完全展示出來，任何人聲的加入（連我的喃喃自語）都變成褻瀆，於是你停止自我交談，並漸漸進入夢境。

或許就在入睡後，你會夢見一尾蛇，用牠冰涼的腹部，張著牠缺乏眼瞼卻充滿寓言性的眼，無聲滑過夜的深處。

在湖邊作息必然跟隨鳥聲，清晨綠繡眼以他們「同音階急促短音」的集體鳴叫將你溫柔地從夢境中喚醒。但真正讓你清醒的會是善於模仿的棕背伯勞和總是重複單調音調卻高亢無比的竹雞，不，也許是環頸雉。雉科鳥的叫聲似乎都有很強的「喚醒功

能」，以我的標準來說，那聲音實在尖銳難聽。不久烏頭翁開始群聚鳴唱，牠們的音調極為複雜，即使是作曲家也很難準確地將其中的微妙差異用音符寫下來。

湖邊的清晨是鳥的清晨，空中的每一次振翅與鳴叫似乎都透明、清楚地傳到你的耳畔。對於鳥聲我不太建議你用某些圖鑑那套「擬音辨識法」，每次想到紅嘴黑鵯的叫聲被形容成「小氣鬼、小氣鬼」，灰頭鷦鶯的叫聲被轉譯成「氣死你得賠、氣死你得賠」就倍感無奈。你能接受鳥兒說出這樣的話嗎？我不能接受，那不符合鳥的氣質。在我聽來，紅嘴黑鵯的鳴叫像是從空中拋下來的水珠，而灰頭鷦鶯的聲音則像是一條柔軟的線，在草叢間穿梭來去。聽鳥鳴應該是一種溝通，一種想像，因此我建議你採用直覺辨識法（就是不要硬把那些聲音化為文字），或者，用口哨聲模擬也很有記憶的效果。

那個和鳥一起「合奏」的鳥類觀察家大衛·羅森柏格（David Rothenberg）曾試圖解讀鳥複雜的鳴唱與鳴叫的意義。我最好奇的是他所提到的鳥的聲音和人的文化產生共同演化的闡釋。羅森柏格說和鳥一起生活共感的文化，聽到的東西也會不同。一九七〇年代，人類學家費爾德（Steven Feld）在新幾內亞做田野調查，他因此跟卡盧里人（Kaluli）長期住在一起。卡盧里人對費爾德說：「你可以管牠們叫鳥，但是對我們來說，那就是森林裡的聲音。」鳥鳴對卡盧里人來說是有特定的意義的，「有些是在說，某些作物成熟了，這是很實用的。有些鳥鳴就只是在交談，絲刺

鷦（scrubwren）叫著sei yabe（「巫婆來了」），棕黃鸝（brown oriol）叫著wefio kum，意思近於『閉嘴，白癡。』這些字是卡盧里人跟鳥學的嗎？『哦，不是哦，』他們告訴費爾德，『是鳥學我們的。』」

這當然是卡盧里人的詮釋，因為鳥的鳴唱很少是用學來的。羅森柏格說「在全世界幾千種鳥裡頭，大部分的鳴叫聲都是與生俱來的。二十三類鳥裡頭，只有四種會發出學來的聲音：鳴禽、鸚鵡、蜂鳥和琴鳥。大部分的鳥一旦長成成鳥，就失去了學習新叫聲的能力。只有少數的鳥還有能力學習，像是嘲鶇、星椋鳥和金絲雀。所以我們有理由懷疑卡盧里人的看法。但是費爾德指出，事情可能沒那麼簡單。卡盧里文化的整個審美觀都和鳥難分難捨。如果一個人唱了一條很美的歌，那些聽的人會說，『他已經成了一隻鳥了。』」（吳家恆譯）

關於一個族群的文化與鳥難分難捨這點我完全同意費爾德的說法。在我還未接觸自然的大二，因為聽到一個關於泰雅族的傳說而寫了一篇短篇小說叫〈最後的希以列克〉，其中被我拿來做為小說隱喻的是被泰雅族稱為Siliq這種鳥。這個傳說就像所有的傳說一樣也有不同的版本，我喜歡的是這個版本：

傳說古時候的人類是頭下腳上倒立行走。一天，烏鴉和Siliq看到人行走的樣子，烏鴉說：「你看！人類走路的樣子真難看。讓我們來想一個辦法改變他們的姿勢吧。」說完，烏鴉大聲「啊-啊-啊」地叫了幾聲，但是人類走路的姿勢還是一點都沒有改變。

Siliq接在烏鴉後頭放聲鳴叫，剎那間山上的巨巖轟然滾落，人因為受到劇烈的震動而翻轉過來，從此以後就學會了用腳走路。後來的泰雅族並以Siliq為占卜鳥。

　　泰雅族鳥占時有時依靠鳥聲，有時則是看鳥飛行的方向。Siliq就是常見的繡眼畫眉，牠影響了泰雅人的生活是千真萬確的事。何止是審美觀，泰雅族祖先連走路可都是鳥造成的呢。

　　你或許認為那是過去的事，現在鳥應該不太會影響人類的文化了吧。我並不這麼想。有一回我帶學生到蘭嶼，晚上民宿的主人帶我們去尋找「都都霧」（蘭嶼角鴞），當他模仿雄都都霧的叫聲時，雌都都霧馬上就給予回應。不過我想二十年前達悟人可能都不會刻意去模仿都都霧的叫聲，因為都都霧在達悟文化中是惡靈的象徵。不過觀光改變了都都霧叫聲的意義，來台灣的觀光客希望民宿主人晚上帶他們去看都都霧，未來模仿都都霧的叫聲應該會成為達悟人捕飛魚外的新技能......也許有一天會成為達悟文化的一部分也不一定。

　　我向來不太會學鳥叫，因為音感不好，我總要等到四下無人的時候才敢學鳥叫，因為如果學得不像，而沒有獲得鳥的回應，挫折感也會小一點。如果人類是靠聲音求偶的話，我肯定是個失敗者吧？但多數鳥類研究者同意，鳥鳴是不能以人類的好不好聽做標準的，為鳥鳴設下標準的是雌鳥，牠們才有選擇聲音裡留下演化特徵的權力。

你拉開拉鏈，安靜地收拾營帳，抹去帳外的水珠，並且使力將睡墊的空氣硬擠出來，一隻過境的雄黃尾鴝站在枝頭上，聲音和尾羽的擺動同具節奏感。冬季到了，鄉愁折磨著每一隻候鳥，等到春天時，就換成愛情折磨牠們了。

　　清晨的隱湖，有一種嘹亮的寂靜。我們在湖邊和湖一起醒來。

X

　　我正目睹些什麼。就像列車上睡不著覺瞪著窗外一切正在成為遠方的孩子，看著正開放著野薑花的蘭陽平原在眼前消逝。我正目睹關於自然將一個廢棄人工湖慢慢收回去，慢慢讓神經質的黃小鷺放心，讓水丁香願意結出小小的弧形果莢，讓青紋細蟌用交尾器抓住彼此，繞成一個心形這回事。

　　這幾年我帶了不少人去隱湖，這可能是我在這地方教書時最大的樂趣。最多的是我的學生，部分是在此地教書數年仍未到過湖的同事，其中有業餘的鳥類、植物專家，有對建立某種環境倫理觀具有強烈使命感的朋友、詩人、小說家、散文家，有喜歡走路的人和不喜歡走路的人。我邀請來這裡的客人們到湖邊，像獻曝的野人以為這是一種奢侈的招待。

　　每次走進湖，不管是單獨一個人或帶著人，我總像是三十年前背著小水壺，到中華商場二樓老公公雜貨店挑了一小時，還是只買了森永牛奶糖和五香乖乖，興奮一夜準備遠足的心情。我喜歡「遠足」這個詞，好像有某種疆界存在在那裡，跨過那個疆界，就好像會長大一點點。

　　第一個告訴我隱湖的人是在各方面都啟發我的劉克襄老師。我曾在電子郵件上請教他關於隱湖的想法，一種不斷變動、詰問、思考的語調來回在他的信箱和我的信箱間。劉老師提醒了我另

外一些人的想法：如果隱湖只是一個規畫出的人工湖，那麼為什麼不能促使學校規畫一個更完善的保留地，來置換隱湖？確實如此，只是經過十幾年不經意的被遺忘，隱湖就在那兒，風、鳥、雨水、野兔、昆蟲和偶爾進入的人們都參與了意見——雖然他們自己不知道。達爾文認為，自然是毫無目的的育種者，生命並沒有朝我們的光輝人性而來，它只是從物種衍生出新的物種，再從新的物種衍生出更新的物種而已。隱湖正在實踐這點，而湖的存在就存有某種啟示，任何一個新的湖都要再花十幾年來學習。隱湖不是那種專家參與的，連哪個位置種什麼草都設計好的生態池，這或許正是她最珍貴的性格。經過幾年的思考，我並沒有一定要堅決反對任何政策，但至今我仍淺薄地以為，倘若這個湖能留存下來，數十年後必然會比任何一個教授對這學校貢獻更大（說不定啟發更多學生）。而如果她必須接受一些變動，我也希望那些變動能將居住此地的生物權利考慮進去——當我們實踐這樣的思維，或許也在實現某種教育。我記得劉克襄老師後來一次到我們學校演講「一個小村落的生與死」，他在回答聽眾問題時講了這樣一句動人的話（我的重述也許不太準確）：「無論我們對環境做了什麼樣的努力，都不是在保護或對環境好，收獲的都是我們自己。」

我曾經著迷於葉維廉的詩和詩論，但從來沒想過會和詩人一起在湖邊步行。那天早晨一起到隱湖的不只是葉維廉，還有系上多位教授，包括詩詞專家劉漢初教授。我在一位詩人一位專家面前介紹各種莎草的時候提到〈踏莎行〉這個詞牌。我說過去送別時的場

景往往在渡口，而水邊漫生的莎草科植物整片生長時又會讓水域憑添蕭瑟之感，因此〈踏莎行〉不只是一種音調，也是一種視覺意象，「離愁漸遠漸無窮，迢迢不斷如春水」，送別的人依依不捨，沿岸踏莎而行，莖中空輕脆的莎草被踩出一條不明顯的路，並發出輕微的啪啪聲，走到後來鞋子與情緒都濕了。我不曉得我的解釋是否合理適當，心中因此感到些許不安。葉維廉看起來心情很不錯，並沒有怨怪我帶他到荒蕪的湖畔，他拿起相機，要我幫他在湖畔留影。我們離開湖的時候遇上了環頸雉，我跟他解釋環頸雉的生態習性，他說，或許關於詩的課程應該可以到湖邊去上才對。我想起詩人以前寫過一篇叫〈無言獨化〉的美學論文，和強調「科際交叉整合」的文學批評法，我想或許詩人的詩與詩論中，早已隱含了一種既抽象浪漫，又具體踏實來看待世界的態度。

我也曾在一個理想的上午帶著自稱「隨遇而安，能混且混，個性迷糊，自欺欺人」舒國治一起進湖散步。吃早餐的時候他跟我說學校餐廳的火腿蛋土司是他吃過極難吃的一次，相當不容易，我因著他的坦白而增加了對他的好感。我們慢慢走進湖，想起他對旅行的想法，我因此選擇不刻意多嘴解說，只在他詢問時簡略地為某些生物做點簡介。他是少數願意和我走過湖的另一岸，從一處近乎沒有路，長滿禾草的廢河道出來的客人。我們在湖的東側遇到一對交尾中的細蝶，舒國治始終背著手，一派悠閒。四十分鐘後我們從廢河道的草叢中走上橋，他跟我談到一個地方的「氣」很重要，他覺得這段路很好，因為氣很好。我想意思大概是如果校園景觀裡沒

有這段路，說不定就會像失敗的火腿蛋吐司。（這是我擅自的解釋，不過他確實又講了另一段坦白的話，就是認為學校的建築相當「無趣」）

小說家施叔青則在駐校的那年和我一起到湖邊。一路上我們在開著白色的甜根子草叢裡隨意步行，我替她壓倒會割人的禾草，一邊告訴她樹和鳥的名字。在接近湖的時候我們遇到一隻姬紅蛺蝶，我一時被蝶所吸引而趴在地上拍照，等到回神時覺得有點尷尬。她問我知不知道她寫過一本書叫《她的名字叫蝴蝶》？我說當然知道，「香港三部曲」的第一部，裡頭用了一種「黃翅粉蝶」來隱喻殖民地香港與主人翁。我想著那「黃翅粉蝶」會是香港俗稱為寬邊黃粉蝶的*Eurema hecabe*、檗黃粉蝶*Eurema blanda*，還是遷粉蝶？（台灣通常叫淡黃蝶，*Catopsilia pomona*）回神一想，小說家關心的或許並不是這個，而是某種蝴蝶所呈現的既纖弱，又堅持的意象吧。離開湖以後，我們繼續坐在游泳池邊的草地上聊了一會關於小說的想法，她說寫作遇瓶頸時她就會打坐，我則說我會到野外。出乎意料的是她竟帶了橘子，我們就在草地上剝橘子皮，吃掉它們才離開。

而和我一樣同是研究自然書寫的朋友簡義明，則在研討會的空檔和我在湖邊享受一個真正的上午，我們互相交換對學術研究的看法和生活經驗。我記得他說：看到這個湖，我就不會鼓勵你離開這裡。

　　坦白說，至今我仍不太了解跟他們步行隱湖的經驗裡頭藏著什麼樣的啟示？這可能是我和他們都只是在湖邊共處了短暫的時間。只是我一直將他們說的幾句話，一些畫面記憶、收藏起來而已。

　　但我知道湖對學生確實產生了一種難以說明的影響，一些和我一起步行過湖的學生，用行為告訴我他們看待世界的方式已經發生了改變。他們開始關心校園中人以外的世界。

　　第一年教書時我上課提到校園裡有一座鷺鷥林，黃昏時小白鷺和黃頭鷺會回林，而夜鷺會出林。幾天後我正在圖書館時接到一個學生打來的電話，她說她剛剛去數了回巢的鷺鷥，她興奮地跟我說她數到六百多隻（希望我沒記錯）。我可以想像在這樣的一個黃

眼鏡蛇當然具有危險性，但或許我們可以藉著了解尋找與牠們共存的相處之道，而不是殺光牠們。

昏，她抬著頭，看著成群或不成群歸來的鷺鷥，慢慢降落到林子裡，4、16、32、128……數到脖子僵硬，眼眶因疲倦或其它的什麼原故而潮濕起來。

　　另一次，另一個學生傳了一個訊息給我，說是看見一條很大的蛇。我打電話給一個後山自然人社的學生，要他幫我聯絡一位生科系對蛇充滿熱情的男生，問他有沒有興趣跟我一起去看看是什麼蛇？沒想到十分鐘後，發現蛇的學生又傳了一個訊息說蛇好像已經死了。她決定將蛇裝在袋子裡，拿到研究室來。不久幾個對校園生物也有濃厚興趣的學生聚集在我的研究室，看著那條美麗、沉默的眼鏡蛇，展示著她從蛇吻到尾端將近一百一十公分的軀體。蛇究竟是怎麼死的？學生說她也沒注意到，原本活得好好的（她給我們看了她用手機拍下來的照片），但傳訊給我後，她發現蛇一動不動，才知道才離開幾分鐘蛇就死了，她鼓起勇氣，用樹枝把蛇屍挑進塑膠袋裡。可能是被車輾過吧，可是蛇身卻沒有明顯的外傷。後來學生們幫我把蛇帶到「野生動物研究室」，據說後來做成了標本。

　　又一次，一個學生告訴我她「撿」到一隻受傷的貓頭鷹，我滿懷狐疑地要她帶給我看。不多久她抱著一隻十幾公分高的貓頭鷹出現。貓頭鷹圓滾滾的頭顱上左眼緊閉，右眼則表現出既驚惶、又憤怒的情緒。我原本以為那是一隻黃嘴角鴞的幼鳥，但嘴卻不是黃色的。由於圖鑑沒有放在手邊，我先找了一個紙箱將他放進去，黑暗會讓他情緒稍微穩定，並照例請學生送往「野動室」。隔天再去

看他時，聽說吳海音老師已經試著餵牠麵包蟲，並且確定那是一隻不常見的日本角鴞，或許是碰撞到電線竿而受了傷。角鴞蹲在紙箱中，大眼睛透露出對自己未來的不確定。兩周後我再詢問關於角鴞的下落，聽說牠已經重新睜開眼並野放離開了。

離開並飛往某處。

學生有一天也會離開這裡到某處去展開新生活，但這些因著隱湖的因緣而讓他們注意到的世界，隱性的改變，或許將會和記憶一起緊緊跟隨。我們曾因為這個湖而獲得了過去接受的教育中所不曾得到的東西，因為這湖而討論了過去教育裡不會帶我們思考的事。

帶人步行到隱湖的這段路，我總是一面解說一面提到我對某些事的看法。比方說我認為校園是最應該投資的公共建築，因為從這裡未來將出現一些我們都無法預期的人，而他們將決定這個島嶼未來的命運。許多知名的建築師都強調，建築空間會影響我們的生活節奏，因此我以為校園建築除實用性以外也應該講求理想性——與其建造一座只能在名信片上供人觀賞的靜態校園，不如建一座與此地文化相關，且能善用陽光、水與風，並尊重動植物的生態校園，畢竟，我們挪用的是自然界的土地來辦專屬人類的「教育」。我因此期待一個校園能考慮陽光的方向，減短使用者開啟空調的時間，我期待建築的頂樓能有蒐集的雨水系統以做為清潔用途，我期待戶外燈具能局部局部更換成太陽能，這樣就不必為了形

這是一隻日本角鴞，因為受傷而左眼緊閉，經過野動室的照顧，數周後聽說牠已經離開並飛往某處。

環頸雉的出現會讓人停下腳步，而隱湖裡尚有更多隱而未顯的啟示，能讓到湖畔的人接受過去不曾獲得的教育。

式上的省電讓學生感到黑暗且不夠安全，我期待校園的植株應該考慮以適應此地陽光的本地樹種為優先，其它的景觀植物作陪襯，畢竟本地樹種最熟悉這裡的泥土、陽光，和帶著鹹味的風。

我以為一座同時思考其他生物存在的校園，也將是一座充滿「暗示性教育」的校園。比方說若能用一道樓梯的經費建一座鳥屋，以免每次進湖時就要驚起花嘴鴨、緋秧雞，以及不知道在草叢哪個角落裡建立家族的野兔和環頸雉，帶給學生的將不只是一座鳥屋，而是一種善意的啟示。通往鳥屋或許可以留一條稍稍架高的道路，我們將會得到植物、蝴蝶與各種兩棲爬蟲出沒的回報。而新生入學時，除了綜藝化的迎新表演外，不妨進行一次不強迫的走湖儀式，最好是安靜的，沒有解說的步行。而在這四年中由不同課程的教授以生態的、文學的、藝術的角度來解說湖與縱谷，待畢業時再請他們重走一次湖畔道路。而教授與家長可以在遠遠的仰山橋上等著學生從野性的湖裡走出來，從那裡走出來的學生，或許將更像經驗了海、山與湖的教育。

這樣的校園適合慢行、思考、度過青春期。這樣的校園大到可以容納想像、思維、雲和倒影在湖裡的山脈。直到現在，我仍會浪漫地這麼想。

我仍浪漫地這麼想：有沒有可能「放任」這個湖以現在的形式存在下去？游泳池有廢水就請排入吧，颱風或季風帶來雨水就請帶來吧，太陽要蒸發她就請蒸發，讓蔓澤蘭殺死樹，彩裳蜻蜓的水薑吃掉金線蛙的蝌蚪，南蛇吞下白頷樹蛙，開卡蘆繼續野蠻地擴

張。讓種子發芽吧。

給我們再一個十年，或者二十年，讓也是在這塊土地上的學習者共同觀看、關心一座湖的生滅，讓我們理解這塊土地接受什麼、創造什麼、殺害什麼、完成什麼。我們或許會獲得一部紀錄片，一百首詩，十個傳說，和X個被時間、野性打動的學生、遊客以及來演講的貴賓。我相信湖會把某些物事收藏的很好，任其生長，讓走進去的人都演化成詩人。而詩人是最古老的人種，其珍貴性，和所有活著的事物一樣珍貴。

或者，也有可能，我們會獲得湖逐漸變成沼澤，步入死亡的過程。

偶爾隱湖也會成為我對教學失望的一個觸發點。記得第一年的時候我曾在進入隱湖時發現一個用厚保麗龍做成的「保麗龍筏」，可能是某些學生「探險渡湖」後所留下的。我並不認為隱湖神聖到不可侵犯，但我認為帶這些東西進來的人應該有責任將它帶出去，畢竟這暗示了我們教育的品質，與他們有一天真正到野地裡的行為習慣。不過相對欣慰的是，當我在課堂上提到這件事之後，一個女學生不久就一個人把它帶了出來。

又有幾次我見到不屬於湖邊的垃圾，其中一次顯然是一群人去野營所留下的，因為禾草被打結壓平，地上至少有兩處營火的痕跡，最令人難受的是四處丟棄的衛生紙、餅乾盒，裝童軍繩與木炭的塑膠袋，以及兩塊藍色地布。當天我寫了一封信請一位學生幫我

傳上BBS站，部分內容是這樣的：

是什麼樣的教育，會教育出這樣的學生（好吧，也可能是外面的遊客，但這年頭，還有沒受過大學教育的遊客嗎？）而令人傷心的是，我偏偏就是一個教育者。有沒有可能，這些留下的垃圾，還是聽過我的課的人所留下來的？

如果是那樣的話。

緋秧雞、環頸雉並不會思考這些事，牠們也不會抱怨牠們生存的環境被這樣一群日後可能也對花蓮沒有太大貢獻的老師和學生取走，牠們甚至不懂一塊地布是一個永遠不會消滅的垃圾。

各位看到這段留言的同學們，我知道你們大多數都不會是做這些事的人，但請容我以個人的身分再囉唆幾句。我們寄居在這塊土地上，我們使用這塊土地的水，毫不客氣地坐在冷氣房裡上課，砍掉夜鷺和白鷺的林地建起教室，我們理應對那些讓渡這塊土地給我們的生命充滿感激，我們理應連洗手多開了一秒的水都感到抱歉，我們理應為離開教室時沒有關的一盞燈覺得遺憾，我們理應因住在一幢沒考慮節能的學院裡上課，而羞愧。

我們理應是那樣的。

當然，或許這世界上從來沒有「理應」是怎麼樣的事。不過，據說幾天後已有學生進湖清理，沒有衝突、沒有面對面指責的傷害，或許這對我和他們來說，又是另一次的教育。

就是這樣了，關於這個湖。我所閱讀四年來的，既不仁慈也

不殘酷的湖。她就在那裡，並沒有對未來感到擔心，而夜鷺繼續以思考，小鸊鷉以潛水，莎草以離別，孔雀紋蛺蝶以生滅，表述湖、豐富湖、生於湖而死於湖，牠們在牠們的路上，我在我的路上，雲在雲的路上。我覺得自己並不是觀察者，而是和時間一起輕手輕腳沿著湖靜靜地走了數年，如同受了一次誠懇的教育。我覺得富足，彷彿被閃電擊中，在眼前同時出現日出、日落與難以用文字指認的記憶。

就是這樣了，關於這個湖，以及我所思考的。

隱湖是我所任教的東華大學校園裡的一座人工湖，它既非一般的景觀湖，也非學者創造出的「生態湖」，而是挖了被遺忘後，逐漸被自然回收，重拾野性的湖。湖周徑約成人步伐一千步，湖深不詳，面積不詳。（瓶中水採集自隱湖）

後記、附錄及其它

後記 查達姆

我曾反覆閱讀遠藤周作的《深河》。非常奇妙的,每次閱讀速度轉慢,讓我勢必要停頓一段時間才能再讀下去的段落都不同。這部小說以幾個不同遭遇、不同性格的人在某次旅遊中一起到恆河觀光為主要架構,其中有妻子死去並相信她將在某處輪迴轉生的童話作家,有在二戰中敗退叢林時吃了死人肉而一輩子無法釋懷的士兵,有誘惑信神的大學同學而自以為勝過了神的女子。在重複閱讀的過程中,我總覺得遠藤在試著帶我們經歷不同角色的痛楚。

小說裡最鮮明的意象無非是那個和恆河互為隱喻的「查達姆」女神。擔任導遊卻討厭日本觀光客以「觀光」或「蒐奇」的眼光來印度的江波,頗像是一個揭示小說家立場的角色。比方說,當觀光客看到教徒在漂滿死屍、糞便的恆河中沐浴時都露出不可置信、鄙夷的反應時,他講了這樣一句話:「所謂美麗、神聖,在這個國家是不一樣的。」

究竟是怎樣的不一樣呢?一天江波特意帶了遊客去參觀納克撒爾‧巴格凡蒂寺,這個寺廟的印語是「給女性恩惠」的意思。廟中的女神不像聖母總有著雍容、寬恕的神情,而通常是呻吟、悲慘或恐怖的表情。其中一個稱為「查達姆」的女神因為住在墓地,所以腳下還刻有被鳥啄、被豹吃的人的屍體。江波是這樣介紹「查達姆」的:「雖然她的乳房萎縮得像老太婆,但是她還從萎縮的乳房

硬擠出乳汁餵成排的小孩。你看她的右腳因痲瘋病而腐爛？腹部也因饑餓而凹陷，還被一隻蠍子咬著。她忍受疾病和疼痛，還要以萎縮的乳房餵小孩。」（林水福譯）

我一直以為這個描述和我這段時間來行走水畔所看到的景象有相當程度的類似性。

在接觸蝴蝶以前，生態學或相關學科對我而言是全然陌生的領域，那時我雖然已經開始寫作，但就只是一個對文字有濃厚興趣的人而已。接觸這方面的領域後，有幾個人的想法吸引了我，他們分別是洛夫洛克（James Lovelock）、李奧波（Aldo Leopold）、威爾森（E. O. Wilson）和戴蒙（Jared Diamond）。洛夫洛克的「蓋婭假說」（The GAIA Hypothesis）雖然根基於科學數據，但在表述上卻非常像是文學語言。他認為不能說地球上的生物是適應地球生境而改變自己的生存方式，而是這些生物的生存方式，共同參與了地球生境的改變。我們之所以能活在一個大氣濃度、溫度，乃至於食物供給正常的生境，是因為許多生物「合作生產」，最終構成一種動態平衡的結果。洛夫洛克用了大量的研究數據來說明這種情形（比方說生物如何維持了空氣中的氧濃度），或許不能說服所有的科學家，但在倫理學上，洛夫洛克創造了一種從生態學的角度，思考人類與生境共存的奇妙語言。地球是活著的想法，曾經是許多文化神話中共有的素樸想像，這個想像暗示我們，人類與其他所有生物都是一個巨大存在的一部分，且互為夥伴。洛夫洛克的論點就是

指出這個巨大存在的整體，具有維護地球，並使地球成為適合生命存在的棲息環境的能力。

去年我在帶著學生學習一系列影像處理軟體時，做了一系列的作品作為示範，就是試著以蓋婭假說為出發點，去進行的視覺想像。如果地球像一個生命體，那麼海、山與河流就是我們的身體，而我們的身體也同時是山、河與海洋。我們和這些生境的生物理應共同創造一個適合生存（當然也包括生存競爭）的環境，我們是這個巨大生存體的毛髮、血液，且與她共同呼吸。

這系列圖的底圖都是一張我在大學時所拍攝的一位日本表演藝術家霜田誠二的照片，霜田當時在一張小小的桌子上表演一齣名為"ON THE TABLE"的行動劇，霜田說這張桌子是他大學時撿到的，因此他有許多秘密與情緒只有這張桌子知道。表演是全裸進行（請讀者注意，那可是在1993年），一種我們生命的初始狀態。當時已近中年的霜田的身體流下汗水、發出喘息、肌肉緊繃，那幾分鐘讓年輕、對生命充滿灰色想法的我深受震撼。原來身體是這樣的東西啊。霜田自始至終沒有講一句話，負責攝影的我好幾度不敢按下快門——因為現場除了喘息聲，實在太安靜了。

從洛夫洛克蓋婭假說的觀點來看，所有用人為方式意圖征服生物圈的行為，注定傷害到自己，那與所謂的「慈善的殖民主義」概念無異。征服者都假想被征服者需要被開化、拯救、教育，卻沒有想到自己也是這世界共同組成的一份子。這裡所列的兩張圖，第一張是我拍的太平洋與霜田的身體做合成，因為自己沒

大約在大三時所看的霜田誠二表演所拍的照片，當時我被霜田表現出的身體線條與情緒深深震動。

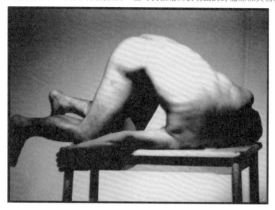

十幾年後，我在教影像處理軟體時以霜田照片為底圖，改做出以洛夫洛克蓋婭假說為意涵的系列圖其中兩幅。

有拍到過清晰的海豚照片，故其中躍起的瓶鼻海豚取自國外的免費影像網站 (http://www.desktop-xp.com/free-dolphin-screensaver.html)。下面那張圖則用了七腳川溪上游的攔砂壩與花蓮溪中游的採石場，以及校園中已消失的鷺鷥林等數張照片所合成。霜田的中年身體時而因高難度動作受苦，時而因部分較輕鬆的動作而鬆弛下來，我一直到現在都還清楚地記得，表演前後他將毛巾浸到水桶裡，擰乾後珍重地擦拭自己身體的神情。

為了完成在心中一本長篇小說的場景，幾年前我和M數度赴東京、橫濱、京都與神奈川縣裡一個小城市大和市旅行。有一回我們走到一個叫做「泉の森」的地方，裡頭有一條叫做「引地川」的小溪，溪旁立了一塊「草柳護岸」獲得「手づくり鄉土賞」的石碑。溪裡長滿了各種水生植物，保持得相當原始。後來我看到一旁的解說牌，才知道這條溪也經過「整治」，而且似乎是兩階段的整治。第一個階段的圖很像我在台灣看到的一些「被整」的溪流，護岸較高而陡，溪道顯得平順而直，岸旁是短草皮。第二次則是在一段時間後，發現舊有的整治法把溪流和溪流生物都整死了，遂重新將溪的水泥護岸打掉，並且「廢直取彎」（跟我們現在做的「截彎取直」正好相反），把護岸放到接近跟地面一樣的高度，行水道加寬，至於一旁的步道則什麼都沒有做，只是一條像被踏禿的泥土路。

小溪儼然又是一條真正的小溪了。

我想起在台灣看見的、各種穿越城市中心的小溪流或圳渠，不是被掩蓋、填土，就是像我現在住處旁邊的礦溪或花蓮的七腳川溪，變成一條水溝，有時候我都不知道再用溪來稱呼她們是否合宜？更別說那些為大都市發電、供水、調節溫度的大溪，還有西部那些因工業污染而變紅、變黑的死溪。台灣現在除了少數幾條通過人口稀少的溪流仍保持較原始的風貌與乾淨的水流，我很訝異政客竟然勇敢地說某條河、某條溪已經「整治」成功。

雖然這麼說可能會得罪人，但至少在我的旅行經驗裡，極少看到對「海」友好的漁港設計（但我知道有許多對海友好的漁民），以及對海友好的公路和海岸工程。這些經驗常讓我陷入思考的困窘，是什麼原因，讓風光得天獨厚的台灣各處都充滿醜陋、不實用，耗能的公共建設和美感敗壞的海岸？而我也很懷疑花蓮是否還能稱為「淨土」，至少在我這幾年的步行經驗中，我以為花蓮的河與海現階段更像查達姆。

在寫這些文章時，我通常不敢只到過某處一次就提筆寫作，而通常要接觸多次，才敢寫下這些淺薄不成熟的想法。至少我確實一步一步走過蘇花公路，並且睡在沿線上，才敢認真地說我反對蘇花高，我反對以任何的方式再剝奪海岸線與山線的美。

而我也以為只要多接觸，就多多少少可以看出表層以下的事情，只不過有時候認識的過程總是讓我產生矛盾與複雜的心情，但也因此發現我們的島嶼仍有很長的路要走。我曾到某處被視為生態經營的地方，恰好遇到當地民眾在小溪流裡電魚（因為電魚相較之

下實在是比較快的方法），由於電魚者也是經營生態旅遊並且居住於當地的人，一時間我不知道該以什麼樣的角色與他們對話。我也曾到部落，在主人盛情難卻的邀請下生吃了某種動物的肝臟，事後我才知道那是長鬃山羊。我並不是「絕不可狩獵」主張的人，至少我認為原住民應有適當的狩獵權，因為部落獵人和動物之間總有一種秘密的協調，他們知道什麼時候取，什麼時候放。但因我的知識體系告訴我長鬃山羊是一種「保育類動物」，我卻在前一刻把牠的肝臟吞下肚子裡去。我是否該去自首，以求法律赦免我的罪？而不知道可不可以這麼說，我們砍伐森林來維持耗能的都市生活，並導致長鬃山羊瀕臨滅絕，是否也該承受比獵殺一隻長鬃山羊更重的罪行？

而如果我們對大自然犯了罪的話？是哪些行為有罪？哪些行為無罪？這罪又是誰來認定，誰來判決？

我以為那是潛伏在深河底下的，智者也難以回答的問題。

查達姆或許不會判決任何人有罪。她只是忍受蠍子咬、饑餓，和一切痛苦而已。我不認為除了人類以外還會有哪一種生物會思考自然的痛苦，絕大多數的生物都只為了求生，牠們既不知道世界可能會朝向毀滅進行，也不可能做出北極即將無冰，或水源即將匱乏這類的預測。牠們只是盡量活著，在沒有辦法抵抗的時候就掙扎死去而已。只有人類得以預測我們星球的未來，在某種程度上了解她的痛苦，並且終於在這幾十年來開始有一部分人思考，怎麼樣

才能減輕她的痛苦？

有實踐簡樸生活的人，有願意以其他生物的眼光看待世界的人，有找出痛苦原因並尋找既能吸吮乳汁、又能讓查達姆較沒有痛苦的人。這個島嶼這類型的人正在逐漸增多，但顯然還不夠。而為了讓這類的人增加，這些人所扮演的角色或許將不是指責另一群，而是嘗試說服。說服一個世代轉換價值，那當然不是件容易的事。這也讓我這樣想，較柔軟的文學，會不會是一種有效的方式？

總而言之，經過四年後，我走了一些地方，思考了一些事情，變老了一點，放棄了一些東西，寫了這兩本書。我盡量謹慎地表達了我的看法，盡量用沒有侵略性的文字說明我的心情。

這幾年來我的任性得到太多人的寬容，就請容我略費篇幅向他們說句話。M一直忍受我進入創作狀態時的壞脾氣，並陪我走過許多地方，多年來母親和家人也寬容我格格不入的行為和性格。而在去年我決定放棄工作做些其他的什麼事時，我的老師顏崑陽教授不厭其煩一次又一次跟我溝通，賴芳伶、吳冠宏、萬煜瑤等諸位教授也想盡辦法幫我尋找「另一條道路」，甚至外校的陳芳明、邱貴芬、徐照華教授也都一直關心我的動向，給我鼓勵。最後人社院高長院長從大家都不曉得的複雜法規裡，找出一條「留職停薪請假研究」的條款，以溫柔又堅定的口氣要我申請。至於須文蔚、許又方、郝譽翔幾位同事幫我分擔了導師與課程，這些長輩與同事的關

心、幫忙讓我很不好意思，也充滿感激。好友啟宏則可能是我這幾年來唯一的談心朋友，當多數人想把我從過度浪漫的疾病裡拉回現實一點，只有M和啟宏樂意陪我在這樣的疾病裡過活下去。另外，我心底知道，很多人是在默默幫我、支持我的（包括我的一些學生們），而寫書時對一些物種上的疑惑，我曾寫信麻煩過許多專家（有些是網路上只有代稱的業餘或職業專家），在這裡我要向他們致上無聲的感謝，相信必然可以透過某種形式傳達給你們。

最後，且讓我以下列幾則關於環境的新聞做為這本書的結束。

2006年，我也參與其中的生態關懷者協會陳慈美老師轉寄給我一封信（生態關懷者協會近年在推動「地球憲章」Earth Charter，具有深刻的理想性，或許有興趣的讀者可以跟生態關懷者協會取得資料），裡頭是報導「智庫新經濟基金會（NEF）」透過計算人類資源消耗速度與地球資源更新速度的對比，推算出每年地球的生態債務日（Ecological Debt Day，也可以稱它為「越界日」Overshoot Day）的新聞。所謂的生態債務日，意謂著從這一天開始，我們已消耗完這一年地球提供給我們的資源。NEF表示，1987年的時候人類從12月19日進入生態債務狀態，八年後這時間已提前近一個月到了11月21日，十九年後，更大幅提前至10月9日。換句話說，以2006年來說，10月9日之後，我們都在透支生態資源。2007年會在哪一天呢？NEF政策總監西姆斯（Andrew Simms）表示：「由於我們的任意揮霍，加速欠下生態債務，我們

犯了兩個錯誤，首先，我們剝奪了全球數以百萬缺乏土地、食物和潔淨水源的人滿足他們需求的機會。其次，我們導致地球生活供應機制處於危險境地。」

2007年，「世界保護野生動物基金會（WWF）」公布十大瀕臨危機河流排行榜，它包括了亞洲的長江、怒江、印度河、湄公河、瀾滄江，這幾條長河供應了八億七千萬人的水源。WWF表示，由於受到水庫建設、抽取地下水和氣候變遷影響，這些河流生態受到嚴重的污染。另外五條危機河流分別是拉丁美洲地區的格蘭德河、拉普拉塔河、中歐的多瑙河、非洲維多利亞湖的尼羅河，以及澳洲的墨雷河。

約略同時，聯合國環境規劃署（UNEP）則公佈了《2007全球環境展望年鑑》（Global Environment Outlook Year Book 2007），超過八十位海洋學家對漁業發展趨勢的預測是：如不採取措施，目前的商業野生海鮮種類到2050年將面臨崩潰。

相對於以上務實呈現生態危機的新聞，我要引述的最後一則新聞較為浪漫。今年年初，有一名斯洛溫尼亞男子決定從亞馬遜河的上游游泳到下游。如果他沒有被鱷魚吃掉或感染病菌，這將是一項新的世界記錄。五十二歲的史特瑞已經游過多瑙河、長江及密西西比河，他說，他知道亞馬遜河中有食人魚、鯊魚、吸血寄生蟲，不過，游過亞馬遜河可是他的夢想，因此即使危險，他也要接受挑戰。史特瑞預計以七十天的時間完成，平均一天大約要游八十五公里。他將從祕魯啟程，一路游到巴西。當然，不像隻身冒

險那麼浪漫，既想冒險又珍惜生命的史特瑞不是一個人，同行還有四十五入小組，其中包括醫生及游泳教練。

就在我寫這篇文章的同時，他的旅程已經完成，一共花了六十五天，游了五千兩百六十五公里，為「世界野生動植物基金會」募到了一筆珍貴的款項。並且告訴我們，一旦連這條河流都失去它的神聖蠻荒，那麼世界上恐怕將再也沒有什麼「險」可冒了。

二○○七年五月 礦溪畔

附錄及其它

錯誤更正:

　　《蝶道》出版以後我常接到不同的讀者來信,其中有一位較特別的是「自然攝影中心」的網站主持人「黑熊」先生,他甚至開了一個版來討論《蝶道》。經他告知後,我發現閱讀此版的許多都是學有專精的研究者、業餘觀察者或生態攝影愛好者,因此希望他幫我詢問《蝶道》中可能的錯誤,有些是單純的錯字或排版時不夠仔細的失誤,有些涉及知識上,或名稱上的錯誤。經我查證後,將其中錯誤的部分列在下面,我必須為這些錯誤負責致歉,並希望我的讀者能感到我修正的誠意。

1)網友Irrubescens指出彩圖二十四那隻阿里山黃斑蔭蝶應該是台灣黃斑蔭蝶
　（布氏蔭眼蝶）的低溫型。

2)網友bigdavidliu指出,p.79第二段「無奈雨把昆蟲們被留在隱密的棲息處了。
　……」,『被』應該刪掉。p.114第二段「……另一題路比較遠,不過較美。
　……」,『題』應改為「條」。

3)許子漢教授指出,p.83倒數第七行談到吉丁蟲「以堅硬換取速度來抵抗敵人
　的口器」。在語意上有誤,原句意思應該是指吉丁蟲演化出硬鞘卻犧牲了速
　度才對,所以應該是「以速度換取堅硬來抵抗敵人的口器」。

4)讀者蘇白宇來信指出,p.201陳述「深山白帶蔭蝶第四枚較大」與書前彩圖
　二十一不符,確實該段寫作時發生錯誤。應是深山白帶蔭蝶後翅背面第一、
　五枚眼紋較大,白帶黑蔭蝶第四枚較大。

5)以上這些我已確認的錯誤,若該書有改版必定改正。另外,我曾在2006年5
　月7日於《聯合報》「讀書人版」寫過一篇卡森女士(Rachel L. Carson)《大藍
　海洋》(*The Sea Around Us*)的書評,該文提到一個懷疑,就是這本書怎麼會
　遲了五十年才譯出?後來在圖書館找到一本極其破舊的小書,書名《海的故

事》，一讀之下，我才發現自己錯了。原來早在1956年這本書就已經譯出(夏道平譯，華國出版社)。而在1970年，龍宗鐸先生也已將*Under the Sea Wind*譯成《海風下的生物》(廣文出版社)。因不夠謹嚴造成的錯誤，亦應向讀者致歉。

參考書目

在寫這本書的過程中，我甚至認為自己不是在書寫，而是在閱讀。許多書、文字或音樂對我構想本書的每一個句子、段落都深具啟發。沒有這些書，我將無法書寫任何一個對我有意義的文字。因此，以下我將列出寫書的過程中我所閱讀、參考的一些書籍。

Nonfiction（書中有提到，或曾引用過的非虛構類作品）

王萬邦，《台灣的古圳道》，初版，2003，台北：遠足文化。

王漢泉，《台灣河川生態全紀錄》，初版，2006，台北：展新文化事業股份有限公司。

吉安鄉公所編，《吉安鄉志》，初版，2002，花蓮：吉安鄉公所。

李榮祥，《台灣賞蟹情報》，初版，2001，台北：大樹文化。

呂光洋、杜銘章，《臺灣兩棲爬蟲動物圖鑑》，台北：大自然雜誌出版社。

吳文雄、楊燦堯、劉聰桂，《台灣的岩石》，初版，2005，台北：遠足文化。

杜銘章，《蛇類大驚奇》，初版，2004，台北：遠流出版社。

林良恭、李玲玲、鄭錫奇，《台灣的蝙蝠》，二版，2004，台中：國立自然科學博物館。

林素珍等，《原住民重大歷史事件——七腳川事件》，初版，2005，台北：行政院原住民族委員會、國史館台灣文獻館。

花蓮縣政府編，《深情探索——花蓮縣河川生態走廊之美》，初版，2004，花

蓮：花蓮縣政府。

邵廣昭、陳麗淑，《魚類入門》，初版，2004，台北：遠流出版社。

莊健隆，《台灣魚故事》，初版，2005，台北：遠流出版社。

陳聰民等編，張良澤提供照片，《七腳川事件寫真帖》，初版，2005，台北：行政院原住民族委員會、國史館台灣文獻館。

楊牧，《奇萊前書》，初版，2003，台北：洪範書店。

達西烏拉彎‧畢馬，《阿美族神話與傳說》，初版，2003，台中：晨星出版社。

達西烏拉彎‧畢馬，《排灣族神話與傳說》，初版，2003，台中：晨星出版社。

陶天麟，《台灣淡水魚地圖》，初版，2004，台中：晨星出版社。

廖守臣、李景崇編，《阿美族歷史》，初版，1998，台北：師大書苑。

赫恪，《大和志‧一個村落的誕生》，初版，2003，台北：行政院客家委員會。

趙世民，《台灣礁岩海岸地圖》，初版，2003，台中：晨星出版社。

趙世民、蘇焉，《台灣海岸溼地觀察事典》，初版，2005，台中：晨星出版社。

謝深山監修、吳淑姿主修，《續修花蓮縣志》（族群篇、自然篇），初版，2005，花蓮：花蓮縣政府。

劉克襄，《後山探險》，初版，1992，台北：自立晚報。

劉思謙等，《花蓮老樹散步》，初版，2006，花蓮：花蓮縣政府。

戴昌鳳，《台灣的海洋》，初版，2003，台北：遠足文化。

壽豐鄉公所編，《壽豐鄉志》，初版，2002，花蓮：壽豐鄉公所。

毛利之俊，《東台灣展望》，陳阿昭主編，葉冰婷譯，初版，2003，台北：原民文化。

森丑之助，《生蕃行腳》，初版，2000，台北：遠流出版社。

奧谷喬司，《海邊的生物》，楚山 勇攝影，初版，1996，台北：邯鄲出版社。

Abbey, Edward.,《曠野旅人》，簡淑雯譯，初版，2000，台北：天下文化，譯自 *The Journey Home—Some Words in Defense of the American West*, 1993.

Carson, Rachel L., 《大藍海洋》，方淑惠、余佳玲譯，初版，2006，台北：柿子文化，譯自 *The Sea Around Us*, 1950.

Conrad, Joseph., 《如鏡的大海》，倪慶鎤譯，初版，2006，台北：臉譜出版社，譯自 *The Mirror of the Sea,* 1988.

Ballard, Robert D. & Hively Will., 《深海潛航——海底研究先驅的探險記實》，湯淑君譯，初版，2001，台北：商周出版社，譯自 *The Eternal Darkness—a personal history of deep-sea exploration,* 2000.

Bouder, Jacques., 《人與獸：一部視覺的歷史》，李揚等譯，初版，2002，台北：大地出版社，譯自 *Man & Beast: A Visual History*, 1964.

Darwin, Charles., 《小獵犬號環球航行記》，周邦立譯，初版，1998，台北：臺灣商務印書館，譯自 *A Naturalist's Voyage Round the World in H.M.S. "BEAGLE"*, 1860.

DeBlieu, Jan., 《風——改造大地、生命與歷史的空氣流動》，呂文慧譯，初版，2000，台北：商業周刊出版股份有限公司，譯自 *Wind: How the Flow of Air Has Shaped Life, Myth, and the Land*, 1998.

Diamond, Jared., 《大崩壞》，廖月娟譯，初版，2006，台北：時報文化，譯自 *Collapse: how societies choose to fail or succeed*, 2005.

Dillard, Annie., 《現世》，趙學信譯，初版，2006，台北：大塊文化，譯自 *For the Time Being,* 1999.

Fagan, Brian., 《漫長的夏天：氣候如何改變人類文明》，初版，2006，台北：麥田出版社，譯自 *The Long Summer: How Climate Changed Civilization,* 2004.

Gleick, James., 《混沌──不測風雲的背後》，林和譯，二版，2002，台北：天下
文化，譯自*Chaos-Making a New Science*, 1987.

Moore, Kathleen Dean., 《漫步在河上》，謝靜雯譯，初版，2004，台北：新雨
出版社，譯自*Riverwalking: Reflections on Moving Water*, 1996.

Morgan, Elain., 《水猿》，陳信宏譯，初版，2006，台北：麥田出版，譯自*The
Aquatic Ape Hypothesis*, 1997.

Neruda, Pablo., 《回首話滄桑──聶魯達回憶錄》，林光譯，2002，香港：遠
景出版集團。

Rothenberg, David., 《鳥為什麼會鳴唱》，吳家恆譯，2007，台北：大塊文
化，譯自*Why Birds Sing*, 2005.

Safina, Carl., 《海洋之歌──全球海洋生態發現之旅》，杜默譯，初版，
2000，台北：先覺出版公司，譯自*Song from the Blue Ocean: Encounters
Along the World's Coasts and Beneath the Seas*, 1997.

Schumacher, E. F., 《小即是美》，李華夏譯，初版，2000，台北：立緒出版
社，譯自*Small Is Beautiful,* 1973.

Twain, Mark., 《密西西比河上》，張友松譯，初版，1993，台北：林鬱文化事
業有限公司，譯自*Life on the Mississippi,* 1833.

Thoreau, Henry David, 《卡德海峽》，藍瓶子文化編譯小組，初版，1999，台
北：藍瓶子文化，譯自*Cape Cod,* 1865.

Thoreau, Henry David., 《河岸週記》，鄭淑芬譯，初版，1999，台北：藍瓶子
文化，譯自*A Week on the Concord and Merrimack Rivers,* 1849.

Villiers, Marq de., 《水》，楊麗貞譯，初版，2005，台北：閱讀地球文化，譯
自*Water: the fate of our most precious resorce,* 1999.

Wade, Nicholas. ed., 《在諾亞洪水的毀滅名單之外》，孫驊等譯，初版，
2004，譯自*The Science Times Book of Fish,* 1997.

Ward, Peter D. & Brownlee, Donald., 《地球：從誕生到終結》，薛良凱、尹曉

梅譯，初版四刷，2005，台北：商周出版社，譯自 *The Life and Death of Planet Earth: how the new science of astrobiology charts the ultimate fate of our world*, 2002.

Williams, George C., 《小海魚的輝光》，王瑞香譯，1998，初版，台北：天下遠見出版股份有限公司，譯自 *The Pony Fish's Glow: And Other to Plan and Purpose in Nature*, 1997.

Williams, Terry Tempest., 《沙鷗飛處》，莊淑敏譯，1998，初版，台北：天下遠見出版股份有限公司，譯自 *Refuge-An Unnatural History of Family and Place*, 1991.

Wilson, Edward O.,《知識大融通》，梁錦鋆譯，一版四印，2002，台北：天下遠見出版股份有限公司，譯自 *Consilience:the unity of knowledge*, 1998.

Fiction （以下所列為我讀的或我偏好的譯本）

宮本輝，《泥河‧螢川‧道頓崛川》，袁美範、許錫慶譯，初版，2005，台北：遠流出版社。

沈從文，《邊城及其他》，初版，2001，香港：三聯書店。

村上春樹，《發條鳥年代記》，賴明珠譯，初版，1995，台北：時報文化。

遠藤周作，《深河》，林水福譯，初版十九刷，2006，台北：立緒文化。

Conrad, Joseph., 《吉姆爺》，陳蒼多譯，1994，台北：書華出版，譯自 *Lord Jim*, 1900.

Melville, Herman., 《白鯨記》，鄧欣揚譯，初版，1981，台北：遠景出版社，譯自 *Moby Dick*, 1815.

Martell, Yann., 《少年Pi的奇幻漂流》，趙丕慧譯，2004，台北：皇冠文化，譯自 *Life of Pi*, 2001.

Proust, Marcel., 《追憶似水年華》，劉方、陸秉慧譯，1990，台北：聯經出版

社，譯自*À la recherche du temps perdu*.

Rushdie, Salman., 《哈樂與故事之海》，彭桂玲譯，初版，2001，台北：皇冠
　　文化，譯自*Haroun and the Sea of Stories*, 1990.

Twain, Mark., 《頑童歷險記》，賈文浩、賈文淵譯，初版，2005，台北：商周
　　出版，譯自*The Adventures of Huckleberry Finn*, 1884.

書中所提到的生物名錄

名錄供對生物不熟悉的讀者參考，此處學名列出屬名及種名，文字解說亦求簡潔，至於動物名則先依分類，再依生物中文名筆畫排序，除資料較多的昆蟲綱以外並不依目與科排序。所列介紹均參考附於參考書目中各類書籍。

哺乳動物綱

人類 *Homo sapiens* 一種兩足行走的裸猿，高智慧，同時也具有動物行為。

月鼠 *Mus caroli* 屬囓齒目鼠科，為台灣特有種，通常出現在雜草地、住家、農耕地等。體背暗灰色，腹部灰白色，尾上部暗褐色，下部淡黃色或接近白色，背腹與尾部上下部皆界線分明。

台灣野兔 *Lepus sinensis* 屬兔形目兔科，台灣特有亞種。夜行性，行動有固定通路，生殖力強。現在數量已較少。

抹香鯨 *Physeter macrocephalus* 屬鯨目抹香鯨科，為世界上最大的齒鯨。能深潛，梅爾維爾（Herman Malvill）的經典名著「白鯨記」（*Moby Dick*）中的大鯨即是抹香鯨。

穿山甲 *Manis pentadactyla* 屬鱗甲目鯪鯉科，台灣特有亞種。全身覆感角質厚鱗，嘴中並無牙齒，原本廣泛分布於中低海拔，因獵捕與棲地受損現已少見。

家鼷鼠 *Mus musculus* 屬囓齒目鼠科。以人類住家、田地為主要生存空間，體型小。

瓶鼻海豚 *Tursiops truncatus* 屬鯨目海豚科。最常見、易與人接近的鯨豚之一。常與他種共群游，群體數量從數十隻到數百隻不等。

高頭蝠 *Scotophilus kuhlii* 屬翼手目蝙蝠科。常棲息於棕櫚科葉叢中，有時可聚集上千隻個體，亦會利用人工建築物夾縫作為棲息處所。

巢鼠 *Micromys minutus* 屬囓齒目鼠科，為此科中體型最小的，身長約5~6cm，尾約6~8cm，耳朵圓小，背腹毛色有明顯的分界。巢鼠常居住於芒草和蘆

葦叢或草原，有自行營巢的能力。

鳥綱

小白鷺 *Egretta garzetta* 屬鸛形目鷺科普遍留鳥，是台灣最常見的鷺科鳥之一，
田間、溪流、濕地均可見。

小鸊鷉 *Tachybaptus ruficollis* 屬鸊鷉目鸊鷉科，常見留鳥。營巢於濕地、池塘等
水域，會潛水捕魚。

大杓鷸 *Numenius arquata*，普遍冬候鳥，少部份留鳥，鷸科鳥中體型最高大鳥
種之一。大都出現於西部海灘。喜棲息於潮間帶覓食。

大卷尾 *Dicrurus macrocercus* 屬雀形目卷尾科，普遍留鳥。鄉村常見鳥種，飛行
技巧甚佳。生性好鬥，常追逐其他鳥類，通常喜歡棲息於樹頂或高處。

白耳畫眉 *Heterophasia auricularis* 屬雀形目畫眉亞科，普遍留鳥，台灣特有種。
分布於中海拔山林，冬季會降至數百公尺之低海拔山區避寒。一般棲息
於闊葉林或針闊葉混合林，喜成群活動於林間中、上層部位。以昆蟲、漿
果、果實為主食，亦好吃花蜜。

白腰雨燕 *Apus pacificus* 屬雨燕目雨燕科，不普遍過境鳥或留鳥。為中型雨燕，
腰部有白色羽毛為其特徵，食性與活動方式近似小雨燕。

白鶺鴒 *Motacilla alba* 屬雀形目鶺鴒科，普遍留鳥。台灣有三種亞種，分別是白
面白鶺鴒、白鶺鴒與黑眼線白鶺鴒。常營築於樹洞或岩石隙縫等處，活動
於中低海拔水域。

台灣夜鷹 *Caprimulgus affinis* 屬夜鷹目夜鷹科，普遍留鳥。棲息於低海拔地區的
空曠草原、甘蔗田及溪流、河畔的林緣地帶。

尖尾鴨 *Anas acuta* 屬雁形目雁鴨科，普遍冬候鳥，常棲息於海灘、河川、湖沼
等地，並在濕地、沼澤、稻田濕地草原覓食。雜食性，但以植物為主食。

竹雞 *Bambusicola thoracica* 屬雞形目雉科，普遍留鳥。棲息於中、低海拔山區

或山麓，好吃雜草種籽、嫩芽、果實或昆蟲等。營巢於灌叢、草叢，或樹林地上，也會用雜草莖葉作淺凹巢。

灰頭鷦鶯 *Prinia flaviventris* 屬雀形目鶲科鷦鶯亞科，田野常見留鳥，頭上灰黑色，背部與尾羽為橄褐色，胸腹以下淡黃色。營巢於芒草地。停棲時會上下搧動尾巴，以昆蟲為主食。

花嘴鴨 *Anas poecilorhyncha* 屬雁形目雁鴨科，普遍留鳥、冬候鳥。特色是喙部前端為黃色，草食性，因此在河口或部分中低海拔靜水域皆可見。

烏頭翁 *Pycnonotus taivanus* 屬雀形目鵯科，台灣特有種，分布於花蓮以南區域。棲息於低海拔地區之公園、庭園、果園和山坡上稀落之闊葉樹林中，多屬人類經常活動的地帶。部分與白頭翁棲地重疊地區已出現雜交情形。

夜鷺 *Nycticorax nycticorax* 屬鸛形目鷺科，為台灣最常見的鷺鷥之一，台語稱暗光鳥。濕地、池塘、溪流均常見。

棕背伯勞 *Lanius schach* 屬燕雀目伯勞科，台灣特有亞種，台灣此科中唯一留鳥。主食為昆蟲、青蛙、蜥蜴以及老鼠之類的小動物，性兇猛。

棕煌蜂鳥 *Selasphorus rufus* 屬雨燕目蜂鳥科，遷徙範圍從拉丁美洲至阿拉斯加，飛行技巧高超。

黑腹燕鷗 *Chlidonias hybridus* 屬鷗形目鷗科，為過境鳥。常群棲群飛，主要以兩棲類、魚類、昆蟲為食物，除海邊外，亦容易在濱海漁塭發現。

筒鳥 *Cuculus saturatus* 屬鵑形目杜鵑科，普遍夏候鳥。主要分布於丘陵地區，本身不築巢，會托卵於其他的鳥種巢中。以爬蟲類及小型脊椎動物、植物果實等為食。

鈴鴨 *Aythya marila* 屬鴨形目雁鴨科，不普遍冬候鳥，為雜食草鳥類，在河口、濕地可見，常與其他雁鴨混棲。

褐頭鷦鶯 *Prinia subflava* 屬雀形目鶲科鷦鶯亞科，台灣特有亞種。棲息平地至淺山區之農耕地、開闊灌木、雜草中，喜於稻田、荒蕪地帶芒草中活動覓食，常成群或三兩隻出現，不善長距飛行。

琵嘴鴨 *Anas clypeata* 屬雁形目雁鴨科，普通冬候鳥，常群棲混雜其他鴨類群中活動，棲息於海邊或湖泊、河口、沼澤等地，常夜間行動。

鉛色水鶇 *Rhyacornis fuliginosus* 屬雀形目鶇科鶇亞科，台灣特有亞種。常成對出現，覓食水邊小昆蟲。營巢於岩壁隙縫或樹洞，是溪畔最常見的鳥種之一。

黃小鷺 *Ixobrychus sinensis* 屬鸛形目鷺科，體型小，居住於湖泊、池塘、稻田等地域，警覺性十分敏銳，亦常靜止不動以避敵。

黃山雀 *Parus holsti* 屬雀形目山雀科，不普遍留鳥，台灣特有種。棲息於二千公尺以下之闊葉林，鳴聲婉轉悅耳。

黃尾鴝 *Daurian redstart* 屬雀形目鶇亞科，普遍冬候鳥，棲息於低中海拔山區，常見於開闊的林地或農田、草原覓食。

黃頭鷺 *Bubulcus ibis* 屬鸛形目鷺科，普遍留鳥，最常出現在耕地，停在牛背故又稱牛背鷺。主食是昆蟲，頸部較其他鷺科鳥稍短，夏羽頭、胸、背為黃色。

黃胸藪眉 *Liocich steerii* 屬雀形目畫眉亞科，為台灣特有種。普遍棲息於山區海拔700～2500公尺間，常成群活動，以昆蟲為食，亦會吃果實。

緋秧雞 *Porzana fusca* 屬鸛形目秧雞科，台灣特有亞種，不普遍留鳥。特徵為紅色的腳，經常單獨出現於平地至低海拔之池塘、水田、沼澤、河畔之草叢地帶。性羞怯，警戒心強，常於晨昏時分活動。

蒼鷺 *Ardea cinerea* 屬鸛形目鷺科，普遍冬候鳥，是台灣可見最大的鷺科鳥類之一。常分布於河口或面積較大的濕地。

紫嘯鶇 *Myiophoneus insularis* 屬雀形目鶇科鶇亞科，普遍留鳥，台灣特有種。羽色相當華麗，有金屬色光澤。常營巢於岩壁隙縫處，也會在橋墩基部的洞穴營巢，是溪流常見的鳥種。

極北柳鶯 *Phylloscopus borealis* 屬雀形目鶯亞科，繁殖於歐洲北部至西伯利亞東部、堪察加半島、庫頁島、日本北海道等，冬季經中國東北、日本南遷至

東南亞避寒。在台灣地區屬稀有的冬候鳥。各地的記錄均不多。

環頸雉 *Phasianus colchicus* 屬雞形目雉科，台灣特有亞種。常出沒於甘蔗園或蕃薯園及草地，腳強健，善於奔走，飛行有力卻飛得不遠。

繡眼畫眉 *Alcippe morrisonia* 屬雀形目畫眉亞科，台灣特有亞種。棲息範圍甚廣，由低海拔次生林至高海拔樹林均可發現，喜棲息於灌木叢中，常大群聚集與其他小型畫眉亞科混群，如山紅頭及綠畫眉，喜食山麻黃、江某果實。

魚綱

大吻鰕虎 *Rhinogobius gigas* 屬鱸目鰕虎科，台灣特有種。腹鰭特化為吸盤狀，多棲息於低海拔急流水域，典型河海洄游魚種。

太平洋黑鮪 *Thunnus thynnus orientalis* 屬鱸形目鯖科，鮪魚中最大的種類，屬北方黑鮪中的一個亞種（文章裡我將英譯名Pacific Blue-finned tuna譯為太平洋藍鰭鮪），主要分布於西北太平洋，也是台灣捕黑鮪的魚種。

日本禿頭鯊 *Sicyopterus japonicus* 屬鱸形目鰕虎科。具有特化為吸盤的腹鰭，常活動於急流與瀑布區。善於溯流，對水質敏感，植食性，屬河海洄游魚種，可以視為水流是否污染的生物指標。

台灣鏟頷魚 *Varicorhinus barbatulus* 屬鯉形目鯉科。台灣原生初級淡水底棲性魚類，分布在本省各地溪流的中上游地區，喜棲息在低水溫的中下水層地區，以刮食石頭上藻類為主。

花腹鯖 *Scomber australasicus* 屬鯖魚科，台灣最常捕的種類之一。產卵期為1-5月，產卵場位於澎佳嶼、龜山島附近水域及東海南部海域。

粗首鱲 *Zacco pachycephalus* 屬鯉形目鯉科，為台灣特有種，又稱溪哥，原產西部，現已是全台溪流常見的種類，於河床上排精、產卵。

翻車魚 *Mola mola* 屬翻車魨科。翻車魚不擅游泳，但具有強大生殖能力，一條雌魚一次可產三億個卵，最大可達二千公斤。但因成長率低、被捕食等原

因，現今翻車魚數量已不若以往。

鯨鯊 *Rhincodon typus* 屬鬚鮫目鯨鯊科。是世界上最大的魚類，以浮游生物為食，生活在熱帶和亞熱帶海洋中，目前對鯨鯊的生態尚不明瞭。被瀕臨物種野生動物貿易委員會（CITES）列為第二類保育動物。

鱸鰻 *Anguilla marmorata* 屬鰻鱺目鰻鱺科。屬降海產卵的洄游性魚類，性兇猛，攝食魚、蝦、蟹、水生昆蟲等。因能分泌黏液，故能在陸地短距離遷徙或覓食。

甲殼綱

白紋方蟹 *Grapsus albolineatus* 屬方蟹科。多分布於岩礁海岸潮間帶及港灣消波塊，沙岸則見於石塊區。多刺步足適合攀爬岩石面，匙狀指可刮食海藻。

灰甲澤蟹 *Geothelphusa cinerea* 屬溪蟹科，台灣特有種。為大型澤蟹，穴居於山溝旁的土質洞穴中，只出現在台灣台東海岸山脈的泥質山溝地區。

印痕仿相手蟹 *Sesarmops impressum* 屬方蟹科，夜行性的蟹種。大致分布在東部河口或海岸林地，溪流山溝處。屬於「兩側迴游」的蟹種，繁殖期會降海產卵，幼蟹再回到陸上成熟。

字紋弓蟹 *Varuna litterata* 屬方蟹科，背甲上有一明顯「H」形溝，生殖季節在海中交配產卵，幼蟹再溯河至河川中、下游生長，屬河海間洄游性蟹類。

長趾方蟹 *Grapsus longitarsis* 屬方蟹科，通常活動在礁岩海岸的潮間帶岩石上或潮池中。

槍蝦 指槍蝦科Alpheidae的成員。長有一大一小的蝦鉗，可快速閉合上下鉗產生磨擦撞擊的啪啪聲波，甚至可伸出大鉗發出撞擊的聲波，來震昏小魚。

爬蟲綱

赤尾青竹絲 *Trimeresurus stejnegeri* 屬蝮蛇科，為常見毒蛇。身體背部為翠綠色

或深綠色，腹側有一條白色細縱線，雄性在白線下有一條紅縱線，可與青蛇區別。生活在中、低海拔山區和丘陵的樹林、灌叢、竹林和溪邊。

南蛇 *Ptyas mucosus* 屬黃頷蛇科大型蛇類，攻擊性強，被激怒時發出嘶嘶聲並由口中噴出液體。以老鼠、青蛙、蜥蜴、鳥為食物。夏季產卵。

眼鏡蛇 *Naja atra* 屬蝙蝠蛇科，保育類，屬中大型蛇類，可達二公尺長。具神經毒液。卵生，食物包括鳥、鼠、蛙、魚、蜥蜴。

鎖鍊蛇 *Vipera russellii* 屬蝮蛇科，為保育類。頭、身體及尾遍佈鎖狀的花紋，以台灣東部及南部山區較常見，性情敏感兇猛，有劇毒，舌呈黑色，前端開叉，在夜間覓食，為卵胎生。

台灣草蜥 *Takydromus formosanus* 屬蜥蜴科，保育類，台灣特有種。在人為干擾較少的草生地區與灌叢地帶較易發現。以小型節肢動物為主食。

食蛇龜 *Cuora flavomarginata* 屬潮龜科，保育類。生活在低海拔山區和丘陵潮濕的森林底層或森林邊緣的農耕地附近。

兩棲綱無尾目

日本樹蛙 *Buergeria japonica* 屬樹蛙科，體色變異極大。日本樹蛙的特色就是除了常在溪流出現外，會在溫泉區繁殖，這是極少見的生態習性。

白頷樹蛙 *Polypedates megacephalus* 屬樹蛙科，平常棲息在樹上，繁殖期時常聚集在水邊的植物體上或者地面遮蔽物底下鳴叫，鳴聲特殊似敲擊木板「達達達」聲。

莫氏樹蛙 *Rhacophorus moltrechti* 屬樹蛙科，保育類，台灣特有種。廣泛分布於全省兩千五百公尺以下的果園、樹林及開墾地。

金線蛙 *Rana plancyi* 屬赤蛙科，生活於一千公尺以下的開墾地草澤環境，但現在數量及分布範圍逐漸減少中。水棲性，喜歡藏身於長有水草的蓄水池或者遮蔽良好的農地，生性隱密機警，鳴聲為短促的一聲「啾」。

盤古蟾蜍 *Bufo bankorensis* 屬蟾蜍科，台灣無尾目中體型最大（可達20cm），

分布最廣的種類。秋冬之際會至水域產卵求偶，亦常於路燈下覓食。

澤蛙 *Rana limmocharis* 屬赤蛙科，平地都市常見的蛙類，對環境的適應力很
　　強，只要是有水有遮蔽的環境，都有可能見到們的蹤跡。普遍分布於全省
　　平地及低海拔山區的稻田、溝渠、水池、草澤等靜水域。繁殖期在每年的
　　3到10月。

昆蟲綱

鱗翅目

升天鳳蝶 *Pazala eurous* 屬鳳蝶科，展翅約60~68mm，幼蟲食草為樟科的香葉
　　樹，僅早春出現。雄蝶有在溪畔濕地吸水的習性。

白紋鳳蝶 *Papilio helenus* 屬鳳蝶科，展翅約90~100mm，幼蟲食草為芸香科食茱
　　萸、飛龍掌血、賊仔樹等。有在濕地吸水的習性。

白波紋小灰蝶 *Jamides alecto* 屬小灰蝶科，展翅約24-37mm，食草為薑科的野薑
　　花、月桃等嫩芽或花苞，故常在水畔可見。

台灣黑星小灰蝶 *Megisba Malaya* 屬小灰蝶科，展翅約19~26mm，幼蟲寄主植物
　　為大戟科的野桐、白匏子、血桐的芽與花。算是常見的蝶種。

台灣綠蛺蝶 *Euthalia formosana* 屬蛺蝶科蛺蝶亞科，展翅寬約85 - 98 mm，幼蟲
　　食草為殼斗科植物，生活於低、中海拔山區，喜歡吸食腐果、樹液，常於
　　山溝出沒。

長尾水青蛾 *Actias selene* 屬天蠶蛾科，展翅約110~130mm。為大型的蛾類，尾
　　突極長。幼蟲以楓香、九芎、樟樹、山櫻花等為食。

青帶鳳蝶 *Graphium sarpedon* 屬鳳蝶科，展翅約50~60mm，食草為樟科的樟
　　樹、大葉楠，雄蝶有群聚溼地旁吸水的習性。

帝王蝶 *Danaus plexippus* 屬蛺蝶科斑蝶亞科，北美帝王蝶數千萬至數億隻長達
　　4000公里以上的遷徙為世界奇觀。加拿大、美國和墨西哥的野生動植物保

護部門並曾達成共同保護美洲帝王蝶的協定，並建立「美加墨三國帝王蝶保護網」。

盾天蛾 *Phyllosphingia dissimilis* 屬天蛾科，展翅寬93~130mm。最大特徵是停棲時下翅局部外露在上翅前方。雌雄差異不大。生活在低、中海拔山區。夜晚具有趨光性。

眉紋天蠶蛾 *Samia wangi* 屬天蠶蛾科。成蟲有趨光性。幼蟲食性很雜，包括有蓖麻、野鴨椿、香港饅頭果、樟樹等等，普遍發生於低海拔至中海拔地區。

荷氏黃蝶 *Eurema hecabe* 屬粉蝶科。展翅寬35~45 mm，幼蟲食草為桶鉤藤、紅珠子及數種豆科植物，如合歡、黃槐、田菁等。

紅邊黃小灰蝶 *Heliophorus ila* 屬小灰蝶科，展翅約30~35mm，食草為蓼科的火炭母草，喜生長於濕潤地區，故溪畔常見。

波紋小灰蝶 *Lampides boeticuss* 屬小灰蝶科，幼蟲攝食豆科植物的花蕾或果實。

淡綠挵蝶 *Badamia exclamationis* 屬挵蝶科，展翅寬約48~52mm，主要分布於低海拔山區，幼蟲食草為欖仁樹、猿尾藤等。

選彩虎夜蛾 *Episteme lectrix sauteri* 屬夜蛾科虎夜蛾亞科，成蟲出現於4~11月，5~6月份較多。不過整體來說數量不多。

鸞褐挵蝶 *Burura jaina* 屬挵蝶科，展翅約45~50mm，幼蟲食草為黃褥花科的猿尾藤，野外不難發現，因此蝶的數量也不少。

鞘翅目

台灣青銅金龜 *Anomala expansa* 屬金龜子科，特色是翅鞘下緣有翼狀片突起，青銅金龜則沒有。

紅胸黑翅螢 *Luciola kagiana* 屬螢科熠螢亞科，發光節蛋白色，略微偏黃。夜行性，二性皆能發光，光色橙紅。多於森林中下層活動，發生期為3~4月。

黑翅螢 *Luciola cerata* 屬螢科熠螢亞科，常見於低平的山地或丘陵上，在海拔約1400公尺的山區仍可發現其蹤影。幼蟲為陸生性，每年約在四月左右可以發現成蟲出現於山野間。

姬扁鍬形蟲 *Dorcus parvulus* 屬鍬形蟲科。主要分布台灣南端、綠島及蘭嶼的低海拔林區中。

彩豔吉丁蟲 *Chrysochroa fulgidissima* 屬吉丁蟲科，分布於中低海拔，色彩豔麗。

獨角仙 *Allomyrina dichotoma* 屬金龜子科。幼蟲生活於有機質含量高的土壤或朽木中，或腐植土中，吃腐植土為生，並於土中化蛹。

蜻蛉目

大華蜻蜓 *Tramea virginal* 屬蜻蜓科，本種分佈於台灣全島海拔1300公尺以下地區及蘭嶼，成蟲出現於4~9月，飛行力強。

中華珈蟌南台亞種 *Psolodesmus mandarinus dorothea* 屬珈蟌科，台灣有兩亞種，廈門亞種分布於中國華南及台灣北部，南台亞種則僅分布於台灣中南部海拔1500公尺以下的地區，成蟲出現月分為4~12月。

杜松蜻蜓 *Orthetrum melania* 屬蜻蜓科，分布於中、低海拔或蘭嶼綠島，成蟲出現月份為4~12月。成熟的雄蟲經常在棲息環境水域邊的枝條或石塊上佔據領域，遇同種雄蟲或其他體型相近的種類會發生追逐爭鬥的情形。

青紋細蟌 *Ischnura senegalensis* 屬細蟌科，棲息在1000公尺以下的地區，為靜水域常見的豆娘。

粗腰蜻蜓 *Acisoma panorpoides* 屬蜻蜓科，生活於平地至低海拔山區，普遍分布全島，南部數量較多，常見於水田、池塘、寬闊的草地活動。

紅腹細蟌 *Ceriagrion latericium* 屬細蟌科，是相當常見的種類。成蟲出現月份為3月~12月，稚蟲棲息於靜水水域，飛行能力不強。

彩裳蜻蜓 *Rhyothemis variegate* 屬蜻蜓科，生活於低海拔山區，棲息於乾淨的池

塘或沼澤，成蟲於4~10月出現，飛行緩慢，數量較少。

綠胸晏蜓 *Anax parthenope Julius* 屬晏蜓科，生活於低中海拔山區，常見於靜水的湖泊或池塘，喜歡高空飛行，為本屬中較常見的種類。

紫紅蜻蜓 *Trithemis aurora* 屬蜻蜓科，分布於台灣全島海拔2000公尺以下的地區，成蟲出現月份為4~12月。成熟的雄蟲經常在池塘、沼澤及小溪旁出現。

善變蜻蜓 *Neurothemis ramburii* 屬蜻蜓科，分布在1500公尺以下的地區以及蘭嶼。成蟲出現月份為3~12月。台灣本島成蟲族群大多在溪流活動，偶爾在靜止水域，而蘭嶼的成蟲族群則都出現在靜止水域。

薄翅蜻蜓 *Pantala flavescens* 屬蜻蜓科，為台灣分布最廣，數量最多的蜻蜓。成蟲出現於4至12月，生活在平地都市至高山地區，較少停棲休息。有時局部數量驚人。

其它目

水黽 *Aquarlus elongates* 屬水黽科，棲息於靜水面或溪流緩流水面上，腳上長著具有油質的細毛，具有防水作用。

草蟬 *Mogannia hebes* 屬於小型蟬的種類。每年3~7月會在甘蔗園、草地出現。

植物

大葉溲疏 *Deutzia pulchra* 屬虎耳草科，原產菲律賓，現廣泛生長於中低海拔河床地、山徑，花白色，頂生圓錐花序，為重要的蜜源植物。

小花蔓澤蘭 *Mikania micrantha* 屬菊科，蔓性草本植物，原生於中南美洲，具無性及種子繁殖能力，匍匐莖的節及節間均可長出不定根，為趨光性植物，因為纏繞植物，遮蔽陽光，因此傳入台灣後造成原生植物的滅絕。

五節芒 *Miscanthus floridulus* 屬禾本科，高可達三公尺，雌雄同株，葉緣銳利。

五節芒有許多近似種或變種，如白背芒、台灣芒等等，因此一般人其實很難確認。我也一樣。

布袋蓮 *Eichhornia crassipes* 是一種世界廣泛分佈的漂浮性水生植物，原產地是在南美洲的巴西，由於它大而美麗的花朵，被引進做為觀賞植物後，透過走莖(stolons)繁殖，現已造成本地許多水域的堵塞。

克拉莎草 *Cladium jamaicense crantz* 大型莎草科植物，分布在東部區域，生長於濕地。

水丁香 *Ludwigia octovalvis* 屬柳葉菜科，分布於平地至低海拔之窪地、水塘、沼澤、濕地、溝渠、水田邊。

長柄菊 *Tridax procumbens* 菊科多年生草本，路旁草地常見。

血桐 *Macaranga denticulata* 屬大戟科，次生林常見植物。葉上有腺體分泌汁液，因此常會有螞蟻出現營巢。

杜虹 *Callicarpa formosana* 屬馬鞭草科，台灣特有種，為田野林地常見的常綠灌木。

刺桐 *Erythrina variegate* 蝶形花科落葉大喬木，刺桐對許多平埔族如噶瑪蘭有文化意義，他們通常以刺桐花開時為一年的開始。

香蒲 *Typha angustifolia* 屬香蒲科，常出現在池塘，湖沼，一般可分為寬葉香蒲和狹葉香蒲。

香澤蘭 *Chromolaena odorata* 為菊科植物，因被當成綠肥於人為傳播後已急速在全世界熱帶地區繁衍，成為極具威脅性的入侵植物。

茵陳蒿 *Artemisia capillaris* 菊科植物，常生長於乾河床上，為先驅植物。

南美豬屎豆 *Crotalaria zanzibirica* 屬菊科，草質灌木，生長於荒廢地，尤其是河床砂礫地。原常作綠肥，現已分布在野外。

開卡蘆 *Phragmites vallatoria* 禾本科多年生挺水草本，和蘆葦很像，但開卡蘆通常生長於淡水水域旁，蘆葦則常生於淡鹹水交界處。

銀合歡　*Leucaena glauca*　屬豆科，常綠或落葉小喬木。由荷蘭人在三百多年前引進台灣。種子產量高，對土質的要求不嚴格，後來在本省低海拔地區蔓延。

風車草　*Cyperus alternifolius*　屬莎草科，原產於非洲沼澤地區的水生植物。目前分佈於熱帶，亞熱帶至溫帶地區。分佈全省平地至低山帶，生長於溪流旁、潮濕路旁。

莞草　*Schoenoplectus validus*　屬莎草科，生長於濕地、池塘。

倒地蜈蚣　*Torenia concolor*　屬玄參科，一年生匍匐性草本植物，廣泛分布於野地。

圓葉節節菜　*Rotala rotundifolia*　屬千屈菜科。可說是一種水陸兩棲的植物，可以沉水生活，也可以挺水生長。廣泛分佈全島低地水田、濕地、池沼或溝渠。

紫花藿香薊　*Ageratum houstonianum*　屬菊科，原產南美，由日本人引進台灣，原來栽培為觀賞花草，後來逸出花園，到處生長，已成最常見的野花之一。

綬草　*Spiranthes sinensis*　小型蘭科植物，植物體低矮，冬季落葉，春季發芽。花軸自莖頂伸長，花極小，呈螺旋狀排列。喜陽光充足之地，因其開花時序近清明，故又稱清明草。

黑果藺　*Eleocharis atropurpurea*　屬莎草科植物，生長於濕地、池塘等地。

羅氏鹽膚木　*Rhus chinensis*　屬漆樹科，是中、低海拔最常見的植物之一，因果實外層含有鹽份，為好陽光的先驅樹種，常出現於野外開闊地上。秋冬葉子會轉紅。

構樹　*Broussonetia papyrifera*　屬桑科，次生林地最常見的先驅植物之一，葉子可以供作豬、牛、羊、鹿的飼料，故在台灣民間又俗稱鹿仔樹。樹皮可以造紙，也耐煙塵，故亦可作綠化樹種。

國家圖書館出版品預行編目資料

家離水邊那麼近／吳明益 作 . -- 初版 .-- 臺北市：
二魚文化，2007〔民 96〕面； 公分 . --（文學
花園；C050）

ISBN 978-986-7237-70-5 （平裝）

855　　　　　　　　　96007832

二魚文化　文學花園 C050

家離水邊那麼近

作　　者──吳明益
發 行 人──謝秀麗
主　　編──陳思
美　　編──吳明益
校　　對──吳明益・陳孟蘋
題字篆印──李蕭錕
出 版 者──二魚文化事業有限公司
　　　　　　地址　106 臺北市羅斯福路 3 段 245 號 9 樓之 2
　　　　　　網址　www.2-fishes.com
　　　　　　電話　（02）23699022
　　　　　　傳真　（02）23698725
　　　　　　劃撥帳號　19625599
　　　　　　劃撥帳戶　二魚文化事業有限公司
總 經 銷──大和書報圖書股份有限公司
　　　　　　電話（02）89902558
製版印刷──中茂分色製版印刷事業有限公司
初版一刷──二〇〇七年六月
Ｉ Ｓ Ｂ Ｎ ── 978-986-7237-70-5
定　　價──新台幣二九〇元